천국의 소년

1

이정명 장편소설

천국의 소년

바보라 불린 어느 천재 이야기

1

열림원

일러두기

1. 이 글은 소설이다.
2. 특정인을 떠올리게 하는 인물이나 사건이 있다면 전적으로 우연이며 내용 중 등장하는 실존 인물과 인용된 신문 기사 또한 소설적 허구로 재구성되었다.

아름다운 것을 보면 나는 행복하다.
아름다움에는 수가 숨어 있기 때문이다.

2권 차례

다섯 번째 날, 마카오 2005년 6월~2006년 2월
여섯 번째 날, 서울 2006년 2월~2007년 8월
일곱 번째 날 첫 번째 이야기, 멕시코 2007년 8월~2007년 11월
일곱 번째 날 두 번째 이야기, 뉴욕 2007년 11월~2009년 2월
6개월 후, 베른
작가의 말

차례

첫 번째 날, 평양　　9
1987년 2월~2000년 11월

두 번째 날, 수용소　　89
2000년 11월~2002년 3월

세 번째 날, 첫 번째 이야기 꽃제비　　175
2002년 3월~2002년 9월

세 번째 날, 두 번째 이야기 연길　　205
2002년 9월~2003년 2월

네 번째 날, 상하이　　235
2003년 2월~2004년 5월

첫 번째 날 **평양**

1987년 2월~2000년 11월

나는 2월 29일생이다. 나는 나의 생일을 좋아한다. 2와 29는 소수고 2+29인 31도 소수이기 때문이다. 소수는 외로움을 타는 숫자다. 소수달의 소수날에 태어난 나도 외로움을 탄다. 내가 또 좋아하는 숫자는 4이다. 4년마다 돌아오는 올림픽과 월드컵을 좋아하고 4년 만에 열리는 수학 올림피아드도 좋아한다. 네 개의 베이스를 밟아야 1점이 되는 야구와, 야구팀의 4번 타자도 좋아한다. 좋아하는 시간은 11시 11분이다. 11:11은 완벽한 좌우대칭이고 그 합은 4이기 때문이다.

한밤의 살인, 남겨진 세 개의 수수께끼

〈뉴욕 데일리뉴스〉 2009년 2월 28일

뉴욕 경찰은 28일 퀸스 지역의 한 주택에서 50대 남성이 총에 맞아 숨진 사건이 발생했다고 밝혔다. 이날 새벽 2시경 총성이 들렸다는 이웃의 신고를 받고 출동한 경찰은 사건 현장에서 복부에 총을 맞고 절명한 아시아계 남자를 발견했다. 피해자 스티브 윤 씨는 북한 출신으로 2년 전 미국에 망명한 후 〈자유의 친구들〉이라는 인권단체를 이끌어왔다.

감식반은 현장이 일반적인 살인사건과 다른 의문점을 내포하고 있다고 밝혔다. 사체의 안면부가 알코올로 보이는 약품으로 소독

된 점과 사체 주변에 피로 쓰인 복잡한 숫자들과 의문의 그림, 수수께끼의 문장으로 이루어진 다음 암호들이 그것이다.

1 11 21 1211 111221 312211……

ㅇㅃㅎ

나는 거짓말쟁이다.

경찰은 현장에서 검거한 신원미상의 남성을 유력한 용의자로 보고 조사 중이지만 그는 일체의 진술을 거부하고 있다. 20대 초반의 이 남성은 허벅지에 총상을 입고 병원으로 이송됐으나 생명에는 지장이 없는 것으로 알려졌다. 감식반은 그의 손에서 피해자의 혈액과 사체를 닦은 알코올과 같은 종류의 화공약품이 검출되었음을 확인했다.

한편 정보당국은 피살자가 북한 중요시설에 근무했으며 망명 후 미 정보당국에 북핵 관련 정보를 제공한 사실에 주목하고 있다. 익명의 정보당국자는 "이 사건이 일반 살인인지 그 이상의 무엇인지는 확실치 않다. 우리는 핵 관련 정보 누설을 우려한 북한 당국의 정교한 테러 행위일 가능성에 대한 조사에 착수했다."고 밝혔다.

당국은 살인 현장에 남겨진 의문의 암호를 해독하는 한편 용의자의 정확한 신원 확인과 범행 동기를 조사하는 데 주력하고 있다.

◇◇◇◇◇

숫자들. 1, 11, 21······.
도형들. 하트, 클로버, 열쇠······.
그리고 하나의 문장. '나는 거짓말쟁이다.'
나는 거짓말쟁이일까? 죽음들, 내가 풀지 못한 수식들······.

눈을 뜬다. 정사각형의 방 안이다. 창문은 없고 한쪽 면은 벽이 아닌 철창이다. 나는 철창 맞은편 침대에 누워 있다. 오른쪽 허벅지에 찌르는 듯한 통증이 느껴지고 하얀 붕대가 겹겹이 싸여 있다. 낯선 남자가 다가온다. 그는 내가 정신을 잃은 채 살인 현장에서 체포되었다고 말한다. 누군가가 죽었고 내가 그를 죽였다는 것이다. 누가 죽었는가? 정말 내가 그를 죽였는가? 나는 기억할 수 없다. 내가 왜 그곳에 갔는지, 누구를, 왜 죽였는지, 만일 내가 아니라면 누가 그를 죽였는지······.

죽음은 내가 풀지 못한 까다로운 수식들 같다. 미지수 x가 세 개인 복합 다항식 문제. x_1은 죽음이다. x_2는 살인자, x_3은 나. x_1을 구하려면 x_2를 찾아야 하고 x_2를 찾으려면 x_3을 알아야 한다. 미지의 것들은 모두 연결되어 있다. 지구가 태양을 돌고 달이 지구를 도는 것처럼. 미지수 x를 구하려면 알고 있는 상수로 수식을 세워야 한다. 내가 알고 있는 것들. 누군가가 죽었고 나는 살인자다. $x_2=x_3$. 그러나 내가 x_2가 아니라면?

나는 x_1에 대해 아는 것들을 떠올린다. 죽음은 스위치를 내리는 것과 같다. 불이 꺼지고 캄캄해지는 것. 반짝이던 눈이 감기고 코는 숨을 내쉬지 않고 1분에 60회씩 뛰던 심장이 멈추는 것. 더 이상 지속되지 않는 것. 종결되는 것. 1이었던 것이 0이 되는 것.

삶과 죽음은 1과 0으로 이루어진 이진법이다. 2=10, 3=11, 4=100, 5=101, 6=110, 7=111, 8=1000, 9=1001, 10=1010…… 있고 없음, 존재와 소멸, 실제와 허상, 나와 너, 삶과 죽음이 반복되는 세상. 가장 단순한 수로 이루어진 가장 복잡한 그 세계에서 0은 무, 소멸, 종결이 아니라 1을 성장시키고 완성시키는 1의 그림자. 죽음이 삶의 절반인 것처럼. 죽음을 통해 비로소 삶이 완성되는 것처럼.

문이 열리고 다른 남자들이 들어온다. 키가 큰 남자, 작은 남자, 코가 삐뚤어진 남자, 온몸이 미쉐린 타이어처럼 울퉁불퉁한 남자. 이마 양쪽이 좌우대칭의 M 자로 벗어진 남자. 그들은 로댕의 조각처럼 딱딱한 얼굴로 다가와 랜디 존슨의 강속구 같은 질문을 던진다.

"이름?" "나이?" "출생지?" "거주지?" "2월 27일 밤의 행적?" "피살자와의 관계?" "살해 동기?" "살해 경위?"…….

한꺼번에 쏟아지는 물음들은 질문이 아니라 무질서다. 무질서를 견디지 못하는 나는 대답 대신 소리를 지른다. 코가 삐뚤어진 남자가 나의 입을 우악스럽게 그러쥔다. 1미터 88이 넘는 키, 가운데가 휘어진 갈고리 같은 코, 바다가재의 집게발처럼 강인한 손아귀. 그는 나의 멱살을 잡아 의자에 앉힌다. 한쪽 입꼬리가 일그러진 비대칭의 얼굴로 그는 자신의 이름이 러셀 뱅크스 요원이며 내가 CIA 조사를 받고 있다고 말한다. 내가 두려워해야 한다고도 말해주었다. 내가 살인범인 동시에 테러범이기 때문에.

러셀과 그의 일당은 나를, 더 정확히는 나의 몸과 배낭을 턴다. 그들은 다음과 같은 것들을 찾아낸다.

나의 몸―
오른쪽 팔뚝에 정체를 알 수 없는 푸른 용 문신 한 점.
허벅지에 총상으로 보이는 상처 한 점.
상반신 네 군데, 하반신 일곱 군데의 흉터: 최소 4센티미터 이상.
왼쪽 약지의 골절 흔적.

나의 배낭―
750ml들이 알코올 병과 솜뭉치.
중국, 마카오, 대한민국, 콜롬비아, 온두라스, 멕시코, 일본, 아랍에미리트 등의 위조여권 아홉 장.

중국어, 광동어, 영어, 한국어로 된 낡은 신문과 〈뉴스위크〉 등 잡지 기사 스크랩.

알 수 없는 언어와 수식으로 쓰인 수수께끼의 문서 열아홉 장.

〈불가능한 것들의 가능성에 대한 항해일지〉라는 제목의 손바닥만 한 낡은 수첩.

두 개의 삼각자, 3미터짜리 줄자, 낡은 일제 전자계산기 등.

러셀은 배낭을 거꾸로 들고 흔든다. 책상 위로 색색의 카드가 우수수 떨어진다. 나는 카드를 좋아한다. 가까이서 보니 카드가 아니다. 러셀이 이를 드러낸다.

"위조여권이 아홉 장! 카드놀이를 해도 되겠어. 이름도 아홉 개군. 장가계, 필립 한, 안길모, 페루사 곤잘레스, 위전민, 마츠모토 요지, 제임스 건, 세스 고트비, 모하메드 파이잘…… 도대체 네놈은 그중에 누구지? 넌 이 모든 이름들과 너의 관계에 대해 해명해야 해!"

'관계'라는 말을 모르는 나는 침묵했다. 그 말의 언어적 의미를 모르는 건 아니다. '둘 이상의 사람, 사물, 현상 따위의 마주침에서 발생되는 고리. 가령, '은밀한 관계'라고 할 때의 의미, '관계를 맺는다'고 할 때의 이중적 의미도 안다. 나는 또 수학적, 과학적 관계들을 이해할 수 있으며 풀이할 수도 있다. 수성과 금성의 관계, 블랙홀과 별들의 관계, 함수관계, 대칭관계, 비례관계 등등…… 하지만 나는 나와 나 아닌 사람, 나와 세계와의 관계를 이해하지 못하고 그것의 존재 여부조차 알 수 없다. 나의 침묵에 갈고리 같은 러셀의 눈썹이 꿈틀거린다.

"무슨 말이든 해봐! 네가 벙어리가 아니란 걸 보이라고!"

러셀은 내가 겁을 먹기를 바라지만 나는 겁을 먹지 않는다. 사람들은 불가해한 세상에, 불안한 운명에 겁을 집어먹지만 나는 세상과 관계를 맺지 못하니까. 나는 그와 같은 공간에 있지만 다른 세계를 바라본다. 러셀은 갈고리 같은 손으로 내 멱살을 잡아 패대기친다. 내 몸으로 많은 것들이 날아든다. 갈퀴 같은 손, 청동 같은 주먹, 반들반들한 구두코…… 나는 젖은 티슈처럼 뭉개진다. 러셀은 잘못 생각했다. 그는 나를 깨뜨리고 찢을 수는 있어도 나의 침묵은 깨지지도 찢어지지도 않는다.

불이 꺼지듯 눈앞의 풍경들이 하나하나 꺼진다. 철창 너머 복도가 캄캄해지고, 의자가, 책상이, 잿빛 벽이 달리의 그림처럼 녹아내린다. 나를 쏘아보는 러셀의 얼굴도 어둑어둑해진다. 그때 어떤 소리가 들려온다. 다급하게 열리는 철창문 소리. 그리고 어떤 여자의 날카로운 목소리.

"그만둬요! 여긴 병원이지 도살장이 아니에요!"

목을 조르던 러셀의 손아귀에 힘이 빠진다. 막혔던 피들이 머리로 솟구친다. 나는 뻣뻣한 다리를 질질 끌며 겨우 몸을 반쯤 일으킨다. 러셀이 돌아보며 소리친다.

"공무수행 중인 게 안 보여요? 이놈은 인터폴 수배자에다 살인범, 테러리스트란 말이오."

"이곳에서 물리적 폭력은 금지되어 있어요. 게다가 이 사람은 환자예요. 당신은 규정을 어겼을 뿐 아니라 법을 어기고 있어요."

"규정? 법? 그런 것 따지고 앉았다가 세상을 살인범 천지로 만들려고? 난 악질 테러리스트를 심문하는 중이야."

"세상이 살인범 천지가 되기 전에 당신 모가지가 먼저 날아갈 거예요."

러셀은 씩씩거리며 의자 위에 나를 팽개친다. 그러더니 도끼날 같은 눈으로 그녀를 쏘아보며 빙글거렸다.

"난 이놈에 대해 몇 가지 흥미로운 사실을 알아냈소. 여권들을 조회했더니 몽땅 가짜였고 살인, 사기도박, 마약 거래 등 총 10여 건의 범죄에 연루되어 인터폴 적색수배령이 떨어진 국제 범죄자요. 지금껏 위조여권으로 미꾸라지처럼 잘도 빠져 다녔지만 이젠 끝났어. 입을 열고 무기수가 되든, 평생 입을 닫고 철창 속에서 썩어야 할 테니까."

러셀의 목소리는 독침처럼 날아간다. 여자가 말한다.

"당신은 많은 걸 알고 있지만 모르는 게 한 가지 있어요."

"그게 뭐요?"

"이 청년이 아스퍼거 증후군 환자란 사실이에요."

"아스퍼거? 그게 무슨 뜻이오?"

"당신이 그의 입을 열 수 없다는 뜻이죠. 당신의 협박이 통하지 않고, 당신의 질문이 받아들여지지 않을 테니까요."

"무슨 근거로 그런 소릴 하는 거요?"

"아스퍼거 증후군은 사회적 관계와 대인관계에 어려움이 있고 행동이나 관심 분야, 활동 분야가 한정되며 같은 양상을 반복하는 질환이에요. 심문이 뭔지도 모른다는 뜻이죠."

"하지만 놈은 정상인들조차 상상하지 못할 짓을 저질렀소. 마약 범죄, 불법 도박, 사기, 밀입국, 살인까지…… 머리가 모자란 놈이 어떻게 그런 일을 벌일 수 있단 말이오?"

"아스퍼거 증후군은 머리가 모자란 것도 아니고 언어 발달에도 문제가 없어요. 현학적이거나 우회적인 언어를 사용하기 때문에 일반적 의사소통에 어려움이 있을 뿐이죠."

피가 돌기 시작하자 눈앞이 환해진다. 하얀 옷을 입은 여자다. 가지런히 빗어 넘긴 금발, 약간 늘어지기 시작하는 뺨, 온화하면서도 단호한 미소, 살집이 약간 드러난 몸매, 오랜 세월의 풍화작용을 겪은 바위처럼 그녀는 단단하게 서 있다. 러셀이 짜증스레 묻는다.

"도대체 당신 뭐하는 사람이오?"

"병감담당 간호사 안젤라 스토우예요. 당신처럼 나도 공무를 수행하고 있으니 심문 일정은 저와 상의해주세요. 그리고 지금은 환자 상태를 체크해야 하니 나가주세요, 러셀 요원."

러셀은 잠시 망설이더니 철창문을 나선다. 그녀는 무표정한 얼굴로 내 귀에 체온계를 꽂는다. 나는 그녀가 붙여준 이름을 가만히 되뇌본다. 아스퍼거, 아스퍼거…… 그녀는 진료차트에 나의 체온을 적는다.

37.2.

나는 퍼즐을 좋아한다. 복잡함에서 단순함을 추출하고, 난해함을 단숨에 정리할 수 있기 때문이다. 문제를 맞닥뜨리는 순간의 고독, 그리고 문제와 씨름하는 긴 시간. 포기하고 싶은 유혹 끝에 우리는 복잡함을 풀고, 이해할 수 없는 것을 이해하며, 고뇌를 희열로 바꾼다. 구슬, 색종이 접기, 주사위, 마방진, 별, 삼각형, 사각형, 오각형들, 동심원과 타원들, 성냥개비, 무당벌레, 매듭, 곡선과 직선들…….

퍼즐 풀기는 즐겁지만 내가 더 좋아하는 건 퍼즐 만들기다. 퍼즐을 푸는 방식을 보면 그 사람을 알 수 있기 때문이다. 성격이 급한 사람은 금방 포기하고, 약삭빠른 사람들은 미리 답을 미루어 짐작해 풀이법을 고안한다. 안젤라라는 여자는 어떨까? 급한 성격일까? 약삭빠를까? 나는 테이블 위의 종이에 이렇게 쓴다.

♡ 83 ㅎ

안젤라는 움파를 뽑듯 내 귀에서 체온계를 뽑는다. 나는 조용히 되뇐다. 36.5. 내 몸은 1년의 세월과 닮은꼴이다. 내 몸은 36.5도이고 1년은 365일이기 때문이다. 내가 그린 도형을 발견한 그녀의 머릿속에 복잡한 전기신호가 흐르기 시작한다. 그녀는 낚아채듯 종이를 집어 진료차트에 놓고 끼적인다. 그녀가 내민 종이에 이런 것들이 보인다.

⊤Ⅲⵖ

정답! 그녀는 나와 같은 방식으로 생각하는 사람이다. 내가 약삭빠르다면 그녀도 약삭빠르고 내가 거짓말을 한다면 그녀도 거짓말을 할 것이다. 그녀가 말한다.

"대칭은 세상에서 가장 아름다운 형태지. 가장 아름다운 수가 소수이듯이 말이야."

그녀는 퀴즈가 아니라 나를 풀이했다. 그녀를 알려고 설계한 퀴즈는 내가 어떤 사람인지를 그녀에게 알려주었다. 도형들 속에 숨은 대칭과 소수의 비밀을.

하트는 최초의 소수 2의 대칭 도형이다. 클로버는 소수 3의 대칭이고 열쇠는 5의 대칭형이다. 그녀는 세 가지 도형으로 소수의 수열, 그리고 대칭의 비밀을 알아냈고 같은 방식으로 다음 소수인 7, 11, 13의 대칭 도형을 구했다. 내 생각의 경로를 추적해 직관과 추론, 가정과 증명을 동시에 수행한 것이다. 나와 같은 방식으로 생각하는 그녀도 수학 천재일까? 아니면 나처럼 바보일까? 그녀가 말한다.

"대칭은 어떤 조작을 해도 변하지 않지. 하트는 좌우를 바꾸어도 하트고 클로버는 좌우와 상하를 바꾸어도 여전히 클로버야. 원은 뒤집어도, 떨어뜨려도 원이고 구는 3차원 공간에서도 변하지 않지. 대칭을 사랑하는 건 진실을 사랑하는 것과 같아. 어떤 조작을 가해도 진실은 변하지 않으니까."

그 말은 내가 아니라 그녀 자신이 대칭을 사랑하는 이유처럼 들린다. 그녀 역시 나처럼 좌우대칭의 ABBA의 노래를 좋아할까? 대칭을 생각하자 기분이 좋아진 나는 입을 열기 시작한다.

"=은 데칼코마니처럼 대칭을 완성하는 기호예요. 아무리 복잡하고 긴 수식도 =이 있으면 양쪽은 대칭이 되거든요."

나는 =을 사이에 둔 정연한 삼각형을 종이 위에 그린다. =은 내가 제일 좋아하는 기호이고, 삼각형은 내가 제일 좋아하는 도형이다.

$$1 \times 1 = 1$$
$$11 \times 11 = 121$$
$$111 \times 111 = 12321$$
$$1111 \times 1111 = 1234321$$
$$11111 \times 11111 = 123454321$$
$$111111 \times 111111 = 12345654321$$

피라미드와 나를 번갈아보며 그녀가 묻는다.

"넌 도대체 어디에서 왔지?"

그녀의 질문은 날카로운 미늘이 달린 러셀의 질문과 다르다. 하도 부드럽고 매끄러워 질문이 아니라 내가 하고 싶은 말을 끄집어내주는 손길 같다. 나는 아름다운 피라미드를 바라보며 내가 어디서 왔는지 생각한다.

"어디에서 왔는가는 중요하지 않아요. 중요한 건 우리가 어디에 있는가, 어디로 가는가죠."

"그래. 그런 건 중요하지 않을지도 몰라. 중요한 건 네가 그린 도형 퍼즐이 살인 현장의 데쓰사인과 같다는 거지. 숫자놀이는 끝났어. 말해봐. 기억나는 건 무엇이든 좋아."

나는 다시 내가 그린 피라미드를 내려다본다. 안개 같은 기억 너머로 거대한 피라미드가 떠오른다. 오래전에 떠나온 버드나무의 도시. 그 도시의 한가운데에 서 있던, 도시 어디에서나 볼 수 있었던 뾰족한 첨탑.

내 생일은 2월 29일

　서평양, 보통강 구역에 우뚝 선 유경 호텔을 평양 사람들은 105 호텔이라 불렀다. 100층으로 설계되었지만 시공을 맡은 당 중앙위원회 직속 105호 돌격대를 기념해 105층이 되었기 때문이다. 43만 5천 제곱미터의 면적에 총객실 3천7백 개, 70여 대의 고속엘리베이터, 지하수영장, 다섯 개의 회전식 전망 식당, TV중계실, 기상 관측소…… 하늘에서 내려다보면 삼각형과 오각형이 합성된 복합 다각형이고 정면에서 보면 105층 중앙부를 40층 주변부가 감싼 뫼 산山 자 구조다.
　105 호텔과 나는 1987년 함께 태어났지만 둘 다 완성되지 못했다. 105 호텔의 완공 예정일은 수령 동지의 80회 생일인 92년 4월이었지만 프랑스 합작 기술진은 89년 5월 외부 골조공사 후 평양

을 떠났다. 겉모습은 완성되었지만 속은 텅 빈 점에서 우리는 닮았다. 나는 스물두 살이지만 사람들은 나의 정신연령이 여섯 살 정도라고 말한다. 나는 4년에 한 살씩 나이를 먹기 때문이다. 지구가 태양을 한 바퀴 도는 1년은 정확히 365.2564일. 365일 6시간 15분. 4년마다 남는 하루인 2월 29일이 나의 생일이다. 남들이 네 살을 먹을 때 한 살을 먹으니 정신연령이 여섯 살이라는 말은 어느 정도 사실이다.

나는 나의 생일을 좋아한다. 나는 소수를 좋아하기 때문이다. 2와 29는 소수다. 2+29인 31도 소수다. 소수는 외로움을 타는 숫자다. 소수달의 소수날에 태어난 나도 외로움을 탄다. 내가 또 좋아하는 숫자는 4이다. 4년마다 돌아오는 올림픽과 월드컵을 좋아하고 4년 만에 열리는 수학 올림피아드도 좋아한다. 4년마다 뽑는 미국 대통령도 좋아하고 4년 동안 다니는 대학과 4인용 식탁도 좋아한다. 또 1루, 2루, 3루를 돌아 네 번째 베이스인 홈플레이트를 밟아야 1점이 되는 야구를 좋아하고 야구팀의 4번 타자도 좋아한다. 좋아하는 시간은 11시 11분이다. 11:11은 완벽한 좌우대칭이고 그 합은 4이기 때문이다.

4년에 한 살씩 나이를 먹는 것은 나쁘지 않다. 다른 아이들이 백 살이 되어도 나는 겨우 스물다섯 살 청년일 테니까.

"나는 늦게 철이 들지 모르지만 오래오래 살 거예요."

내가 그렇게 말하자 아버지는 천천히 고개를 끄덕였다.

거대한 미완성 피라미드는 내게 최초의 학교였다. 텅 빈 피라미드를 올려다보며 나는 누구도 말해주지 않는 숫자들을 구했다. '밑변의 길이가 160미터이고 높이를 모르는 삼각형의 방사각은?' '160미터의 길이를 가진 호텔의 맨 아래층의 면적은?' '시속 30킬로미터의 바람이 불 때 88층 높이의 흔들림의 정도는?'…… 하루에 여러 개의 문제를 풀기도 했고 여러 날이 걸려도 한 문제도 못 풀기도 했다. 어느 날인가 아버지는 이틀이 지난 〈로동신문〉을 펼치며 신음처럼 중얼거렸다.

"유경 호텔 꼭대기 층에 올라가면 대성산과 노학산 줄기가 보인다는구나. 맑은 날에는 백 리 밖 남포 제련소 굴뚝 연기도 볼 수 있다지. 도대체 얼마나 높기에……"

다음 날 나는 105 호텔로 달려갔다. 외벽 콘크리트가 떨어져 나가고 녹슨 철근에서 녹물이 배어나온 피라미드는 비밀을 들키지 않으려는 거인처럼 침묵했다. 입구를 지키는 군인들은 위협이 되지 못할 거라고 생각했는지 나를 집나온 개처럼 본척만척했다. 햇살이 105층 첨탑 꼭대기에서 반짝였다. 텅 빈 시간이 천천히 흘러갔다. 마침내 태양이 서쪽으로 기울었다. 태양의 고도에 따라 첨탑의 그림자도 점점 길고 홀쭉해졌다.

나는 광장에 드리운 첨탑의 그림자 끝에 섰다. 그림자는 침묵으로 자신의 비밀을 보여주었다. 평면 위에 드러난 공간의 비밀, 거리로 치환된 105층 높이의 비밀. '태양은 나와 피라미드를 같은 각도로 비춘다. 나의 그림자와 피라미드의 그림자는 같은 태양각의 반영이다. 나와 피라미드는 땅과 직각으로 서 있다. 피라미드와 나는 합동인 직각 삼각형이다. 그렇다면, 나의 키와 내 그림자 길이의 비율은 피라미드의 높이와 피라미드 그림자 길이의 비율과 같다.' 즉,

$a:b = x:c$

(a: 나의 키, b: 나의 그림자 길이, x: 피라미드의 높이, c: 피라미드의 그림자 길이)

비례식의 내항의 곱은 외항의 곱과 같으므로

$bx = ac$

$x = ac/b$

즉 나의 키와 피라미드의 그림자 길이를 곱한 후 나의 그림자 길이로 나누면 피라미드의 높이를 구할 수 있다.

다음 날 나는 30센티미터 나무 자와 긴 끈을 들고 다시 105 호텔로 갔다. 아침 9시, 오후 2시, 해지기 직전 세 차례에 걸쳐 끈으로 피라미드와 내 그림자를 재고 나무 자로 정확히 측정했다. 문제는 건물 내부로 들어가지 않고 외벽에서 건물 중심까지의 거리를 구하는 것이었다. 105층까지 올라가지 않고 높이를 구하는 것처럼. 방법은 간단했다. 120도로 벌어져 건물을 떠받치는 세 개의 윙 사이의 거리를 측정해 절반으로 나누면 한 모서리의 각이 60도인 직각 삼각형의 밑변이 된다. 삼각함수를 이용해 빗변의 길이를 구하면 그것이 세 개의 윙에 외접하는 원의 지름이고 외벽에서 건

물 중심까지의 거리가 된다.

사흘 동안 아홉 차례에 걸쳐 구한 피라미드의 평균 높이는 323미터였다. 323미터의 거탑과 127센티미터의 나. 우리는 다른 크기, 다른 모습이었지만 그 순간만은 쌍둥이처럼 닮은꼴이었다. 우리는 둘 다 완성되지 못했고, 텅 비었고 누구도 찾지 않는 존재였다. 땅과 직각으로 우뚝 선, 같은 빗변 기울기를 가진 합동인 직각 삼각형. 우리는 오후의 햇살과 보통강의 따스한 바람을 머금고 낡은 삼각돛처럼 펼쳐졌다. 우리는 하나의 태양 아래서 같은 진실을 공유했다.

◇◇◇◇◇◇

안젤라가 말한다.

"러셀 심문관은 네가 그 사람을 죽였다고 생각해."

나는 잊고 있던 나 자신을 떠올린다. 그리고 내가 죽였을지도 모르는 어떤 남자의 죽음을. 나는 무엇이 진실인지 모른다. 하지만 알아낼 수 있을 것이다. 내가 피라미드의 높이를 알아냈듯이. 나는 말한다.

"나는 죽음에 대해 알고 있어요. 죽음은 내 친구니까요."

하지만 누가 친구의 깊은 내면을 알 수 있을까?

아버지는 죽음배달부였다

내가 죽음의 하얀 얼굴을 본 것은 14년 전 대성산 혁명열사릉에서였다. 혁명열사릉은 흑백사진처럼 우중충했다. 검은 숲, 잿빛 하늘, 더 짙은 잿빛 묘비석, 굳게 다문 입술, 하얀 침묵, 검은 구덩이…… 사람들은 돌처럼 딱딱했고 가끔 흐느낌을 삼켰다. 검은 구덩이 속으로 검은 관이 내려가고 젖은 흙이 구덩이를 메웠다. 입에서 나오자마자 땅 위를 구르는 목소리들, 빗물처럼 철퍽이는 흐느낌들, 그 모든 것들을 깨뜨리는 조총 소리. 총성은 못대가리로 달려드는 망치 소리 같다. 총소리가 한 번 들릴 때마다 밤하늘에 별이 하나씩 박힌다. 죽은 사람들은 하늘로 올라가 별이 되기 때문이다. 사람들은 무채색의 말을 건네고 돌아섰다. 눈부신 햇살 속에서 그것은 다른 세상으로 보내는 소포 같았다.

아버지는 죽음배달부였다. 그는 죽음을 기계처럼 닦고, 조이고, 기름 쳤다. 구두닦이가 구두를 광내듯, 전파공이 라디오를 고치듯, 그는 죽음을 손으로 매만졌다. 일그러진 표정을 바로잡고, 상처를 꿰매고, 자세를 가다듬었다. 알코올로 얼굴을 닦고, 입술에 붉은 칠을 했다. 죽음은 아버지의 손끝에서 우아하게 태어났다.

죽음배달부가 되기 전 아버지는 평양 의대의 젊고 유능한 외과 의였다. 어느 날 아버지가 당번을 서는 응급실에 폭발사고로 온몸에 화상을 입은 남자가 실려왔다. 인민무력부 최고위 간부였던 그의 죽음은 아버지의 의사면허를 빼앗아갔다. 그를 살리지 못한 이유가 전적으로 아버지의 나약한 당성 때문이라는 상부의 평가 때문이었다. 다만 환자의 위중함이 참작되어 장의사로 강등되는 선에서 중형을 면한 것이 다행이었다. 아버지의 새 직장은 보통강 구역 고위 간부 주택단지 내 병원 안치실이었다. 의사였던 아버지가 살려내지 못한 그 남자는 장의사가 된 아버지의 첫 고객이었다. 뒤를 이어 외과의사 출신의 솜씨 좋은 장의사에게 당 간부와 고급군관들이 몰려들었다. 아직 물기가 마르지 않은 젖은 흙무더기를 바라보며 나는 물었다.

"죽음을 어디로 배달하는지 알고 싶어요."

아버지의 아래턱 힘줄이 불끈거렸다. 사람들이 바보라고 부르는 아이, 타인의 마음을 받아들이지 못하고 타인과 관계를 맺지 못하는 아이. 머릿속에 돌아다니는 숫자와 수식들과 노는 아이, 축구를 할 수도 전쟁놀이를 할 수도 없는 아이. 그런 아들을 둔 아버지만이 지을 수 있는 표정이었다.

"우리의 몸에는 보이지 않는 코드가 연결되어 있단다. 어느 날 우리는 운명이 전기처럼 흐르는 코드가 뽑히는 것을 알아차리지. 전원이 끊어지면 1은 0이 된단다. 더 이상 숨을 쉬지도, 말을 하지도, 밥을 먹지도, 혁명과업을 수행하지도 않는 거야."

아버지는 내가 알아듣기 쉽게 이야기하는 능력이 있었다.

"누군가가 죽으면 물건들은 흩어져요. 스프링이 녹슨 침대는 젊은 부하에게, 오래된 찻잔은 시집간 딸에게, 냄새가 밴 군복은 군인이 된 아들에게 가죠. 겨울이면 가족들은 귀퉁이가 낡은 그의 책상으로 불을 지펴요. 남은 물건들은 불타고, 버려지고, 넘겨져요."

"넌 죽음에 대해 알려고 해서는 안 돼! 누구도 그것을 알 수는 없단다. 죽음을 매만지는 나도 그것에 대해 말할 수 없어."

하지만 나는 알고 싶었다. 장례식장과 묘지와, 무덤, 검은 상복을 입은 사람들에 대해. 나는 가끔 혁명열사릉을 헤매다 길을 잃었고 때로는 어두워진 후에도 집으로 돌아가지 않고 묘지 한가운데서 잠들기도 했다. 그런 날 아버지는 늦은 밤 어두운 무덤가에서 잠든 나를 업고 집으로 돌아왔다.

"죽음을 두려워하지 않다니 용감하구나."

나는 용감한 것이 아니라 감정을 다루는 능력이 없을 뿐이다. 내가 죽음을 두려워하지 않는 이유는 그것이 무엇인지조차 몰랐기 때문이다. 나는 다만 죽음을 탐구할 뿐이었다. 숫자를, 수식을 그렇게 하듯이. 숫자는 보이지 않는 방식으로 존재의 비밀을 드러내므로 숫자를 이해하는 한 나는 모든 것을 이해할 수 있다. 뾰족한 첨탑을 오르지 않고도 105 호텔의 높이를 구한 것처럼 나는 죽지 않고도 죽음의 값을 구할 것이다. 그러나 아버지의 생각은 달랐다.

"넌 죽음보다 어떻게 살아야 할지를 먼저 배워야 해!"

나는 두 손으로 귀를 막고 소리를 질렀다.

아버지를 따라 처음 염습실로 들어갔을 때 난 여덟 살이었다. 다른 아이들이 부모의 손을 잡고 학교로 가듯 나는 죽음에 성큼 다가섰다. 번쩍이는 쇠침대, 젖어서 번들거리는 마룻바닥, 하얀 백열등의 눈부심, 코끝을 쏘는 알코올 냄새, 서늘한 공기, 코드가 뽑힌 채 반듯이 누운 남자의 첫인상…… 나는 말했다.

"죽음의 값은 0이고 삶의 값은 1이에요. 그다음엔 10이 있고, 11이 있어요. 그다음엔 100, 101, 110, 111, 1000……."

나는 1을 좋아한다. 1은 혼자이지만 외로워하지 않기 때문이다. 삶이 혼자이지만 외롭지 않듯이. 나는 0도 좋아한다. 0은 모든 것을 포함하며 1을 완성하기 때문이다.

"길모야. 죽음은 이진법처럼 단순하지 않단다."

아버지는 하얀 위생모를 고쳐 쓰고 남자에게 다가갔다. 스위치를 올리면 남자의 몸에 전기가 들어올까? 먼 별에서 지구를 바라보면 수많은 불빛들이 돌아다닐 것이다. 사람들은 반딧불처럼 깜빡이며 짝을 찾고, 아이를 낳고, 웃고, 울고, 살아가고, 죽어간다.

"염습은 죽은 사람을 천국으로 이끄는 일이야."

아버지는 알코올을 적신 솜으로 남자의 이마를 닦아냈다.

"조선민주주의 인민공화국 말고 또 다른 천국이 있나요?"

"천국은 영혼이 사는 곳이야. 사람은 죽지만 영혼은 살아남거든. 가슴은 죽어도 거기 달린 혁명열사 훈장은 살아남듯이. 눈은 죽지만 안경은 살아남듯이. 나는 죽지만 너는 살아남을 거야."

아버지는 자신의 말이 틀리기를 바라는 것처럼 나를 물끄러미 바라보았다. 내가 자기보다 단 하루만 먼저 죽기를 간절히 바라는 것처럼. 나는 아버지의 말을 이해했다. 오늘은 죽지만 내일은 살아남을 테니까.

1년이 지날 즈음 나는 아버지가 없는 틈에 알코올을 묻힌 솜으로 시신을 닦았다. 돌아온 아버지는 기겁을 하며 나의 손등을 때렸다. 나는 젖은 솜을 바닥에 떨어뜨렸다. 언제부터인가 아버지는 나의 손등을 때리지 않았다. 아버지의 바람은 아니었지만 나는 아버지의 일을 돕기 시작했다. 공포를 인식하지 못하는 나는 꽤 괜찮은 죽음배달부가 되었다.

아버지는 조국에 의해 의사자격을 박탈당했지만 조국을 사랑했고 수령 동지와 지도자 동지를 경애했다. 혁명열사들과 노력영웅들, 공훈배우들의 죽음을 배달할 수 있게 된 것도 어버이 수령 동지 덕이라 생각했다. 1994년 7월 8일 아버지는 38명의 장례사들, 의사들, 화학자들, 생리학자들과 함께 경애하는 어버이 수령 동지의 죽음을 유리관 속에 영원히 봉인했다. 수령 동지는 죽었지만 고난은 우리에게 남았다.

이듬해 여름 몇 차례의 홍수와 가뭄이 왔다. 그리고 1996년 1월 1일 노동당 기관지 〈로동신문〉의 신년사설은 "모자라는 식량을 함께 나눠 먹으며 일본군에 맞서 투쟁한 항일빨치산의 눈물겨운 고난과 불굴의 정신력을 상기하며 백두밀림에서 창조된 '고난의 행군' 정신으로 살며 싸워 나가자"는 구호로 시작되었다. 아버지는 말했다.

"'고난의 행군'은 1938년 12월부터 백 일 동안 어버이 수령 동지께서 이끄신 항일빨치산 부대가 끊임없는 전투와 영하 40도의 모진 추위, 가슴을 넘는 눈길과 식량난 속에서 일본 제국주의 적들의 추격을 뿌리치고 중국 지린성에서 압록강 장백현까지 감행한 행군이야. 자력갱생! 어떠한 역경에도 패배와 동요를 모르는 불굴의 혁명정신이지."

고난은 배고픔과 함께 왔다. 그리고 죽음이 따라왔다. 죽음과 고난의 관계는 도형이라면 합동이고 수식이라면 등식이었다. 고난이 극에 이르면 죽음이 되고 죽음이 모이면 고난은 더욱 커진다. 아버지는 많은 죽음을 배달했고 더 많은 죽음, 더욱더 많은 죽음을 배달했다. 해가 지날수록 죽음은 많아졌고 고난은 커졌다. 배고픔, 죽음, 공포, 또 배고픔, 공포, 죽음, 아니면 죽음, 공포, 배고픔의 연속. 평양의 길거리에는 사람들이 사라졌다. 아버지는 지지직대는 낡은 라디오에 귀를 기울이고 노동당 선전선동부가 틀어대는 혁명가요를 따라 불렀다.

"믿고 싶어요 우리의 고난 극복된다고. 믿고 싶어요 우리의 앞날 창창하다고. 오늘의 하루하루 견디기 어렵지마는 장군님 따르는 길에 혁띠를 조입니다."

배급량은 줄어들었고 배가 고팠고 하얀 밥이 그리웠다. 배고픔은 우리의 살을 뜯어 먹고, 공포는 사람들의 머릿속을 갉아먹었다. 배고픔 때문에 머릿속에선 숫자들이 실뭉치처럼 뒤엉켰다. 얽힌 실뭉치를 풀고 나면 더 배가 고팠다.

공식 통계에 따르면 1995년에서 1998년까지 4년 동안 아사한 공화국 주민은 22만 명이다. 공화국에서 발표한 통계치에 9.8에서 11을 곱한 값이 진실에 가까운 수치라는 내 보정법에 의하면 2, 3백만 명 정도가 죽었다는 결론이 나온다.

배고픔의 증명법

1998년 봄, 나는 평양 제1중학생이 되었다. 뛰어난 수학 재능이 있는 영재를 선발한다는 당 중앙위원회의 특별조치에 따른 것이었다.

"인민학교에도 다니지 않은 네가 공화국의 최고 중학생이 되는 것은 전적으로 경애하는 지도자 동지의 특별배려 때문이야."

아버지는 나를 데리고 평양 제1중학교로 갔다. 평양직할시 보통강 구역 신원동, 2만8천 제곱미터의 넓이. 10층짜리 학교 건물에는 음악실, 체육실, 수영장, 도서관이 있었고 20개의 실험실에는 수천 종류의 실험도구가 갖춰져 있었다.

교수는 책상 위에 종이 한 장을 내려놓더니 아버지에게 나가 있으라는 눈짓을 하고 내 어깨를 두 번 토닥였다. 아버지는 엉거주춤 뒷걸음질을 치며 문 밖으로 나갔다. 문이 닫히자 종이와 나만 남았다. 종이 위에 적힌 문제를 본 나는 고깃덩이를 발견한 사냥개처럼 달려들었다. 그리고 숫자들을 쓰다듬고, 쥐어박고, 엎어치고, 대화를 나누었다. 얼마나 시간이 지났는지 모른다. 잠에서 깨어나자 답안지 검토를 마친 교수의 입이 벌어졌다. 한참 후에야 그는 물었다.

"애야! 너 도대체 누구에게 수학을 배웠냐?"

나는 졸려서 잘 안 떠지는 눈꺼풀을 비볐다. 아버지가 대신 대답했다.

"수학을 배운 적은 없습니다. 마음의 병 때문에 인민학교도 제대로 다니지 못했죠."

"이 아이는 김책공대 수학과 1학년 시험지를 풀었소. 당장 5학년에 편입해도 너끈한 실력이오. 인민학교 과정을 건너뛰었고 자폐 성향이 있지만 지도자 동지께서 특별지시하신 혁명과업에 꼭 필요한 아이요."

"인민학교조차 다니지 못한 이 아이가 필요한 혁명과업이 도대체 무엇입니까?"

"3년 후에 열릴 수학 올림피아드(International Mathematical Olympiad, IMO)요."

"수학…… 올림피아드요?"

"백여 개국의 청소년들이 참가하는 국제 수학경시대회요. 공화국은 1990년 첫 출전했는데 1991년 스웨덴 대회에서 주최국들의 농간으로 부정행위로 실격된 후 1992년부터는 참가하지 않다가 이번에 위대하신 장군님의 수학, 과학 진흥 교시에 따라 다시 대회 참가를 결정했소. '대학교육을 받지 않은 만 20세 미만'이란 단서 때문에 김일성종합대학이나 김책공대생들은 출전할 수 없어 우리 학교가 총대를 메야 하오. 수학에 대한 이 아이의 재능은 공화국 최상위 0.1% 수준이오. 잘 가르치면 전 세계에 공화국의 기치를 드높일 혁명 역군이 될 것이오."

보름 후 집으로 전통문이 날아들었다. 입학허가서였다. 학교에 가기 전날 아버지는 종이 꾸러미 하나를 들고 집으로 돌아왔다. 깨끗한 교복 한 벌이었다. 다른 손에는 커다란 배급쌀 봉지가 들려 있었다. 그날 저녁 밥상에서 우리는 2년 만에 처음으로 하얀 쌀밥을 보았다. 반짝반짝 빛이 났고 하얀 김이 모락모락 나는 한 공기의 밥.

"평양 제1중학교는 경애하는 지도자 동지의 모교이자 전국에서 몰려든 수재들을 가르치는 영재학교야. 생물반 김만호 박사는 평양의과대 교수 출신이며 수학반의 안치우 선생은 수학박사니 대학 교수급 교사들이지."

아버지는 자신에게 말하듯 쉴 새 없이 중얼거리며 내게 새 교복을 입혀주었다.

"너는 바보가 아니야. 너는 천재고 이제야 네 자리를 찾은 거야."

아버지는 내가 바보가 아니라 마음의 병이 있으며 그것은 병이 아니라 능력이라고 했다. 숫자들의 세계를 오가는 능력, 자신만의 세계에 머무는 능력. 그런 능력은 아무나 가지는 것이 아니고 천재만이 가질 수 있다고도 했다. 나는 천재란 말을 좋아하지 않지만 그보다 정확하게 나를 표현하는 말은 없을 것이다. 아버지는 또 말했다.

"〈광명성 1호〉를 쏘아올린 김일성종합대학 물리학부 강좌장 서상국 박사를 알지? 지도자 동지께서 은정 어린 환갑상을 전달한 천재 이론물리학자 말이다. 그분 같은 수학 천재가 될 테니 너도 이젠 죽음 같은 건 잊어야 해."

그때 아버지는 알지 못했다. 내가 죽음을 잊을 수 없도록 설계되어 있다는 사실을. 아버지는 매일 아침 빨간 소년단 머플러를 매어주고는 자랑스럽게 나를 바라보았다. 마치 만수대에 우뚝 선 수령 동지의 동상을 우러러보듯이.

"위대하신 어버이께서 우리를 얼마나 사랑하시는지 알지? 넌 그분의 더 장한 아들이 되어야 해."

아버지는 나를 품에 안으려다 손을 거두었다. 내가 몸에 손을 대는 것을 참지 못하고 눈을 맞추지도 못한다는 것을 생각해냈기 때문이다. 아버지는 나의 어깨를 짚지도, 나의 손을 잡지도, 나와 눈을 마주치지도 못했다. 나는 아버지가 다가설 수 없는 세계였다. 배를 타고 근처를 수백 바퀴, 수천 바퀴 돌면서도 가 닿을 수 없는 먼 섬.

경애하는 장군님은 배고픔을 없애주지는 않았지만 나를 평양 제1고등중학교 2학년에 편입시켜주셨다. 교장선생님은 3년 후에 열릴 올림피아드 준비반에 나를 편성하는 대신, 일반 과정을 통해 체계적인 수학지식을 쌓는 것이 먼저라고 말했다. 최고 난이도의 문제를 다루는 수학 올림피아드에서는 가능하면 한 살이라도 나이가 많은 편이 유리하기 때문에 내가 나이 들기를 기다린 것이었다. 나는 동급생들보다 세 살이나 어렸기 때문에 올림피아드를 준비할 시간은 충분했다.

학교로 가는 길에는 날마다 축제가 벌어지는 것 같았다. 나는 매일 아침의 거리를 사진처럼 머릿속에 찍었다. 날짜와 요일, 온도와 바람의 방향, 해 뜨는 시간과 날씨의 변화, 문을 열지 않은 가게의 간판, 사람들의 옷차림, 지나가는 차들의 번호판 숫자…….

나는 지금도 1998년 9월 9일 평양의 날씨를 기억할 수 있다. 그때 본 가게들의 모습과 거리를 지나가던 사람들의 표정까지도. 길에서 만나는 자동차 번호판은 일정한 패턴에 따라 차에 대해 모든 것을 말해준다. 지역 – 단위번호 – 개별차번호. 02는 중앙당 재정경리부, 11~12는 당 기관, 13~14는 내각 및 행정단위, 15~17은 인민보안부, 18~20은 국가안전보위부, 21은 사법기관 및 검찰, 90은 중앙당 연락소의 단위번호다. 지도자 동지의 생신인 2월 16일로 시작하는 216 표지판을 보면 즐거워진다. 2+1+6=9. 지도자 동지도 나처럼 9를 좋아하는 것이 분명하다.

　장재하는 내가 중학교에서 처음 사귄 친구였다. 그리고 그곳에서 마지막으로 사귄 친구이기도 했다. 신의주 제1고등중학교에 다니던 재하는 특별조치에 따라 평양 제1고등중학교 2학년으로 편입했다. 공화국 제1의 수재들 사이에서 까무잡잡하고 빼빼 마른 개 같은 시골 아이 재하는 겉돌기만 했다. 재하는 수업이 끝나면 휴게실로 달려갔다. 바둑판을 사이에 두고 한쪽에는 빨간 융단의자가, 다른 쪽에는 딱딱한 나무의자가 있었는데 이기는 사람이 빨간 의자의 주인이 되었다.
　처음 바둑판에 모습을 드러내던 날 재하의 것이 된 빨간 의자는 어느새 그의 고정석이 되었다. 첫 상대를 민들레 씨앗처럼 불어 날려버린 그는 그 의자가 대못을 박아서라도 지켜야 할 자신의 자리라는 것을 알았다. 한 번이라도 지면 자리를 내놓을 수밖에 없고 이후 교정에 자신의 자리는 없다는 것을. 김형직 사범대 교수 출신의 수학 선생님도, 과학성 산하 동위원소연구소 연구원 출신의 물리 선생님도 재하의 적수가 되지 못했다. 3개월 만에 재하는 372전 372승의 전설적인 실력으로 자신의 영역을 표시했다. 가로세로 19줄의 세계 속에서 그는 달리고, 구르고, 헤엄치고 날아다녔다.
　나는 38개의 선들이 만들어내는 모서리의 수와 대각선의 길이를 계산하고 기하학적 호기심에 사로잡혔다. 검고 흰 돌들을 사각형 칸에 채워 바둑판을 두 번, 네 번 접었을 때 합동이 되는 대칭무늬로 배치하고도 싶었다. 나는 바둑판 위에 돌들을 늘어놓으며 말했다.

"19 곱하기 19는 361이야. 가로 19줄 세로 19줄을 곱하면 361개의 눈이 생겨."

"361이 아니라 360+1이야. 360개의 눈은 지구가 태양을 한 바퀴 도는 시간이고 중앙의 한 점은 블랙홀이야. 네 귀는 봄 여름 가을 겨울의 사계절이고 화점은 춘분, 하지, 추분, 동지야. 361개의 검고 흰 바둑돌은 하늘과 땅을 뜻하지."

재하는 손가락 사이로 흰 바둑돌을 굴리며 바둑판이 세계와 우주를 담고 있다고 설명했다. 나는 재하의 길고 가무잡잡한 손가락 끝에서 반짝이는 바둑돌을 바라보며 바둑돌을 한 움큼 집어 바둑판 위에 나란히 늘어놓았다.

재하는 한참 바둑돌을 들여다보더니 스물다섯 개의 바둑돌을 한 움큼에 쥐어 그다음에 내려놓았다. 25는 1, 5, 13으로 이어지는 수열 문제의 다음 항이었다. 재하는 설명했다.

"두 번째 항에서 첫 번째 항을 빼면 5-1=4, 세 번째 항에서 두 번째 항을 빼면 13-5=8, 즉 4×2지. 네 번째 항에서 세 번째 항을 빼면 25-13=12=4×3이야. 같은 방법으로 계산하면 다섯 번째 항은 41이지. 41-25=16=4×4!"

말을 마친 재하는 바둑돌 열 개를 바둑판 위에 나란히 늘어놓았다.

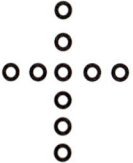

"이 바둑돌들 중에서 하나만 움직여 가로세로를 모두 다섯 개로 만들 수 있겠니?"

그것은 내가 좋아하는 형태에 관한 문제였다. 나는 맨 아래쪽 바둑돌을 들어 가운데 돌 위에 살짝 올렸다. 그러자 좌우대칭의 바둑돌은 상하좌우에 각각 두 개의 날개를 가진 상하좌우대칭형이 되었다.

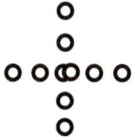

"나는 대칭을 사랑해. 대칭은 변하지 않기 때문이야."

반듯한 상하좌우대칭의 십자형 바둑돌들이 반짝였다. 재하가 말했다.

"사람 사이에도 대칭이 있어. 친구는 서로의 대칭이야. 우정은 변하지 않거든."

나는 친구가 무엇인지, 우정이 무엇인지 모르지만 대칭을 이해할 수는 있다. 그날 우리는 서로의 대칭이 되었다.

고난의 행군은 계속되었다. 끼니가 띄엄띄엄 걸러진 하루. 웃음을 잃은 사람들, 문을 닫은 점포들. 고난은 우리의 살을, 그리고 삶을 갉아먹었다. 모두가 입을 굳게 다물었다. 말을 할수록 배가 고파진다는 함수식을 배고픔이 가르쳐주었기 때문이다. 나는 끼니를 챙겨먹듯 부등식과 기하학, 수열과 방정식을 풀며 답이 아니라 멋진 해법, 아름다운 증명법을 찾아 헤맸다.

문제는 만질 수도 먹을 수도 없었지만 잠시 배고픔을 잊게 해주었다. 나는 다리를 저는 낙타를 몰고 사막을 건너는 대상처럼 문제를 지고 배고픔 속을 걸었다. 수식을 푸는 것은 숫자들이 끄는 수레를 모는 것과 같다. 길은 울퉁불퉁하고 목적지는 멀고 시간은 없다. 연필은 사각거리며 종이 위를 달린다.

"뭐해?"

어느새 등 뒤에 다가온 재하가 복잡한 숫자와 기호들을 내려다보며 물었다.

"나뭇잎 한 장으로 압록강을 건너 일본 놈들을 까부순 위대하신 어버이 수령님의 보천보 전투를 수학적으로 증명하고 있어."

재하는 주변을 두리번거리더니 내 귀에다 손바닥을 대고 수군거렸다.

"나뭇잎으로 강을 건넌다는 말을 믿어? 그건 헛소리야. 불가능한 얘기라고!"

"아냐. 나뭇잎의 비중, 강물의 부력, 그리고 수령님의 체중, 물결의 높이와 시간이 지남에 따라 나뭇잎이 젖는 속도, 그 모든 변수들을 고려해 압록강을 건널 배를 만들려면 몇 장의 나뭇잎이 필요할까를 계산하면 돼."

나는 내가 푼 수식을 골똘히 검산했다. 재하가 내게 바짝 다가왔다.

"계산이 아니라 억지를 쓰고 있네. 보천보 전투는 새빨간 거짓말이야. 보천보 전투에서 빨치산들이 죽인 건 일본군이 아니라 민간인과 아이들이었어. 수령 동지의 빨치산 부대 수십 명이 뗏목을 타고 압록강을 건너 보천보 파출소를 공격했을 때 일본 순사들은 모두 도망간 후였거든. 빨치산들은 소방서, 면사무소, 우편소에 불을 질렀는데 일본인 식당 주인과 일본 순사의 아들이 죽었대."

거짓말…… 나는 세상이 진실로 가득하다고 믿는다. 거짓말이 무엇인지 모르기 때문이다. 다만 수학적으로 불가능한 일과 가능한 일이 있을 뿐이다. 수학은 자명한 일을 증명하기도 하지만 자명하게 불가능한 일을 가능하게도 한다. 우리가 사는 공간이 휘어져 있다는 것, 공간을 접으면 순간적으로 우주의 다른 별로 이동할 수 있다는 것, 시간을 거슬러 올라갈 수 있다는 것. 그 모든 불가능은 수학적 이론을 통해 자명하게 가능하다.

나뭇잎 한 장으로 압록강을 건넌 것 또한 수학적으로 불가능한 일은 아니다. 나는 그 가능성을 수학적으로 증명하고 싶었다.

나는 숫자를 매만지고 재하는 바둑돌을 매만지며 우리는 우리만의 세계를 지었다. 둥글고 반들거리는 돌로 이루어진 세계는 조용하면서도 시시각각 변했다. 가끔 세계가 와르르 무너지면 우리는 애써 쌓은 모래성을 무너뜨린 아이들처럼 깔깔 웃었다. 재하는 내가 하루라도 빨리 올림피아드 준비반에 편성되기를, 그리고 올림피아드 대회가 빨리 다가오기를 나보다 더 간절히 원했다.

"올림피아드에 가면 꼭 코카콜라를 먹어봐야 해. 맥도날드 햄버거도……."

"난 그런 건 먹고 싶지 않은데……."

"부탁이야. 꼭 코카콜라와 맥도날드 햄버거를 먹고 어떤 맛인지 내게 얘기해줘."

나는 그렇게 하겠다고 약속했다.

우리는 그늘진 화단에서 개미들의 왕국을 발견하기도 했다. 개미들은 억센 턱으로 죽은 말매미를 잘게 잘라 등에 지고 기우뚱거리며 화단을 가로질렀다. 반들거리는 개미들의 행렬은 길고 가는 검은 띠처럼 보였다. 우리는 개미구멍에 눈을 대고 텅 빈 어둠 속에 있는 또 하나의 우주를 들여다보았다. 개미들의 블랙홀에 빨려

들지 않으려고 우리는 얼굴이 발갛게 달아오를 때까지 운동장을 달렸다. 숨이 턱에 차오르고 따뜻한 바람이 팔뚝의 솜털을 스치듯 시간들이 우리를 지나갔다.

재하와 나는 이등변 삼각형의 양변처럼 커다란 떡갈나무를 사이에 두고 서로 기댔다. 그때 우리의 내부에는 베어진 나무의 나이테처럼 같은 기억의 무늬가 새겨졌을 것이다.

여름방학이 시작되었다.

◇◇◇◇◇◇

러셀은 가장자리가 닳고 노랗게 절은 낡은 수첩 한 권을 테이블에 휙 던진다. 그러고는 다시 수첩을 집어 들어 내 눈앞에 들이대며 말을 질겅질겅 씹는다.

"네 배낭 속에서 이 수첩이 나왔어. 네가 태어나지도 않은 1968년 날짜가 적혀 있으니 네 수첩이 아닌 건 분명해. 이 수첩이 어디서 났지? 누구한테서 훔친 거야?"

나는 아무 말도 하지 않는다. 그는 내 멱살을 잡아 밀어붙인다. 나의 두 발은 목 매달린 유다처럼 늘어진다. 숨이 막히고 피가 쏠린다. 그때 문이 열리는 소리가 들린다. 안젤라다. 러셀은 나를 팽개치듯 내려놓는다. 안젤라는 황급히 다가와 내 눈동자를 까뒤집는다. 러셀은 눈치를 살피더니 분을 참지 못하고 문을 떠밀고 방을 나간다. 그녀는 나를 의자에 앉힌다. 그리고 붕대를 풀고 다리의 상처를 소독한 후 붕대를 갈아준다. 그녀가 말한다.

"너는 이 수첩에 대해 밝혀야 돼."

"왜 그래야 하죠?"

"그렇지 않으면 저들은 네가 말할 때까지 괴롭힐 테니까."

"나는 나이트 미처 씨를 만나야 해요."

"나이트 미처 씨가 누군데?"

"나도 몰라요. 하지만 난 이 수첩을 주인에게 꼭 돌려주어야 해요."

"누군지도 모르는 사람을 어떻게 만나겠다는 거니?"

"나이트 미처 씨를 만날 확률을 계산하면 돼요. 세계 인구는 60억 명이고 공화국 인구는 2천2백만 명이고 미국 인구는 2억8천만 명이니까 한 명의 공화국 인민이 한 명의 미국인을 만날 확률을 구할 수 있거든요."

"그를 만날 확률은 수백만 분의 1, 아니 수천만 분의 1도 안 될 거야. 어쩌면 그보다 희박할지도 모르고…… 일어나지 않을 확률이 99.999%가 넘을 거야."

"0.001%의 확률이라도 일어날 수 있는 일은 반드시 일어나요. 아무리 희귀한 일도 일어나도록 되어 있으며 극히 가능성이 없는 일 또한 전혀 불가능하지는 않아요. 확률은 과학이거든요."

"확률은 과학이 아니야. 확률은 누군가를 속이기 위한 속임수에 불과해."

"나는 속임수를 몰라요."

그녀는 설명을 이어나간다.

"확률은 모두가 믿을 수밖에 없는 객관적 자료지만 때와 장소에 따라, 사람에 따라 상대적이야. 숫자는 진실하지만 사람들은 진실하지 않아. 속이거나, 선입관에 사로잡혔거나, 증오하거나, 의심하면서 수를 오염시키지. 그러니까 확률은 신뢰할 게 못 돼."

"난 확률을 신뢰하지 않아요. 난 수를 신뢰해요."

"하지만 사람들은 수에 놀아나기 쉽단다."

그녀는 화난 사람처럼 보인다. 나는 그녀에게 묻는다. 그녀가 내게 물은 것처럼. 한 번 대답했으니 한 번 묻는 건 공평하다.

"당신은 수학을 사랑하지 않나요?"

"아니, 나는 수학을 증오해."

그러나 나는 그녀가 수학을 사랑한다고 확신한다. 누군가를 너무 사랑하면 미워지니까. 사랑하지 않으면 미워할 필요도 없으니까. 그녀가 수학을 사랑한다면 나처럼 대칭과 소수와 파이를 사랑할 것이다. 리만과 괴델의 풀리지 않은 가설들과 페렐만이 풀어버린 푸앵카레의 추측과 수많은 증명들과 수식들도. 그녀는 테이블 위의 수첩을 집어 들고 갈피를 넘긴다.

"이 수첩을 어떻게 네가 갖고 있지?"

나는 눈을 감는다. 내가 어떻게 그 수첩을 가지게 되었을까? 나는 나만의 웜홀을 통해 1999년의 평양으로 돌아간다. 햇살이 부서지던 거리, 비늘을 번쩍이며 숭어가 뛰어오르던 대동강, 그리고 그 강가에 정박하고 있던 푸에블로호의 어둑어둑한 선실로.

불가능한 것들의 가능성에 대하여

　재하와 나는 발갛게 익은 뺨으로 빛이 넘치는 동평양의 거리를 걸었다. 거리의 나뭇잎들은 하얀 배를 까뒤집고 파닥거렸고 소나기가 지나간 젖은 거리를 달리는 전차는 경적을 울렸다. 하늘색 제복에 잉크색 모자를 쓴 여순경이 하얀 장갑 낀 손으로 교통정리를 했다. 지나가는 차들이 구릿하면서도 향긋한 기름 냄새를 풍겼다. 우리는 전설을 확인하러 가는 중이었다.
　"대동강가에 고래보다 큰 배가 정박하고 있어. 31년 전 그 거대한 고래를 잡은 군인이 그 배를 지키고 있대. 그 고래와 노인을 보러 가지 않을래?"
　그렇게 말했던 재하는 옥류교와 대동교를 지나는 동안 굳게 입을 다물었다. '고래보다 큰 배에는 고래 한 마리를 실을 수 있을까?' 나는 생각했다. 평양대극장을 지나자 색을 칠하지 않은 회색 아파트가 띄엄띄엄 나타났다. 비쩍 마른 개들이 혀를 늘어뜨리고 경중경중 강변을 뛰어다녔다. 파란 측백나무 길을 젊은 아가씨와 나란히 걷는 청년의 흰 셔츠는 땀에 흠뻑 젖어 있었다. 1886년 평양 시민들의 공격으로 미국 제너럴셔먼호가 격침된 곳에 세워진 충성의 다리를 지나자 거대한 강철 덩어리가 나타났다.

"배수량 906톤, 길이 약 54미터, 폭 10미터. 기관총 무장. 속력은 12노트(시속 약 22킬로미터). 배의 이름은 푸에블로호고 지키는 군인의 이름은 박인호 대좌야."

재하는 잠든 회색 괴물이 눈을 번쩍 뜨기라도 할 것처럼 살금살금 다가갔다. 나의 심장은 125bpm으로 헐떡거렸다. 가까이 다가서자 접안한 회색 강철 덩어리는 우리를 삼켜버릴 것 같았다. 용접한 강판들은 부식으로 부풀었고 우뚝 솟은 두 개의 송신탑은 휘어져 있었다. 우리는 고물 쪽 철제 계단으로 배에 올랐다. 기관총 사대가 자리잡고 있는 갑판 위에 병정인형 같은 남자가 서 있었다. 하얀 예복 가슴에 알록달록한 훈장이 반짝이고 테두리 높은 모자를 쓴 그는 거대한 강철 배의 조그만 부품 같았다. 낡고 닳아서 제 역할을 제대로 하지 못하지만 그대로 두어도 큰 지장이 없는 쓸모없는 부품. 재하는 살그머니 노인에게 다가가 물었다.

"미제의 푸에블로호를 나포했고 그 후로 31년째 복무 중인 공화국 영웅 박인호 대좌님인가요?"

그는 처진 눈꺼풀에 힘을 주며 고개를 끄덕였다. 재하가 말을 이었다.

"우리는 평양 제1중학생이에요. 대좌님의 이야기를 듣고 싶어 오전 내내 걸어서 왔어요."

"무슨 이야기?"

"1968년 1월 23일의 이야기요."

노인은 굽은 등에 힘을 주었지만 수십 년 동안 굳은 어깨는 쉽게 펴지지 않았다. 그는 야윈 주먹을 불끈 쥐며 자신이 거대한 고래를 낚아 올리던 날을 떠올렸다.

"그래. 1968년 1월 23일 원산 앞바다에서였지. 나는 조선 해군 SO-1경비함의 병사였어. 정오가 막 지났을까…… 화물선을 개조한 정체불명의 허름한 배가 나타났어. 첨단 통신감청기를 탑재한 미국안전기획국(NSA) 정찰선 푸에블로호였지."

재하는 꿀꺽 소리가 나게 침을 삼켰다. 밀랍인형 같던 얼굴에 핏기가 돌아온 노인은 한층 힘차게 말을 이었다. 포를 겨누고 국제항행통용주파수로 질문을 들이댄 일과, 미국 국기가 올라가던 게양대와 원산에서 어뢰정 네 척이 도착한 일과 놈들이 '수로측량을 하는 해양과학연구선인데 공해상으로 나가겠다'며 달아난 일에 대해. 그리고 일곱 명의 결사대에 끼어 어뢰정을 타고 달아나던 푸에블로호 위로 올라가 기밀서류에 불을 지르는 놈들을 생포한 일, 83명의 승무원 중 82명을 포로로 잡아 배를 원산항으로 끌고 온 일에 대해.

박인호 대좌는 다시 청년이 된 것 같았다. 팔뚝에 뜨거운 피가 끓어 넘치던, 카랑카랑한 목소리를 가진, 죽음을 무릅쓰고 적의 배에 오르던 결사대원.

"이게 그때 우리 경비함의 함포사격에 당한 총알 자국이야."

노인은 갈퀴 같은 손가락을 선체의 검은 구멍에 쑤셔 넣으며 말했다. 재하는 완전히 얼이 빠졌다.

"내일 또 와도 돼요?"

"물론이다. 이건 미제에 대한 승리를 기리는 성스러운 기념물이니까. 여름방학이 끝나는 날까지 와도 돼. 그 이후에도."

나는 머리를 쓰다듬으려는 노인의 손을 뿌리쳤다. 누군가의 손이 내 몸에 닿는 걸 싫어했기 때문이다. 고양이가 물을 싫어하는 것처럼.

우리는 날마다 강물을 따라 헤엄치는 숭어들처럼 강둑을 따라 대동강으로 갔다. 대동강은 찰싹이며 흐르는 보통강과 달리 소리가 없었다. 대동강이 조용히 흐르는 이유는 몸속에 비밀을 간직하고 있기 때문이다. 절벽을 깎아 협곡을 만들며 450.3킬로미터를 달려온 강물에는 무연탄과 아연과 갈색 충적토가 스며 있고 상류로부터 산천어와 열목어, 숭어와 잉어와 메기와 누치가 살았다. 숭어들은 야광충처럼 반짝이는 조용한 강바닥의 비밀들을 훔쳐볼 것이다. 우리가 총알 자국이 난 배에서 대좌님의 오래된 전쟁 이야기에 귀 기울이듯이.

"얘들아! 여기가 선교야. 난 이곳에서 푸에블로호 함장과 손짓 발짓으로 얘길 했지."

페인트가 번진 작은 유리창 밖으로 대좌님이 손을 흔들었다. 그의 손은 찢어져 너덜거리지만 힘차게 날리는 깃발 같았다. 높은 선교에는 녹슨 쇠의 냄새, 마른 페인트 냄새가 났다. 흐린 유리창 때문에 세상이 뿌옇게 보였다. 선교에서 내려온 대좌님은 쇠비린내가 나는 좁은 복도를 지나 우리를 선실로 데려갔다. 전시관으로 개조된 선실에는 미군 군복과 소지품, 모자 같은 승무원들의 일상용품이 진열되어 있었다. 휘장에 쓰인 알파벳이 눈에 띄었다. PUEBL. 접힌 휘장 뒤에 O 자가 숨어 있을 것이다.

유리관에는 미국 놈들이 실제로 의사소통을 하기 위해 쓰는 영어 문건들이 전시되어 있었다. 문건들은 하나같이 노랗게 쩔었거나 색이 바랬다. 다시는 정탐행위를 하지 않겠다는 것을 담보한 미 정부의 사죄문, 무장간첩선 푸에블로호의 정탐행위와 관련한 증거 문건들, 간첩 놈들의 자백서들과 공동 사죄문, 미 대통령에게 보내는 공개서한…… 대좌님이 말했다.

"배를 나포당한 미국 놈들은 '공해상에서 해로작업을 하는데 공화국 경비정이 57밀리 기관포를 마구 발포한 불법적 군사도발'이라는 엉뚱한 주장을 했지. 미국 내에선 '즉각 보복'하자고 와글댔어. 미 해군 역사상 미국 군함이 타국 군에 나포된 건 처음이었거든. 미국은 핵항공모함 엔터프라이즈호와 핵잠수함, 7함대 소속 구축함 두 척을 동해에 급파하고 수백 대의 폭격기와 전투기를 띄웠어."

"항공모함, 잠수함, 폭격기…… 무시무시하네요."

"걱정 마! 우리 공화국은 눈곱만큼도 겁을 먹지 않았으니까. 미국 놈들은 겉으론 엄포를 놓았지만 11개월간 28차례의 굴욕적인 비밀협상을 감수했고 1968년 12월 23일 결국 영해침범 사과문을 공식 발표했거든. 공화국은 236일 만에 82명의 승무원과 시체 한 구를 돌려보냈지만 푸에블로호 선체와 장비는 몰수했지. 미국 놈들이 지난 30년 동안 돌려달라고 떼를 썼지만 공화국은 꿋꿋이 버텨왔어."

대좌님은 항복문서를 쥔 승리자처럼 의기양양했다. 나는 나란히 전시된 영문본과 조선말본의 미국 정부 사죄문을 대조하며 읽었다. 영어와 조선어 단어들, 영어 문장과 조선어 문장이 나란히 대응해 머릿속에 정리되었다. VTR 시청각실로 개조된 수병식당에는 당시의 흑백 장면들이 되풀이 방영되고 있었다. 나는 미군들이 발표하는 사죄문을 따라 외웠다. 푸에블로호는 나의 영어 학교였고 정탐 내용과 문서들은 훌륭한 영어 교재였다. 31년 전 공화국에 나포되었던 미군들과 미 대통령이 나의 영어 선생이었다.

통신실에는 수많은 버튼과 스위치가 달린 복잡한 통신 설비들,

송수신 장치가 있었다. 나는 쇠로 된 상자 안에 무엇이 있을지 궁금했다. 대좌님도 마찬가지일 것이다. 어부라면 자신이 낚은 고기의 뱃속이 궁금하기 마련이니까. 설비 패널을 열자 물고기 내장처럼 매끄럽고 부레처럼 반들거리는 다이오드 부속들이 보였다. 나는 영어로 된 통신병 교범을 읽으며 전파의 원리에 대해 설명했다. 대좌님은 눈곱 낀 눈을 껌뻑거렸다.

"미국 놈들이 네 영어를 들으면 널 엄청 예의 바르고 겸손한 녀석이라고 할 거야."

"왜요?"

"사죄문과 자백문 따위로 영어를 익혔으니까."

대좌님은 좁은 복도 끝으로 나를 끌고 가 선실문의 핸들을 돌려 열었다. 전시되지 않은 노획물들을 모아놓은 방이었다. 선반 위에는 모자, 군화, 장화와 우의 같은 개인 장비부터 나침반, 라이터, 만년필 같은 일상용품들, 손바닥에 들어올 정도로 작은 수첩도 보였다. 수첩은 낡은 데다 물을 먹어 귀퉁이가 부풀어 있었다. 얼룩진 표지에는 만년필로 쓴 제목과 수첩 주인인 듯한 인물의 서명이 적혀 있었다.

〈불가능한 것들의 가능성에 대한 항해일지〉
— 이타카로 돌아가는 오디세우스

바닷물에 젖어 쭈글쭈글해진 수첩은 네 귀퉁이가 닳아 있었다. 글자들은 바닷물에 번지고 오랜 세월에 바랜 문장들은 뚝뚝 끊어져 있었다. 정성들여 쓴 필기체 단어와 문장들이 난파한 배의 잔해처럼 푸른 잉크 자국 사이에 떠 있었다. '내가 당신에게로 돌아갈 때', '아베스, 오늘도 당신 꿈속으로 찾……', '……결혼식 날 당신이 입었던 드레스…….' 대좌님이 물었다.

"무슨 얘기가 씌어 있는 거냐?"

"오디세우스라는 남자가 아베스라는 여자에게 보낸 편지 같은 일기예요."

"그의 이름은 오디세우스가 아니라 나이트 미처 대위였어. 푸에블로호의 통신장교였는데 미국으로 돌아갔단다."

"수첩을 잊어버리고 갔군요?"

"아니야. 그는 떠나는 날까지 수첩을 돌려달라고 애원했지만 난 그러지 못했지. 그건 엄연히 공화국 군인이 적군으로부터 얻은 노획물이었으니까."

"대좌님은 돌려주고 싶었군요. 돌려주지 않은 것이 아니라 그러지 못했다고 했으니까요."

대좌님은 고개를 끄덕였다.

"그럴지도 모르지. 난 아내를 두고 먼 나라의 포로로 잡혀 죽음을 눈앞에 둔 그의 마음을 알 것도 같았어. 나도 그때 아내를 떠나 군대생활을 하고 있었거든."

"나이트 미처 씨와 친구였나요?"

대좌님은 주위를 두리번거렸다. 마치 나이트 미처 씨가 그 자리에서 우리의 이야기를 엿듣기라도 하는 것처럼. 그러더니 주름진 입가를 손바닥으로 쓰윽 문지르고 말했다.

"친구는 아니었어. 냉정하게 말하면 우린 적이었지. 1968년 1월 23일 원산 앞바다에서 말이야."

"서로 싸웠나요?"

"우리 경비함과 어뢰정 네 척이 접근해 포를 겨누자 푸에블로호는 달아나기 시작했어. 나는 배 위로 올라가 놈들을 제압하고 배를 원산항으로 끌고 갈 일곱 명의 결사대에 지원했지. 결사대의 임무는 네 가지였어. 첫째, 신속하게 배로 올라가 놈들을 제압하는 것, 둘째, 무기를 빼앗아 장악하는 것, 셋째, 통신을 두절시키는 것, 넷째, 배를 원산까지 몰고 귀환하는 것. 작고 빠른 어뢰정으로 옮겨 탄 결사대는 12.7밀리 대구경 기관총을 쏘면서 도망가는 푸에블로호를 끈질기게 추격했어. 우리가 앞을 막아서자 놈들은 배를 멈추고 우왕좌왕했어. 결사대는 혼란을 틈타 푸에블로호로 뛰어 올라갔지."

"놈들이 가만히 있던가요? 아니면 달려들었나요?"

이야기 속으로 빠져든 재하는 몸을 앞으로 바짝 기울이며 물었다. 대좌님은 주름진 눈꺼풀을 반쯤 내리깔고 말을 이었다.

"놈들은 배를 세웠어. 부랴부랴 도끼와 망치로 전자장비를 박살내고 기밀서류에 불을 질렀지. 없애지 못한 서류와 자재는 바다에 던졌어. 나는 선교로 달려가 문을 박차고 총을 겨누었어. 여차하면 기관총을 긁어버릴 생각이었지. 네 명의 미군 병사가 나를 향해 소총을 겨누고 뭐라고 고함을 질렀어. 알아들을 순 없었지만 아마 총을 버리라는 경고였을 거야. 문득 정신을 차리고 주변을 보니 다른 결사대원이 하나도 보이지 않았어. 모두 승무원들이 있는 갑판 아래로 갔고 갑판 위엔 나 혼자였어. 총을 쏘면 한 놈을 죽이겠지만 다른 세 놈이 총질을 해댈 것이 분명했어. 머리털이 쭈뼛 솟더군. 집에 있는 아내의 얼굴이 떠올랐어. 이제 죽었구나."

재하의 옆으로 째진 눈이 점점 커졌다. 자신의 눈앞에서 이야기하고 있는 대좌님이 31년 전에 죽은 유령이라도 되는 양 놀란 표정이었다. 대좌님은 재하의 표정을 살피며 말을 이었다.

"우리는 서로 알아듣지 못하는 말로 소리를 지르며 흥분했지. 총구는 금방이라도 불을 뿜을 것 같았어. 그때 흰 제복을 입은 장교가 병사들에게 뭐라고 하더군. 흥분한 부하들이 소리를 지르자 그는 한 병사의 손아귀에서 가지를 꺾듯이 자연스럽게 총을 받아들었어. 다른 놈들이 하나하나 총을 바닥에 내렸지. 얼떨떨하게 대치하고 있을 때 뒤따라 승선한 우리 지원부대가 함정을 장악했어. 그날 전투에서 우리 포격으로 미군 하사 한 명이 죽었고 13명이 부상을 당했고 82명은 포로가 되었어. 선교를 장악한 나는 최고영웅 훈장을 받았지. 나이트 미처 대위가 아니었으면 죽을 수도 있었을 텐데 말이야."

"그래서 어떻게 되었어요?"

"결사대는 승무원들을 무장해제시키고 푸에블로호에 승선한 채 원산 앞바다로 호송했어. 나는 총을 겨눈 채 대위를 감시했어. 바다는 다시 조용해지고 나는 긴장과 피로에 절어 있었지. 노을이 지기 시작했어. 그때 우리는 인생의 가장 빛나는 순간을 지나고 있었지. 젊고, 자신만만하고, 세상에 대한 호기심으로 가득했어. 말이 통하지 않았지만 푸르게 빛나는 그의 눈동자를 보니 우리가 같은 꿈을 꾸고 있다는 걸 알겠더군. 그것은 누군가를 그리워하는 눈이었고, 누군가를 사랑하는 눈이었거든. 누군가를 사랑하고 그리워하는 사람은 그런 눈빛을 알아볼 수 있지."

"그의 이름이 나이트 미처란 건 어떻게 알았어요?"

"그가 자신의 이름이 나이트 미처라고 말했거든. 나는 잠시 머뭇거리다 박인호라고 내 이름을 말해주었지. 그가 담배 한 개비를 권했어. 함선이 나포된 상황에서 그것 말고 그가 할 수 있는 건 없었지. 노을 속을 떠가는 배의 갑판에서 우리는 한 개비의 담배를 나누어 피웠어. 그는 군복 안주머니에서 지갑을 꺼내 사진 한 장을 보여주었어. 강아지만 한 아이를 안은 금발의 여자와 그가 함께 웃는 사진이었어. 나도 아내의 사진을 꺼내 보여주었지. 그때 그와 난 친구가 되었던 걸까? 그렇지는 않을 거야. 우리는 서로 적이었으니까."

"정확히 말하면 그는 포로죠. 전투에서 사로잡았으니까요."

나는 재하가 때로 참 똑똑하다고 생각했다. 대좌님이 말했다.

"원산에 도착한 우리는 승무원들의 몸수색을 했고 모든 소지품을 압수했어. 그의 시계와 반지와 군번줄을 압수했지. 군복 윗주머니에서 이 수첩을 뽑아낼 때 나는 그의 심장을 뽑아내는 것 같았어. 수첩은 포격으로 튀긴 물에 반쯤 젖어 있었어. 그는 침묵으로 애원했지만 공화국의 군인으로서 노획물을 임의로 처리할 수는 없었지. 노획물들은 모두 이 선실에 보관되었어. 조사를 받는 동안 그의 푸른 눈은 무언가를 그리워하는 것 같았어. 아내가 아니라 아내에 대한 사랑을 담은 수첩을 말이야. 노획물 보관실에서 그의 수첩을 꺼냈을 때 그는 다른 승무원들과 함께 평양으로 이송된 후였어. 수첩은 영영 주인을 찾지 못했지."

"그 후에 나이트 미처 대위를 다시 만났나요?"

대좌님은 고개를 절레절레 흔들었다. 강 하류에서 미적지근한 바람이 불어와 대좌님의 하얀 머리카락을 솜뭉치처럼 뭉쳐놓았다. 대좌님은 들고 있던 해군 정모를 반듯하게 쓰고 말을 이었다.

"11개월 후 그는 미국으로 송환되었어. 내가 조금 빨리 그에게 수첩을 돌려주었다면 어떻게 되었을까? 그 수첩은 그를 따라 미국으로 갔겠지. 그가 먼 나라의 바다 위에서 아내를 얼마나 그리워했는지 그의 아내가 알 수 있었을 거야. 어쩌면 그 수첩이 없어도 그의 아내는 그의 사랑을 알았겠지. 그는 친절하고 점잖고 사랑스런 남자였으니까. 하지만 저 수첩을 볼 때면 난 늘 마음이 언짢아. 내가 그의 사랑을 방해한 것만 같아서, 그의 사랑의 한 조각을 탈취해버린 것만 같아서……."

"그럼 나이트 미처 씨에게 수첩을 돌려드리면 되잖아요. 나이트 미처 씨의 수첩은 나이트 미처 씨에게 돌아가야 하니까요."

"그는 이미 30년 전에 미국으로 돌아갔어. 그를 다시 만날 수는 없을 거야. 죽어서 천국으로 간다면 모를까. 어쩌면 그 날이 아주 멀지 않았는지도 모르지. 내 나이와 비슷했으니 살아 있다면 예순이 넘었을 테니까 말이다."

"대좌님처럼 늙었군요. 하지만 나는 젊으니까 그에게 수첩을 돌려줄 수 있어요."

대좌님은 침침한 눈으로 자신의 쭈글쭈글해진 손등을 내려다보았다.

"그래. 나는 늙었지. 하지만 늙은 영웅도 영웅이란다."

그는 쪼그라진 영웅, 볼품없는 영웅이었다. 31년 전의 승리로 지금까지 연명하는 영웅.

집으로 돌아가는 강둑엔 노을과 어둠과 베인 풀의 향기가 섞여 있었다. 햇살은 붉은 치맛자락처럼 강물에 잠겼다. 은빛의 배를 뒤집으며 숭어들이 뛰어올랐다. 숭어들의 등에 발갛게 벌어진 상처가 보였다. 숭어들은 사람이 보지 못하는 물속에서 서로 싸운다. 칼

날처럼 얇고 미끄러운 등지느러미로 서로의 등에 상처를 낸다.

시간은 넘실거리는 강물과 함께 흘러갔다. 충성의 다리 아래를, 평양대극장 옆을. 청년동맹 건물에서 하얀 셔츠를 입은 남자들이 끝없이 쏟아져 나왔다. 가끔씩 전차가 은빛 레일 위를 삐걱거리며 지나갔다. 비쩍 마른 개들, 반쯤 입을 벌린 아이들, 무표정한 어른들…… 도시는 배고픔을 이기지 못하는 것 같았다.

우리는 강을 거슬러 올라왔다가 바다로 돌아가는 갈매기처럼 강둑을 따라 달렸다. 앞서가는 재하의 검게 탄 종아리가 반들거렸다. 나는 헐떡이며 물었다.

"나이트 미처 대위는 살아 있을까?"

"글쎄. 살아 있다 해도 미국에 있는 나이트 미처 대위를 만날 수는 없을 거야."

재하가 입을 불퉁하게 내밀었다. 허리까지 자라오른 풀들이 종아리를 쓸었다.

"하지만 지극히 가능하지 않다고 해서 불가능하지는 않아. 아리스토텔레스는 '가능하지 않은 일이 일어난다는 것은 가능하다'고 했거든."

"그런 일은 기막힌 우연이거나 기적이야."

"우연은 얼마든지 일어나. 기적도 마찬가지지. 나이트 미처 씨가 살아 있다면 지금도 누군가를 만나겠지. 아내나 아이들이나, 아직도 군인이라면 부하들을 말이야. 누군가를 만난다는 건 그에겐 평범한 일상이지만 그 누군가가 우리라면 그건 기적이 되는 거야. 어떤 일이 일어날 확률은 '어떤 일이 누군가에게 일어날 확률'과 '그 일이 나에게 일어날 확률'의 두 가지거든. 매주 복권 당첨자가 나오는 건 일상이지만 내가 복권 당첨자가 되는 건 기적이지."

"하지만 모든 사람이 복권 당첨자가 될 수는 없어."

"우리에게는 생각보다 놀라운 능력이 있어. 단지 여섯 단계를 거치는 것만으로 우린 세상의 누구와도 연결될 수 있으니까."

"거짓말! 내가 장쩌민 주석과 연결될 수 있다는 거야?"

"장쩌민 주석이 아니라 피델 카스트로 의장과도 연결될 수 있지."

"그건 기적이 아니면 속임수야."

"기적도 속임수도 아냐. 수학이지. 봐. 네가 지금 아는 사람이 천 명이라고 쳐. 그 사람들 각자가 모두 천 명씩을 알고 있다면? 1,000×1,000=1,000,000명! 한 사람만 거치면 우린 백만 명을 알게 되는 거야. 서너 단계를 거치면 그 수는 급격히 늘어나고 우리는 세상의 모든 사람들과 친구가 될 수 있어."

"그런 걸 어디서 배웠지?"

"푸에블로호의 유류품 보관실에 하버드대학 심리학과 스탠리 밀그램Stanley Milgram 교수의 연구에 관한 잡지책이 있었어. 그는 1967년 네브래스카 주 오마하 주민 160명에게 '보스턴에 사는 주식거래인 ○○○ 씨에게 전달될 편지입니다. 당신이 아는 분 중 이 사람과 가장 가깝다고 생각되는 사람에게 발송해주시기 바랍니다.'라는 편지를 띄워 끝까지 전달된 42통을 역추적했는데 평균 5.5명을 거쳤다는 거야."

"31년 전에 미국으로 돌아간 미군들의 책을 네가 읽었다는 게 기적 같은 일이군."

그건 기적이 아니다. 사람들은 멀리 떨어져 있고 만난 적도 없지만 보이지 않는 끈으로 연결되어 있기 때문이다. 가늘지만 질겨서 국경도 민족도 종교도 끊지 못하는 끈. 중국의 마약왕과 월스트리트의 은행가, 아프가니스탄의 탈레반 병사와 디즈니랜드의 검표원처럼 31년 전의 푸에블로호 선원과 나도 서로 이어져 있는 것이다. 그것이 기적이 아니면 무엇을 기적이라 할 수 있을까?

"기적이란 말이 있는 것은 기적이 존재하기 때문이야. 그러니까 나는 나이트 미처 씨의 수첩을 그에게 돌려줄 거야."

재하는 나를 집 앞까지 데려다주었다. 그는 내가 자기보다 작고, 약하기 때문에 보살펴주겠다고 했다. 나는 보살핌을 바라지는 않았지만 그렇게 하도록 내버려두었다. 대문 밖 골목에 길고 단단한 그림자가 서 있었다.

"어디 갔다 오는 거니?"

아버지의 마른 목소리가 어둠 속에 잠겼다. 아버지의 몸에서 물비린내와 알코올이 섞인 냄새가 났다.

경애하는 지도자 동지는 이런 교시를 한 적이 있다.

"미국을 이기려면 미국식 쌍놈 영어가 아닌 영국식 본토 영어를 배워야 한다. 또 러시아, 중국, 일본, 프랑스 말도 배워 조선반도에 눈독 들이는 놈들의 말을 두 개는 해야 한다."

푸에블로호에서 미국 놈들의 언어를 배운 나는 본격적으로 영어를 읽고 쓰는 공부를 했다. 나는 영어 교과서인 영국 교과서를 통째로 외웠고 뜻도 모른 채 영어와 불어와 러시아어와 일어 원서들을 읽었다. 지도자 동지의 교시를 충실히 따르고 싶었던 것은 아니다. 다만 나는 언어라는 기호의 체계에 탐닉했을 뿐이다. 언어는 제한된 음가를 지닌 특정한 기호와 문법이라는 일정한 패턴으로 작동한다는 점에서 수학과 같은 기호 시스템이다. 수가 넓이와 길이, 크고 작음, 많고 적음을 표시한다면 언어는 발음과 의미, 사물의 속성을 표시한다. 두 개, 혹은 그 이상의 언어 사이에도 발음, 어순, 어원, 어미, 격이 수식처럼 일정한 패턴을 이루며 작동한다. 뱃사람이 갈매기의 날갯짓을 보고 고기 떼를 쫓듯이 나는 본능적으로 패턴을 파악해 언어들을 익혔다. 더 많은 영어와 더 어려운 영어가 필요했다. 나는 그것들이 있는 장소로 다가갔다. 꿀벌이 꽃에게 다가가듯이.

도서관은 수많은 것들의 거대한 세계였다. 불발된 채 묻혀 있는 지뢰처럼 침묵하던 책들은 내 발길, 내 눈길을 견디지 못하고 폭발했다. 초끈 이론과 복잡성 이론, 리만가설, 괴델과 가우스…… 그곳에 있는 영어 원서들은 엄청난 성능의 폭탄들이었다. 〈Annals of Mathematics〉, 〈Journals of American Mathematical Society〉 같은 수학 학술지, 미국 물리학회에서 발행하는 〈Physical Review Letters〉를 읽으면 귀가 멀고 눈이 멀 것 같았다.

그중에서 내가 좋아하는 영어책은 〈뉴스위크〉였다. 알곽하고 반들반들하고 바삭바삭한 소리가 나는 그 책에는 특별한 폭약이 숨겨져 있었다. 눈을 어지럽게 하는 공화국 바깥세상의 컬러사진들과 이 세상이 아닌 듯한 세계의 소식들. 발리의 멋진 해변 바, 파타고니아의 생태, 남조선의 IT 기술, 유럽의 모든 나라들이 함께 쓴다는 유로화…… 나는 개미핥기가 긴 혀를 깊은 구멍 속에 넣어 개미들을 핥아먹듯이 모르는 나라들의 낯선 일들을 읽었다. 테러리즘의 부활, 세계화의 덫, 나스닥, 스티브 잡스, 월스트리트…… 화려한 원색의 반짝이는 책갈피들을 바라보며 나는 중얼거렸다.

"청바지를 입고 코카콜라를 마시고 싶어. '딸라'라는 말에는 '달러'란 말에서 느낄 수 없는 풍요의 냄새가 나."

나는 코카콜라를 먹어본 적이 없지만 읽어본 적은 있다. 그건 내가 자유를 누린 적은 없지만 자유가 무언지 안다는 뜻과 같을까? 입속으로 '딸라'라고 나지막하게 말하면 껄렁한 자본주의자가 된 느낌이 든다.

시간은 느릿하게 흘러갔다. 우리는 큰 숨을 몰아쉬고 시간 속으로 잠겼다가 한참 후에 고개를 쳐들었다. 시간의 방울들이 황금빛으로 튀어 우리의 머리카락을 적셨다. 그러면 우리는 여울로 헤엄쳐 나왔다. 강변의 풀 냄새를 맡으며 우리는 시간이 흘러가는 것을 바라보았다. 시간은 호수처럼 맑았지만 때론 비 온 뒤의 흙탕물처럼 빠르게 흘러가기도 했다. 그럴 때 시간의 물결 속에는 버려진 집들과 망가진 꿈들이 휩쓸려갔다.

2000년 1월 1일 아버지는 반쯤 울부짖는 소리로 〈로동신문〉 신년사설을 소리 내어 읽었다.

"우리 인민의 투쟁으로 여러 해 계속된 어려운 행군이 마침내 '구보 행군'에 접어들었다."

고난의 행군의 종료를 알리는 아버지의 목소리는 들판의 목자에게 예수의 탄생을 알리는 천사의 복음처럼 들렸다. 4년간의 행군이 끝났다. 우리의 행군은 죽음의 행군, 배고픔의 행군, 가난의 행군, 피의 행군이었다. 그리고 어리석기 짝이 없는 '바보들의 행군'이었다. 우리는 살아남았지만 아버지는 부쩍 늙어 있었다. 마치 죽음에 성큼 다가선 것 같았다. 나는 4학년이 되었다.

아름다움은 어떻게 완성될까?

오후의 휴게실은 조용했다. 열린 창으로 더운 바람이 들어왔고 나는 재하의 붉은 의자에 앉아 골똘히 바둑판을 들여다보았다. 가로세로 19줄의 정사각형 바둑판은 덫처럼 나를 옭아맸다. 나는 사흘째 완벽하게 분할된 사각형의 비밀을 찾는 문제에 빠져 있었다. 노란 바탕 위에 있는 하나의 정사각형을 각기 다른 크기의 정사각형으로 나누는 방법이었다. 문제는 쉽게 풀리지 않았고 그것이 불가능하다는 추론을 증명하는 것도 쉽지 않았다.

나는 텅 빈 바둑판을 골똘히 바라보며 수많은 정사각형과 분할된 도형들과 수식들을 갈겨쓴 공책을 펼쳤다. 하나의 큰 정사각형 안에 들어찬 다른 크기의 수많은 정사각형들. 어느샌가 바둑판 옆으로 다가온 수학 선생님이 말했다.

"그래. 문제를 푸는 것보다 중요한 것은 포기하지 않는 것이지. 끝이라고 여겨질 때 다시 시작하는 것 말이야."

"나는 문제를 좋아하니까요. 그중에서도 어려운 문제를, 많은 문제를 더 좋아하죠."

"그럼 이 문제는 어떠냐? 풀어볼래?"

선생님은 나의 노트를 돌려놓고 그 위에다 무언가를 썼다.

2, 4, 6, 7, 8, 9, 11, 15, 16, 17, 18, 19, 24, 25, 27, 29, 33, 35, 37, 42, 50.

일정한 규칙으로 계속되는 무한수열이 아니라 마지막 항이 50으로 끝나는 유한수열. 어떠한 산술적 규칙성도 찾아볼 수 없는 아름답고도 독특한 수열이었다.

"이 유한수열의 법칙을 밝혀보아라."

선생님은 연필을 내려놓고는 휴게실 문을 드르륵 열고 나갔다. 서로 관련 없는 21개의 수들은 알래스카의 에스키모 청년과 파타고니아의 양치는 처녀만큼이나 동떨어진 것처럼 보였다. 하지만 모든 존재는 혼자 존재할 수 없고 보이지 않는 거미줄이 우리를 연결시키고 있다. 그날부터 나는 두 개의 문제와 씨름했다. 정사각형의 분할과 수수께끼의 수열 문제.

사흘이 지나가던 오후 나의 손은 누군가의 명령을 받은 것처럼 움직이기 시작했다. 정사각형의 변의 길이와 면적, 분할의 수식들이 쏟아지고 공책 위의 정사각형이 복잡하게 분할되었다. 한참 후 나는 노트에 그려진 그림을 내려다보았다.

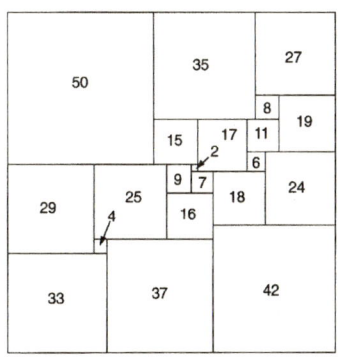

제자리를 찾은 정사각형들의 비밀의 조합. 수수께끼의 수열은

문제가 아니라 답이었다. 선생님은 문제와 답을 동시에 가르쳐준 것이었다. 나는 21개의 정사각형 하나하나에 숫자를 써 넣었다. 가장 작은 정사각형부터 2, 4, 6, 7, 8, 9, 11…….

"하나의 정사각형을 분할하는 서로 다른 크기의 정사각형은 21개고 2, 4, 6, 7…… 50이란 수열은 분할된 사각형들의 크기예요!"

나는 노트를 들고 수학 선생님에게로 달려가 소리쳤다. 선생님은 눈으로는 놀라고 입으로는 웃으며 말했다.

"그래. '정사각형 속의 정사각형들'은 1978년 A. 뒤예베스틴 Duijvestin이 발견한 분할이론이란다. 그걸 풀다니 놀랍구나."

창밖의 본관 계양대에 붉은 인공기가 펄럭였다. 삼색으로 분할된 직사각형 깃발이었다.

"난 영원히 이렇게 멋진 정사각형을 만들지 못할 거야."

휴게실로 들어선 재하는 내가 그린 정사각형 그림을 보며 목소리를 떨었다. 아름다운 수학의 장면을 아름답다고 느끼고 감동할 줄 아는 건 재하의 능력이었다. 나는 아름답다는 것을 알 수는 있지만 감동하지는 못한다. 가슴이 떨리지도, 눈물이 나오지도 않는다. 등받이가 없는 원반 한가운데 외다리가 연결된 높은 의자에 엉덩이를 걸친 재하는 탁자를 짚고 작은 원반의자를 시계 반대방향으로 돌렸다.

"여름방학이 코앞이네."

한 바퀴, 두 바퀴, 세 바퀴. 재하의 얼굴이 과일처럼 반으로 쪼개지고 하얀 이가 씨앗처럼 반짝거렸다. 여섯, 일곱 바퀴…… 문득 대좌님의 얼굴이 떠올랐다. 하얀 머리카락과 까만 주름투성이 얼굴, 눈부신 해군 제복과 알록달록한 휘장과 황금빛 견장. 아홉, 열 바퀴…….

"대좌님은 살아 있을까?"

"살아 있다 해도 만나지 못할 거야. 올 여름방학에는 푸에블로 호로 가지 못할 테니까." 열셋, 열넷…….

"왜?"

"4, 5, 6학년은 집단체조에 참가하라는 지시가 내려왔어." 열일곱, 열여덟…….

"집단체조는 건강에 좋아?"

스물둘, 스물셋…… 의자 돌리기를 멈춘 재하는 어지러운지 고개를 갸우뚱하며 침을 삼켰다.

"건강에 좋으냐고? 골병이 들 테니 단단히 각오해야 할 거야."

바닥으로 내려선 재하는 어지러움 때문에 잠시 몸을 휘청거렸다. 원반은 관성의 법칙에 의한 회전운동을 계속했다. 나는 의자가 완전히 설 때까지 기다렸다가 원반 가장자리에서 가운데까지 손가락 뼘으로 쟀다. 한 뼘과 집게손가락 끝마디 둘이었다.

"내 한 뼘은 정확히 15센티미터이고 내 집게손가락 끝마디는 2센티미터니까 의자의 반지름은 15+2+2=19센티미터야."

"그런데?"

"원둘레는 19×2×3.14=119.32. 의자가 한 바퀴 돌면 119.32센티미터를 이동해."

"그래서?"

"이 의자는 스물세 바퀴를 돌았으니 119.32×23=2744.36센티미터, 그러니까 넌 가만히 앉아서 27.4436미터를 움직였어."

집단체조는 공화국 청년의 영광이자 혹독한 통과의례다. 1971년부터 매년 능라도 5.1 경기장에서 1만 명이 참여하는 대형 공연은 평양뿐 아니라 공화국 전체의 축제이며 전 세계 관람객들이 감탄하는 공화국의 자랑이다. 노동당 창당 55주년인 올해 공연은 10만여 명이 출연하는 '백전백승 조선노동당'이다. 김일성대학, 김책공대를 비롯한 수만 명의 학생들이 반년 넘게 방학도 없이 땡볕 아래에서 연습을 이어갔다. 평양 제1중학교 4, 5, 6학년 전교생도 참여하게 되었다.

수학 선생님은 나를 도안조에 추천했다. 도안조는 수많은 색판을 적재적소에 배치하고 적시에 연출해 배경화면의 변화를 설계하고 통제하는 일을 하게 된다. 암청색 카드와 흰색 카드가 적절히 섞이면 백두산이 나타나고 물결치는 곡선은 산마루로 이어진다. 모였다가 퍼져나가는 물결무늬, 배경대를 가로지르는 번개무늬, 찬란하게 펼쳐지는 오색 무지개무늬…….

"기하학에서 분할과 조합은 단위 면적의 변화량이 전체 도형에

미치는 관계를 규명한다. 분할과 조합에 관한 가장 일상적인 문제는 그림 퍼즐이다. 매스게임은 그림 퍼즐을 거대한 규모로 확장한 것이다. 너는 '백전백승 조선노동당' 카드섹션의 배경 도안에 참여하게 될 거야. '정사각형 속의 정사각형들' 문제를 풀었으니 잘 해낼 게다."

나는 선생님의 말을 듣는 둥 마는 둥 하며 바지 자락에 손바닥을 비볐다. 재하가 나를 대신해 물었다.

"배경 도안이라면 당 체육지도위원회 소속의 도안사들이 있지 않습니까?"

"이번 공연은 처음부터 끝까지 공화국 청년 학도들의 창조력과 계산력을 보여줄 특별 카드섹션이야. 그래서 학생들만으로 구성된 도안조에 길모를 추천했지. 30여 장의 원화를 제작해 2만 명의 공연자들이 언제, 어떤 순서로 카드를 들지 설계해야 하니 쉬운 일은 아니겠지."

나는 생각했다. 하나의 그림을 2만 개의 가로세로 화소로 분해하는 작업은 2만 화소의 컴퓨터 화면 그래픽을 프로그래밍하는 일과 같다고.

도안이 끝난 그림은 학교별, 개인별로 배정되었다. 각 학교의 학생들은 판지에다 색종이를 붙인 백여 장의 색판을 커다란 책 모양으로 묶었다. 색판 뒷면에는 공연시 행동요령과 주의사항을 빽빽이 적었다. 설계에 따라 수십 장의 카드를 들어 올려 좌우로 움직이고 흔드는 등의 효과를 연출해야 했기 때문이다. 사흘 동안 색판을 만들던 재하가 말했다.

"나는 경애하는 지도자 동지의 눈동자가 되고 싶어."

나는 2만여 개의 배경대 중 한 자리에 재하를 배치했다. 지도자 동지의 눈동자 한가운데에 반짝이는 부분이었다. 재하는 하얗고 반짝이는 은박 색종이를 색판에 붙이며 싱글거렸다. 나는 재하를 본 척도 하지 않고 노트 위의 수식을 맹렬히 풀었다. 한참 후 계산을 끝냈을 때는 창밖이 어둑어둑해져 있었다. 나는 노트와 설계지를 가방에 넣었다. 재하가 물었다.

"이번엔 무슨 계산이지?"

"인공위성의 궤도를 구하는 계산이야. 공연에서 쏘아올릴 광명성 1호의 궤도를 산입해 우주 궤도에 진입시키는 거야. 지구상에서 물체를 떨어뜨리면 1초에 5미터씩 빨라지며 떨어지니까 5m/sec의 떠오르는 힘으로 던지면 영원히 지구를 돌 수 있지. 궤도에 진입한 인공위성이 지구를 도는 데 필요한 에너지양은 0이야."

나는 인공위성의 구조와 비행 원리, 추진 장치, 궤도 설계에 대해 더 자세히 설명하고 싶었지만 재하는 피식 웃었다.

"우리는 인공위성을 쏘아올리는 게 아니라 그냥 매스게임을 할 뿐이야. 배경대의 광명성 1호가 진짜 하늘로 올라가지는 않아."

그러나 나는 궤도 계산을 계속할 것이다. 그리고 5.1 경기장에서 나의 인공위성을 쏘아올릴 것이다. 그러면 나의 광명성 1호는 조용한 우주의 궤도로 진입해 긴 타원의 끝없는 여행을 시작할 것이다.

 본격적인 연습이 시작되자 평양 거리는 집단체조에 참가하는 학생, 청년들로 북적였다. 연습은 아침 해뜨기 전에 집결해 늦은 밤까지 이어졌다. 뙤약볕 아래에 쓰러지는 학생들, 인대가 파열되는 체조 공연자들이 속출했지만 연습은 계속되었다. 학교별 연습이 어느 정도 숙달되자 공연 3개월 전부터 10만 명이 넘는 학생, 청년들이 능라도 경기장으로 집결했다.
 학생들은 가로세로 좌표로 표기된 배경대 자리에 앉아 설계에 따라 150여 장의 카드를 펼쳐 거대한 장면을 연출했다. 주석단 아래에는 당 체육지도위원회 소속의 총지휘자가 수기신호로 학교별 행동요령을 지휘했다. 지시에 따라 일사불란하게 색판을 들고 펼치고 접으려면 모든 색판의 번호와 순서, 어떤 음악이 나올 때 몇 번 색판을 들어야 할지, 언제 색판을 재빨리 펴고, 언제 천천히 오므려야 할지 외워야 했다. 조명이 꺼진 배경대는 거대한 화면이 되고 모든 장면은 혁명가요를 편곡한 배경음악을 통해 일사불란하게 통제되었다. 우리 학교는 배경대 중심부분, 그러니까 어버이 수령 동지와 장군님의 얼굴 부위를 맡았다.
 재하는 매일 새벽 나를 데리러 왔다. 백여 장의 색판을 넣은 나무 가방을 메고 능라도 경기장까지 걸어간 재하는 연습을 시작하기도 전에 어깨가 늘어졌다.

　정오가 되면 점심시간을 겸한 짧은 휴식이 주어졌다. 도시락을 가져온 아이들은 열 중 서넛에 지나지 않았다. 물로 고픈 배를 채웠지만 연습 중에 화장실을 갈 수 없어 그 자리에서 오줌을 지리는 아이들도 있었다. 배고픔과 터질 듯한 방광의 통증으로 아이들의 입술은 소금처럼 하얗게 일어났다. 얼굴 각질과 손등 각질도 아이들을 떠나갔다. 아이들은 자신의 몸이 자신을 떠나가는 것을 바라보았다. 얼굴은 뙤약볕에 발갛게 익었다가 다시 까맣게 탔다. 음악은 이어지고, 아이들은 색지를 펼치고, 도안은 계속되었다.

　그것은 내가 설계한 도안이었고 내가 그려낸 그림이었다. 하나의 색판은 아무것도 아니지만 2만 개의 색판이 모인 하나는 아름다웠다. 세상도 그럴 것이다. 우리 하나하나는 작고 보잘것없지만 무언가를 완성하기 위해 태어난 것이리라. 아무리 쓸모없는 바보라 해도 세상의 아름다움을 완성하는 작은 조각이 될 수 있을 것이다. 우리가 펼쳐든 작은 색판처럼. 나는 아주 먼 우주의 한 곳에서 지구를 내려다보고 있을 누군가를 생각했다.

　공연이 다가올수록 아이들은 말이 없어졌다. 고된 연습과 허기 때문에 웃기도, 말하기도 힘겨운 아이들은 나무로 깎은 목각인형 같았다. 공연 사흘 전 평상시보다 많은 옥수수와 밀가루 특별배급이 나왔다.

공연일 아침 5.1 경기장 앞은 해가 뜨기도 전에 학교, 학년별로 집결하는 학생들로 시장바닥처럼 소란스러웠다. 운동장 곳곳에 레이저 조명기와 대형 영사기, 환등기, 수십 대의 음향기재가 설치되었다. 총지도자의 목소리가 스피커에서 흘러나왔다.

"오늘 밤 5.1 경기장에서 공화국의 운명을 가름할 중대 공연이 벌어진다. 경애하는 지도자 동지께서 미국 정부의 국무장관 매들린 올브라이트 씨를 대표로 한 특별 사절단을 이끌고 참관하실 것이다. 그동안 시시각각 공화국을 노리던 악행을 사죄하고 공화국과의 관계를 정상화하기 위해 방문한 사절단이다. 우리는 '백전백승 조선노동당' 공연으로 공화국 군사력과 지도자 동지를 중심으로 일치단결하고 있음을 과시할 것이다."

충분한 휴식을 위해 점심시간은 두 시간이 주어졌다. 배경대를 내려온 재하는 계단 아래참에 자리 잡고 도시락에서 숟가락 가득 옥수수밥을 입에다 퍼 넣었다. 우리는 얼굴 한번 본 적 없는 매들린 올브라이트 여사가 고마웠다. 그녀 덕분에 특별배급이 나왔으니까.

"우리가 미국 놈들 앞에서 공연을 하면 이제 미제 놈들과 친구가 되는 거야?"

나는 물었다. 재하가 절인 무 조각과 말을 함께 씹었다.

"모르지. 하지만 놈들이 매일 왔으면 좋겠네. 매일 특별배급이나 받아먹게."

3시가 되자 평양 시민들의 입장이 시작되었다. 옥색과 자주색,

온갖 색깔의 한복으로 멋을 낸 여자들, 인민복과 군복 차림의 남자들…… 관람석 서쪽이 노을에 물들고 어둠이 살금살금 운동장에 내려앉았다. 곳곳에서 펑펑 소리를 내며 조명등이 켜졌다. 십만 명이 넘는 관객들의 함성은 거대한 짐승이 우는 소리 같았다. 장엄한 음악에 맞춰 배경대의 백두산에서 해가 떠오르고 '영원한 태양'이란 문구가 펼쳐진 순간 1호 참관대 쪽 조명이 켜졌다.

"지금 경애하는 지도자 동지와 미합중국 국무장관 올브라이트 여사께서 참관대에 자리하시었습니다."

총지휘자의 수기가 올라갔다. 노란 배경대에 '환영!', 'WELCOME!'이라는 글자가 나란히 떠올랐다. 수백 개의 조명과 박수와 함성, 음악 소리로 운동장은 터져 나갈 것 같았다.

얼마나 시간이 흘렀을까? 우악스런 손아귀가 귀를 막고 쪼그려 앉아 있는 내 뒷덜미를 움켜잡았다. 당 체육위원회 평양 제1고등중학교 담당 위원이었다. 그는 나의 목덜미를 움켜쥔 채 달리기 시작했다. 수학 선생님이 뒤를 따라왔다. 나는 두 귀를 막고 눈을 감고 고래의 뱃속처럼 넓고 소란스런 경기장을 지났다. 한참 후에야 지도위원은 나의 뒷덜미를 놓아주었다.

"만나서 반갑구나."

쌀밥처럼 따뜻하고 부드러운 목소리에 나는 눈을 떴다. 금발의 여자가 나를 보며 웃고 있었다. 수학 선생님은 나의 등을 찌르며 속닥였다.

"미 국무부 올브라이트 장관이시다. 오늘 밤의 공연을 자랑스러운 우리 공화국 학생들이 설계했다는 말씀을 들으시고 특별히 널 불러주셨다. 큰 영광을 입었으니 인사드려라!"

나는 인사 대신 고개를 돌려 운동장을 바라보았다. 황홀한 조명 속에서 노란 해바라기 모양이 피었다가 거대한 원으로 변했다. 나는 머릿속으로 해바라기의 꽃잎 수와 꽃잎들이 만드는 원의 지름 간의 관계를 계산했다.

"꽃잎이 여덟 개인 해바라기가 커다란 바퀴가 되면 그 지름은 원래 해바라기의 1.25배예요."

올브라이트 여사는 나의 계산이 맞았는지 틀렸는지에는 관심이 없는 것 같았다.

"넌 수학을 좋아하는구나."

"수학은 아름다우니까요. 이 세상이 아름다운 것처럼요."

"네가 설계한 오늘 밤 공연도 아름다웠단다."

나는 그녀의 가슴을 뚫어지게 쳐다보았다. 수학 선생님이 손바닥으로 나의 눈을 가렸다. 선생님의 손가락 사이로 그녀의 가슴이 보였다. 파란 정장 재킷 가슴에 반짝이는 독수리 모양의 배지. 공화국 인민들이 지도자 동지의 배지를 다는 것처럼 미국 인민들은 독수리를 경애하는 걸까? 그녀는 선뜻 가슴에서 배지를 떼어 내 손에 쥐여주었다.

"마음에 들면 가지거라."

그때 거대한 폭음과 함께 배경대의 로켓이 불꽃을 뿜기 시작했다. 조선민주주의 인민공화국의 휘장이 선명한 로켓이 부르르 떨더니 거대한 연기구름을 뿜어냈다. 두 손을 쳐든 관중들의 탄성소리에 운동장은 떠나갈 듯했다. 나는 말했다.

"나는 로켓의 원리를 치올코프스키의 공식으로 설명할 수 있어요. $\Delta v = v \ln \frac{m_0}{m_1} + v_0$. Δv는 로켓의 최종속력이에요. m_0는 로켓의 질량이고 m_1은 연료를 뺀 로켓의 질량, v_0는 로켓의 초기속력, v는 연료의 분사속력이에요. Δv는 v가 클수록, m_0가 클수록, m_1이 작을수록 커지므로 분사가스의 속력이 빠를수록, 로켓이 클수록, 연료를 많이 실을수록 로켓은 더 빨리 날아가요. 그러므로 다 쓴 연료를 떼낼 수 있는 다단계 로켓이 유리하지만 $\frac{m_0}{m_1}$가 커진다고 Δv가 무한히 증가하지 않기 때문에 3~4단계가 가장 효율적이에요."

배경대의 로켓이 굉음과 함께 불꽃을 뿜으며 하늘로 솟구쳤다. 경기장의 모든 사람들이 괴성을 질렀다. 로켓은 어둠 속으로 아득히 멀어져가더니 작은 점으로 가물거리다가 사라졌다.

"저건 내가 쏘아올린 로켓이에요. 내 계산에 따르면 저 로켓에 실린 인공위성은 앞으로 28분 후에 지상 280킬로미터상의 궤도에 안착해 지구를 돌게 될 거예요."

배경대에서 하얀 비둘기 떼가 날아올랐다. 나는 다시 말했다.

"도안 설계에 의하면 비둘기는 모두 284마리예요. 처음에 64마리가 날아오르고 그다음에 220마리가 날아오르죠. 284와 220은 우애수예요. 220의 약수는 '1, 2, 4, 5, 10, 11, 20, 22, 44, 55, 110'이고 284의 약수는 '1, 2, 4, 71, 142'예요. 220의 약수의 합은 284이고 284의 약수의 합은 220이에요."

올브라이트 여사는 가까스로 미소를 되찾았다. 내 말이 끝나자마자 기다렸던 것처럼 지도자 동지께서 말씀하셨다.

"이것이 첫 번째 위성발사이자 마지막이 될 것입니다."

두 사람은 자리에서 일어났다. 경호원들이 사방을 두리번거리며 그녀를 안내했다. 귀빈석을 떠나던 그녀가 뒤를 돌아보며 한쪽 눈을 찡긋했다. 내가 건넨 인사를 알아들은 것일까?

다음 날 당 체육지도위원회 담당 위원이 학교로 찾아왔다. 나는 재하를 포함한 일곱 명의 아이들과 함께 지도실로 불려갔다. 지도위원은 화가 많이 난 것 같았다. 나는 정면 벽 중앙에 나란히 걸린 수령 동지와 지도자 동지의 사진을 바라보았다. 대칭의 형태를 보면 나는 기분이 좋아진다. 지도위원이 소리쳤다.

"내 눈을 똑바로 보지 못하겠나?"

나는 그의 눈을 똑바로 보지 못한다. 지도위원뿐만 아니라 그 누구와도 눈을 마주치지 못한다. 나의 눈은 언제나 내 안의 세계를 들여다본다. 적막한 세계를 떠다니는 수들과 언어의 조각들. 내가 반응하지 않자 지도위원은 수학 선생님을 향해 소리쳤다.

"미제 사절단의 눈앞에서 경애하는 지도자 동지의 용안을 망가뜨리다니, 학생들을 잘못 지도한 동무의 과오에 비하면 교화소로 가지 않은 걸 천운으로 알아야 할 것이오."

수학 선생님은 연신 허리를 숙였다. 지도위원은 인민모를 고쳐 쓰고 지도실을 나갔다. 좁은 창으로 비친 햇살에 수학 선생님의 반쯤 흰 머리카락이 더욱 반짝였다. 나는 어떤 사람의 두피 단위 면적당 흰 머리카락 개수와 그의 나이의 관계를 함수식으로 표현할 수 있을지 고민했다.

"왜 설계를 무시하고 지도자 동지의 한쪽 눈을 감게 해서 얼굴을 망가뜨렸지?"

선생님의 목소리는 짐승의 울음처럼 노기가 스며 있었다. 나는 대답했다.

"지도자 동지는 눈을 감은 게 아니라 눈을 찡긋 감아 미국식으로 올브라이트 여사에게 인사를 했어요."

"미국식 인사라고?"

"푸에블로호의 박인호 대좌님이 미국인들은 한쪽 눈을 찡긋하면서 인사한다고 했어요."

선생님은 나의 말을 듣지 못한 척 다음 질문을 이어나갔다.

"사절단의 공연 참관은 당일 공고되었어. 어떻게 연습 한번 없이 설계를 바꿨지?"

"지도자 동지의 검은 눈동자 부분을 살색 색판으로 바꿔 들게

했어요."

 선생님은 아이들을 하나하나 돌아보았다. 그들에게는 잘못이 없었다. 바뀐 설계를 충실하게 따랐을 뿐이니까. 재하가 말했다.
 "길모는 제 말대로 했을 뿐이에요. 지도자 동지께서 미국인들처럼 눈을 깜빡여 사절단에 환영 인사를 하면 조미친선에 도움이 될 테니 설계를 바꾸자고 길모에게 말했거든요."
 "장재하! 넌 그런 바보짓을 하지 않을 만큼 영리해. 그러니 억지로 길모의 과오를 덮어쓰려 들 필요 없어. 과오는 용서되었으니까."
 재하는 두 눈을 크게 뜨며 침을 꿀꺽 삼켰다. 선생님은 말을 이었다.
 "지도자 동지의 눈이 일그러지자 체육지도위원들은 훼손 부분이 평양 제1고등중학교 구역이라는 것을 금방 알아차렸지. 지도교사인 나를 체포하려고 달려온 호위사령부 경호원에게 설계자를 사절단 참관석으로 데리고 오라는 무전이 왔어. 지도자 동지의 찡긋하는 눈인사를 알아보고 온 인민의 마음에서 우러나오는 환대에 감동한 여사가 그 장면의 설계자를 만나고 싶다고 요청한 거지. 보위부 지하실로 끌려갈 우린 살아난 거야."
 선생님은 나를 바라보며 말을 이었다.
 "배경대에 미사일 발사 장면이 나타나자 길모는 치올코프스키의 공식에 대해 주절댔어. 겨우 열세 살짜리가 미사일 원리를 줄줄 읊자 딱딱하게 굳었던 올브라이트 여사의 얼굴이 배경대에서 날아오른 비둘기와 우애수에 대한 설명에 눈 녹듯 녹았지. 그녀는 비둘기의 숫자에 대한 설명을 공화국과 미국이 각각의 이해관계에도 불구하고 조화를 이루어야 한다는 조미우의의 메시지로 받아들였던 거야."

수학 선생님은 사지를 뚫고 돌아온 생환군인처럼 말했다.

"그녀가 자신의 생각과 메시지를 알리는 특별한 상징물인 브로치를 네게 준 건 우호적인 협상을 하겠다는 의미였지. 그녀는 진실된 대화를 하자는 의미의 심장 브로치를 달고 만찬장에 나타났고 지도자 동지께서는 초상 훼손에 대해 책임을 묻지 말라는 지시를 내리셨어."

다음 날 아침, 잠을 깼을 때 아버지는 갓 사온 〈로동신문〉을 읽고 있었다.

매들린 올브라이트 미 국무장관, 역사적인 공화국 방문
성조기 브로치에서 심장 모양 브로치로 바꾸어 달다
〈로동신문〉 2000년 10월 24일

지난 23일 순안공항에 도착한 올브라이트 미 국무장관은 위대하신 수령 동지의 시신이 안치된 금수산기념궁전을 참배한 후 오후 3시 숙소인 백화원초대소를 방문하신 지도자 동지와 세 시간에 이르는 회담을 했다. 회담 후 5.1 경기장을 찾은 올브라이트 장관은 10만 명이 공연하는 '백전백승 조선노동당' 공연을 관람한 후 지도자 동지께서 주최한 만찬에 참석했다. 만찬장에서는 지도자 동지와의 두 차례 회담에서 달았던 성조기 브로치를 심장 모양으로 바꿔 달았다.

올브라이트 장관은 '브로치 외교'를 능수능란하게 구사하는 것으로 유명하다. 이라크 리비아 등 적대국을 상대할 때는 벌, 독수리, 전갈을, 우호국에는 나비를 달고 회담에 임했다. 중동 협상이 꼬였을 때에는 거미줄 브로치를 달아 교착 국면을 꼬집었고 중동 회담 때는 끊임없이 페달을 밟아야 넘어지지 않는 자전거처럼 끝없는 대화를 촉구하는 자전거 브로치를 달았다. 성조기 브로치는 회담에서 미국의 입장에 충실하겠다는 뜻을, 심장 모양 브로치는 조미 간 우호관계를 바라는 의미로 관측되지만 갑자기 브로치를 바꾼 이유는 명확하지 않다.

중국

지린

랴오닝 성

수용소

북한

평양

서울

대한민국

부산

두번째 날 **수용소**

2000년 11월~2002년 3월

아름다운 것을 보면 나는 행복하다. 아름다움에는 수가 숨어 있기 때문이다. 그녀의 얼굴에는 수많은 수가 숨어 있다. 그러므로 그녀는 아름답다. 눈동자에서 앞니 끝, 앞니 끝에서 턱 끝에 이르는 황금비. 1:1.618. 그녀는 지구상의 한 점에서 나를 떠났지만 우리는 보이지 않는 긴 끈으로 연결되어 있다. 거미줄처럼 가늘고 반짝이지만 끊어지지 않는 끈. 나는 그 끈을 따라 여행을 시작했다. 어둠을 가르며, 쏟아지는 별들을 바라보며.

철창문이 닫히는 소리는 비명 같다. 러셀은 옥타곤에 오르는 격투기 선수 같은 표정이다. 나는 그와 싸울 생각이 없지만 우리는 같은 철창 안에 있다. 그는 나를 뜯어 먹으려는 듯 쏘아본다.

"1, 11, 21, 1211, 111221, 312211…… 네가 죽인 시체 옆에 피로 쓴 숫자들이 무슨 뜻이지? 무슨 뜻을 가진 암호냐고?"

나는 입을 열지 않는다. 그는 나의 침묵에는 아랑곳하지 않고 내게 주먹질 같은 질문을 던지고 독침 같은 시선을 쏘아붙인다. 나는 대답 대신 아름다운 것들을 생각한다. 숫자와 도형들, 정리와 가설들, 증명과 해법들, 대칭을 이루는 수식들…… 47과 74는 대칭이 대칭을 낳는 아름다운 대칭이다. 47+74=121. 39와 93은 더 심오한 대칭이다. 39+93=132. 132는 대칭이 아니지만 132를 뒤집은 231과 어울리면 놀라운 일이 일어난다. 132＋231＝363. 나는 수들을 더하고 뒤집고, 다시 뒤집어 더하며 새로운 대칭식을 찾는다. 어느샌가 안젤라가 러셀의 등 뒤에 다가와 말한다.

"그 숫자들에 엄청난 비밀이라도 숨겨진 걸로 아는 모양이지만 별거 아니에요."

러셀은 휘둥그레진 두 눈으로 뒤를 돌아본다.

"피살자의 혈흔으로 살인 현장에 쓴 데쓰사인이 어떻게 아무것도 아니란 말이오? 그건 누군가에게 보내는 경고이거나 피살자와 살인자 간의 비밀스런 암호가 분명해요. 설마 그 암호를 풀었다는 얘기는 아니겠지?"

그녀는 나를 향해 보일 듯 말 듯 한 미소를 지으며 말한다.

"그건 최초의 항을 읽히는 대로 써나간 수열이에요. 첫 항이 1이니 하나(1)의 1, 둘째 항이 11이니 두 개(2)의 1, 셋째 항이 21이니 하나(1)의 2와 하나(1)의 1, 넷째 항이 1211이니 하나(1)의 1과 하나(1)의 2 두 개(2)의 1로 다섯째 항은 111221이죠. 같은 방식으로 계산하면 여섯째 항은 312211, 그다음은 아마도 13112221이겠죠?"

"그럼 그게 데쓰사인이나 암호가 아니란 말이오?"

"잘못 짚었어요. 그건 살인 현장에서 공황상태에 빠진 아스퍼거 증후군 환자가 반 가사상태에서 무의식적으로 수의 세계로 도피한 결과물일 뿐이에요. 괜히 환자를 윽박지르지 말고 나가주세요. 진료시간이에요."

러셀은 무슨 말을 하고 싶은 눈치였지만 서류파일을 챙겨서 병실을 나간다. 나는 문득 생각난 하나의 대칭식을 종이 위에 적는다.

$I = A$ (I=나, A=안젤라)

안젤라와 나는 어떤 면에서 대칭이다. 수를 사랑한다는 것, 그중에서도 소수를 더 사랑한다는 것, 대칭을 사랑한다는 것, 세상의 아름다움을 안다는 것, 상대에게 자신을 들키지 않으려 한다는 것.

그녀는 내가 자신을 속인다고 생각할지 모르지만 우리는 서로를 속이는 것이 아니라 각자의 문제를 풀고 있다. 그녀는 나라는 문제를, 나는 그녀라는 문제를. 나는 그녀에 대해 무엇을 아는가? 아무것도 모른다. 모르는 것은 부끄러운 게 아니다. 부끄러운 건 모르는 것을 아는 척하는 것, 모르는 것을 알면서도 그냥 넘어가는 것, 모른다는 사실조차 모르는 것이다. 모르는 것을 알려면 물어야 한다. 물어야 모르는 것을 알 수 있고, 잘못 아는 것을 바로 알 수 있으며, 아는 것을 확인할 수 있기 때문이다. 그녀가 묻는다.

"네가 사람을 죽였니? 그리고 전 세계를 돌면서 온갖 범죄를 저질렀니?"

"아니요."

"그렇다면 넌 범죄를 저지르지 않았을 거야. 아스퍼거 증후군은 거짓말을 못하니까. 하지만 넌 살인 현장에서 발견되었고, 네 인적사항은 인터폴에 적색수배자로 등록되어 있어. 넌 살인자가 아니며 범죄자도 아니란 것을 증명해야만 해."

"나는 어떻게 해야 할지 몰라요."

"우리는 수식을 풀듯 진실을 증명하고 숨어 있는 진실을 찾아낼 수도 있어. 네 이야기를 들려준다면 나는 널 도와 진실을 밝혀낼 수 있을 거야."

나는 망설인다. 이 여자에게 이야기를 해야 할지, 말아야 할지. 아리스토텔레스의 말이 생각난다. "무언가를 이해하려면 그 기원에 도달해야 한다." 나는 살인자이다. 그런 나를 이해하려면, 아니 그렇지 않은 나를 이해하려면 나는 나의 기원에 도달해야 할 것이다. 그녀는 내 겨드랑이에서 빼든 체온계를 올려본다.

"검진결과에 따르면 네 몸에는 열 군데가 넘는 자상 흉터와 부서진 뼈의 자국이 있어. 그리고 네 머릿속에는 비범한 수학적 재능이 있어."

"그래요. 종이와 펜이 있으면 난 왜 이각형이 존재하지 않는지를 증명할 수 있어요."

그녀는 진료차트 한 장을 찢어 펜과 함께 건넨다. 나는 웜홀로 들어가듯 적막하고 단순하고 은밀하고 복잡한 수의 세계로 들어간다. 숫자들이 두런거리며 식을 이루어 행진하고 마을을 이루고 사는 세계. 하얀 세계 위에 증명된 공리들과 풀지 못한 수식들, 난

해한 논제들. 그녀는 숫자들과 부호와 수식들을 골똘히 살핀다.

"누구에게 그런 걸 배웠지?"

"난 길 위에서 모든 것을 배웠어요. 배고픔과 감자 한 알과, 그리고 푸앵카레의 추측 같은 것을요. 길은 나의 스승이자 아버지이고 어머니였어요."

"배고픔? 감자 한 알? 푸앵카레?"

나는 그것이 오래전의 이야기이며 그 이야기를 하려면 아주 긴 시간이 필요할 것이라고 말한다. 인생을 거치며 증명해왔지만 지금까지도 풀지 못한 문제들.

나에겐 세 명의 아버지가 있다

겨울이 왔던가? 오고 있었던가? 11월 29일이었다. 11월 28일은 가을이었지만 29일은 하루 만에 한겨울이 되었다. 보위부원들은 시베리아 기단의 추위처럼 차가운 표정으로 들이닥쳐 집안을 뒤졌다. 탁자는 뒤집어지고, 화장실 판자는 뜯어지고 그릇들은 바닥에 팽개쳐졌다. 집안의 대칭은 완전히 무너지고 균형은 깨졌다. 나는 말없이 보위부원들이 흐트러뜨린 물건들을 제자리에 다시 가져다 놓았다. 그동안에도 보위부원들은 벽지를 뜯어내고, 옷장을 헤집고 천장에 구멍을 냈다. 마침내 그들은 벽장 깊은 곳에서 파란 책 한 권을 찾아냈다. 그 순간 아버지의 눈에 검은 커튼이 쳐지는 것 같았다. 보위부원들은 신발을 제대로 신지도 못한 아버지와 어머니의 팔을 꺾어 어디론가 끌고 갔다. 엉망이 된 집안에 나는 내버려졌다.

수학 선생님은 다음 날부터 나를 학교 기숙사에서 지내게 해주었다. 재하는 자신의 침대를 내주고 딱딱한 바닥에 누웠다. 잠들지 못한 재하는 어둠을 갉아먹는 송충이 같았다. 나는 어둠에게 말을 걸었다.

"보위부 사람들이 왜 아버지와 어머니를 데려갔을까?"

어둠 대신 재하가 대답했다.

"그들이 찾아낸 파란 책 때문이 아닐까?"

질문과 대답들이 사슬처럼 이어지며 밤이 지나갔다. 나를 바라보는 아이들의 눈에 날이 서기 시작했다. 말들은 아이들에게서 아이들에게로 종이비행기처럼 날아다녔다. 반역자, 사상범, 예수쟁이, 교화소…… 말들의 새파란 날이 내 피부를 베고 지나갔다.

"걱정 마라. 아버지와 어머니는 무사하실 게다."

그렇게 말하는 수학 선생님의 얼굴은 어둑어둑했다. 그의 눈은 입과 다른 말을 하고 있었다. 무슨 일이 벌어지고 있었다. 하지만 무슨 일이 벌어지는지는 알 수 없었다.

일요일 오후 재하와 나는 푸에블로호를 보러 갔다. 푸르던 강둑의 풀들은 누렇게 말랐고 재잘대던 강물은 숨을 죽였다. 마른 버드나무 가지들이 부딪치며 다각다각 소리를 냈고 숭어들은 더 이상 수면 위로 뛰어오르지 않았다. 시간이 우리를 다른 곳으로 데려다놓은 것 같았다.

푸에블로호 선교에서 대좌님이 불쑥 머리를 내밀었다. 겨울 대좌님은 여름 대좌님보다 조금 더 늙은 것 같았고 조금 더 쇠약한 것 같았다. 쌀쌀해진 날씨 탓인지 관람객은 없었다. 우리는 대좌님을 따라 선저로 샀다. 대좌님이 말을 할 때마다 목구멍에서 쇳쇳 하는 소리가 났고 말을 쉴 때에는 마른기침을 했다. 부모님이 보위부로 끌려갔다는 재하의 말에 대좌님의 눈이 수학 선생님처럼 어둑어둑해졌다. 대좌님은 우리를 전시실과 장비실로 데리고 갔다.

"잘 봐둬라, 길모야. 지금이 마지막일지도 모르니까."

나는 대좌님 말대로 자백서와 공동선언문, 그리고 영어 문건들을 읽고 통신장비들을 들여다보았다. 우리가 전시관과 장비실을 관람하는 동안 대좌님은 복도 끝 선실로 갔다. 돌아온 그는 내게 낡은 수첩을 건넸다.

"받아라. 나이트 미쳐 씨의 항해수첩이야." 나는 말했다.

"나는 나이트 미쳐 씨를 만나고 싶어요. 그리고 수첩을 전해줄 거예요."

"그래. 넌 그 사람을 만날 수 있을 거야. 멀리 떨어져 있는 사람들도 보이지 않는 끈으로 연결되어 있고 단지 여섯 단계를 거치는 것만으로 세상 누구도 알 수 있다니까 말이야. 너는 몇 다리만 거치면 장쩌민 주석과도 연결되고 피델 카스트로 의장과도 아는 사이라지? 그러니 꼭 그 사람을 만나서 수첩을 돌려주렴."

대좌님은 자신의 말에 고개를 끄덕였다. 반드시 그렇게 되기를 바라는 것처럼.

나는 수첩을 들여다보았다. 〈이타카로 돌아가는 오디세우스의 항해일지〉.

"하지만 나이트 미처 씨를 만나기 전까진 누구에게도 그 수첩에 대해 말하면 안 돼."

"왜요?"

"그런 소리를 하면 사람들이 널 미친놈이라고 할 테니까."

"난 미친놈이 아니에요. 그러니까 나이트 미처 씨를 만나기 전엔 누구에게도 이 수첩에 대해 말하지 않겠어요."

기숙사로 돌아오자 수학 선생님은 새로 꺼낸 외투를 걸치며 말했다.

"길모야. 집으로 돌아가도 좋아. 지금 나와 함께 가자."

수학 선생님은 말없이 앞서 걸어갔다. 내가 그 뒤를 따르고 재하가 나의 뒤를 따랐다.

집은 남의 것처럼 느껴졌다. 위태로운 안락함과 불안한 평안함 중 안락함과 평안이 사라지고 위태로움과 불안이 남았다. 방 안에 우두커니 앉은 아버지는 오래전에 죽은 사람의 동상처럼 녹이 슬고, 우중충했다. 아버지의 얼굴은 완전한 비대칭이었다. 한쪽 눈은 자두같이 검붉게 물들었고 오른쪽 이마는 퉁퉁 부어 있었다. 아버지는 나를 보지 않은 채 말했다.

"책가방에 짐을 싸라. 꼭 필요한 것들만 챙겨야 한다."

무엇이 꼭 필요하고 무엇이 꼭 필요하지 않을까? 무엇을 싸야 하고 무엇을 남겨두어야 할까? 나는 주섬주섬 물건들을 챙겨 넣었다. 겨울 내복 두 벌, 겨울 바지…… 아버지가 말했다.

"여름에 입을 반팔 교복도 챙겨라."

아버지는 내년 여름에도 이곳에 돌아오지 못할 거라고 말하는 거였다. 어쩌면 그보다 더 오래, 어쩌면 영원히. 나는 다른 것들도 넣었다. 솔이 휘어진 칫솔 하나, 양치질 컵, 해진 신발 한 켤레, 깃을 내릴 수 있는 겨울 모자, 둥근 양철통에 모아둔 떨어진 단추들, 나무로 깎은 주사위 두 개, 컴퍼스와 각도기, 30센티미터 대자와 줄자…… 아버지가 소리쳤다.

"꼭 필요한 것만 챙기라고 했잖니? 그런 걸 어디다 쓰겠다는 거야?"

나는 각도기와 컴퍼스와 대자로 세계를 잴 거예요. 지구의 크기와 대륙의 넓이와 바다의 깊이와 나 자신을 잴 거예요. 벌떡 일어서는 아버지의 얼음 같은 관절이 우드득 소리를 냈다. 찢어진 커튼 너머 어둠 속에 서 있는 군용트럭 주변에서 보위부원 네 명이 하얀 입김을 내뿜었다. 아버지는 자신의 운명처럼 무겁고 검은 가방을 어깨에 둘러맸다. 나의 운명은 내가 멘 책가방만 했다.

"어머니는?" 아버지가 대답했다.

"엄만 우리와 함께 가지 않을 거야." 그럼 어머니는 어디로 가는 걸까?

"올림피아드는?"

"올림피아드는 나가지 않아도 돼."

올림피아드에 나가지 못하면 나는 콜라를 마실 수도 없고 햄버거를 먹을 수도 없다. 콜라와 맥도날드를 먹고 어떤 맛인지 얘기해주기로 했던 재하는 슬퍼할 것이다. 문 밖에는 보위부원들의 눈빛이 어둠에 박힌 유리조각처럼 번득였다. 수학 선생님은 테가 부러진 안경을 들어 눈물을 닦아냈다.

"길모야. 세상은 아름다운 곳이란다. 그걸 잊으면 안 돼!"

"선생님. 세상은 아름다워요. 왜냐면 세상은 수로 만들어졌으니까요."

"그리고 세상은 자기가 아름답다는 것도 알고 있단다."

"세상은 자기가 아름다운 걸 어떻게 알죠?"

"세상은 수많은 눈을 가지고 있어. 아주 작고 예쁜 눈들 말이야. 그 눈은 별들, 나뭇잎들, 소라들, 달팽이들, 고양이들, 잠자리들, 박쥐들의 눈이고 우리의 눈이야. 우리가 세상의 아름다움을 발견할 때 세상은 비로소 자신의 아름다움을 보는 거야."

선생님은 몇 번씩 안주머니에 손을 넣었다 빼며 망설이다 낡은 일제 전자계산기를 꺼냈다.

"힘이 들면 화면에 떠오르는 숫자를 봐. 그럼 세상이 아름답다는 것을 알게 될 거야."

선생님은 내 손에 전자계산기를 쥐여주면서도 눈을 떼지 못했다. 재하는 엄지발가락이 비어져 나온 내 신발을 벗기고 자기 신발을 신겨주었다. 보위부원은 내 가방을 낚아채 트럭 짐칸에 던지고 등을 떠밀어 태웠다. 태웠다기보다는 실었다는 편이 맞을 것이다. 덜커덕거리는 소리가 나고 트럭은 쇠로 만든 짐승처럼 몸을 뒤틀며 움직였다. 어둠이 수학 선생님과 재하의 주위로 달려들고 그들의 모습이 점점 멀어졌다. 희미한 빛 속에서 어둠 속으로 뛰쳐나갈지 말지 갈등하는 재하는 전등갓에 달라붙어 파닥이는 나방 같았다. 마침내 재하는 어둠 속을 맹렬하게 달리기 시작했다. 좁은 골목을 천천히 달리는 트럭을 따라잡은 그는 젖은 손등을 내밀었다. 그가 내 손을 잡았을 때 트럭이 속도를 냈다. 재하의 손은 땅에서 뽑힌 뿌리처럼 내 손에서 뽑혀 나갔다. 재하는 바닥에 쓰러져 내 이름을 불렀다.

"길모야. 잘 가. 길모야."

나의 친구 재하, 토끼처럼 큰 앞니 두 개가 삐드러진 재하, 키가 쑥쑥 자라나 소매가 팔뚝까지밖에 오지 않는 교복을 입은 재하, 코밑에 거뭇거뭇 수염이 돋아난 재하, 4학년 중 주먹이 제일 센 재하, 주먹보다 바둑이 더 센 재하, 틈만 나면 나의 몸을 껴안으려다 내가 뿌리치면 슬픈 표정이 되는 재하, 어둠 속에 남겨진 재하, 어른처럼 굵은 목소리로 아이처럼 우는 재하.

"다행이구나. 네가 아무것도 몰라서."

동굴처럼 어두운 적재함에 아버지의 혼잣말이 웅웅 울렸다. 하지만 아버지는 틀렸다. 나는 아무것도 모르는 것이 아니라 모든 것을 알았다.

아버지는 어머니와 나를 속여왔다. 어쩌면 가족을 속인 것이 아니라 자기 자신을 속였는지도 모른다. 가장 교활한 거짓말쟁이는 남이 아니라 자기 자신을 속이니까.

아버지는 기독교도였다. 하늘에 계신 아버지를 믿었다.

공화국 사람들에겐 두 명의 아버지가 있다. 밤마다 땀 냄새를 풍기며 돌아와 배고픈 가족들의 텅 빈 눈을 지켜보는 아버지와 집집마다 벽에 걸린 사진에서, 창광거리의 거대한 동상에서, 거리의 광고탑에서, 공화국 어디에서든 아들과 딸들을 내려다보는 '위대하신 어버이'. 가난한 아버지도 위대한 아버지도 아들과 딸들의 배고픔을 채워주지는 못했다. 아버지는 누군가가 중국에서 몰래 들여와 비밀리에 돌려보던 파란 보급판 성경책을 손에 넣었고 아버지의 새 아버지는 배고픔을 채워주는 대신 아들을 교회소로 보냈다. 아버지는 그것이 태초부터 있었고, 세상을 창조하신 하나님 아버지의 뜻이라고 했다. 나는 이제 아버지를 이해한다. 아버지에게 왜 새로운 아버지가 필요했는지.

헐벗은 채 구걸하는 아이들, 굶주린 채 떠도는 사람들의 종착역은 죽음이었다. 사람들은 두려움에 질식했다. 죽음이 두렵고 배고품이 두렵고 당의 버림을 받을 것이 두려웠다. 사상교양 시간에 선생님은 말했다.

"신을 찾는 어리석음은 두려움에서 온다. 그러니 우리는 두려움을 모르는 공화국의 전사가 되어야 한다."

하지만 두려움을 모르는 사람은 없다. 두려움이 심해질수록 믿음은 간절해진다. 사람들이 '위대한 어버이 수령 동지'와 '지도자 동지'를 찬양하는 건 그 때문이었다. 아버지는 떼를 지어 몰려오는 죽음이 두려웠다. 많은 죽음들과 그보다 더 많은 죽음들. 믿음은 한 젊은 공장 노동자의 죽음을 배달하던 날 도둑고양이처럼 아버지 앞에 모습을 드러냈다. 죽은 아들을 바라보는 한 노모의 눈에 깃든 알 수 없는 눈빛이 그것이었다. 통곡과 실신 대신 조용히 눈을 감은 그녀의 얼굴에는 슬프다기엔 평화롭고, 두렵다기에는 안온한 복합적인 표정이 감돌았다. 눈을 감은 그녀의 입술이 거의 보이지 않을 만큼 움직였다. 장례가 끝난 후 아버지는 물었다.

"젊은 아들을 잃은 어머니들은 통곡과 실신을 거듭하는데 어떻게 그리 태연하시죠?"

"아들이 평화로운 곳으로 갔다고 믿기 때문입니다."

아버지는 확고한 그 믿음이 어디에서 오는지 알고 싶었다.

두 달 뒤 그녀가 파란 표지의 작은 책 하나를 아버지에게 건네준 순간 아버지는 지하교회 교인이 되었다. 아내와 아이를 두고 다른 여자를 탐하는 남자처럼 아버지는 가슴속에 다른 아버지를 품었다. 사람들이 지켜보는 앞에서 염습을 마친 후 아무도 모르게 하늘에 계신 아버지에게 기도를 하면서도 '위대하신 어버이 수령 동지와 경애하는 지도자 동지'를 향한 아버지의 당성은 투철했다. 물을 많이 부어 멀게진 옥수수 죽을 놓고 '위대하신 어버이 동지께 감사해야 한다'고 말했다. 어머니는 희멀건 국물을 나의 그릇에 덜어주며 아버지를 노려보았다.

"쌀 한 톨 섞이지 않은 옥수수 죽도 배불리 먹지 못하는데 무엇을 감사해야 하죠?"

"범사에 감사해야 해."

나는 내 앞의 국물을 후루룩 마시고 아버지의 그릇을 바라보았다. 아버지는 남아 있는 자신의 죽 그릇을 내 앞으로 밀었다. 두 사람 몫의 옥수수 죽을 먹은 날이면 밤새 설사를 했다. 오줌이 마려워 잠에서 깬 나는 마루의 어둠 속에서 무릎을 꿇은 아버지를 보았다. 그는 어둠을 마주보며 내게 들리지 않게 혼잣말을 중얼거렸다. 한참 후에야 아버지는 혼잣말을 멈추고 우두커니 서 있는 나의 곁으로 다가왔다.

"낮 동안 배달한 죽음들을 위한 기도를 하는 거란다."

"기도를 하면 죽은 사람들이 살아 돌아오나요?"

"아니야. 기도는 죽은 사람들에게 붙이는 우표야. 영혼들이 천국으로 무사히 배달될 수 있도록."

"죽은 사람들도 배달되기를 원하나요?"

"그건 나도 알 수 없단다."

그날 밤 난 사람들이 돌아오기를 원할지도 모른다고 생각했다. 잘못 배달된 죽음들은 어디로 돌아와야 할까?

트럭은 어둠 속으로 빨려 들어갔다. 찬 공기가 바늘처럼 얼굴에 와서 꽂혔다. 아버지는 내 쪽으로 몸을 웅크리고 등으로 바람을 막았지만 바람을 막기에 아버지의 등은 너무 야위었다. 아버지는 목도리를 벗어 내게 감아주며 조용히 말했다.

"널 속여서 미안하구나. 하지만 우리 가족 모두를 위해서였다."

쉭쉭거리는 바람 소리가 아버지의 말을 쓸어갔다. 아버지는 어깨를 웅크리고 내 귓바퀴를 손으로 가려주었다. 나는 물었다.

"어떻게 우릴 그렇게 감쪽같이 속일 수 있었죠?"

아버지는 힘겹게 말을 이었다.

"위대한 어버이 수령 동지를 '하나님 아버지'라 생각했거든. 그리고 그의 아들 '경애하는 지도자 동지'를 예수 그리스도라 생각했단다. 그러면 우리를 먹이시고 입히시는 수령 동지에게 감사하는 건 곧 일용할 양식을 주시는 하나님께 감사하는 것이 되지. 인민을 돌보시는 지도자 동지의 사랑은 우리를 위해 죽으신 예수 그리스도의 사랑이 되는 거야. 덕분에 난 당성이 충만한 열성당원이 될 수 있었지."

그것은 방정식에서 복잡한 식을 특정 값으로 대체하는 치환의 개념과 같았다. 가령 $(x^2+2y+4)(x^2+2y+6)=0$이라고 할 때 서로 겹치는 x^2+2y 값을 T로 대체해 $(T+4)(T+6)=0$으로 쓰는 것이다. 아버지는 김일성 수령 동지 → 하나님, 김정일 지도자 동지 → 예수님으로 치환했던 것이다.

"하지만 아버지는 인민의 적이고 불순분자가 되었어요."

"그것 또한 아버지의 뜻이란다."

"어느 아버지요? 위대한 아버지 수령님요?"

"아니야. 하나뿐인 사랑의 아버지란다. 그분은 우리 모두를 사랑하시지. 우리의 죄를 씻기 위해 자기의 아들을 세상에 보내셨단다."

나는 알 수 없었다. 말라깽이 아버지와 위대하신 아버지와 사랑의 아버지가 어떻게 다른지. 그들 중 누가 진짜 나를 사랑하는 아버지인지.

"우리의 죄를 씻기 위해 자기의 아들을 세상에 보낼 아버지가 정말 이 세상에 있을까요?"

"중요한 건 그분이 있느냐 없느냐가 아냐. 우리를 사랑하는 존재가 있다고 믿는 것이 중요하단다."

"그 아버지가 세상에 보낸 아들을 만나보고 싶어요."

"우린 꼭 예수님을 만날 수 있을 게다. 그분은 가난하고, 병들고, 굶주리고, 억압받는 사람들의 친구거든."

아버지는 비릿한 어둠을 노려보며 말했다. 트럭이 가끔 낯선 문 앞에 멈출 때마다 사람들이 탔고 자리가 비좁아졌다. 집안에서 몰려나온 젊은 여자와, 늙은 남자, 잠이 덜 깬 청년과 품에 안긴 아이들…… 그들의 몸에서 따뜻한 냄새가 났다. 그들은 차가운 바람의 비린내가 나는 우리를 피했다. 누구도 웃지 않았고, 수군거리지 않았고, 소리를 지르지도 않았다. 그러는 동안 그들의 몸에서도 따스한 냄새가 사라지고 비린내가 스며들었다.

밤은 차가운 바람 가시가 등에 돋친 검은 고슴도치였다. 트럭은 까만 밤의 살 속으로 파고들었다. 어둠 속에서 우리는 누가 짐짝인지, 누가 사람인지 알아보지 못했다. 멀미를 참지 못한 누군가가 구토를 하는 소리가 들렸다. 사람들은 몸속의 불안과 두려움을 어둠 속으로 게워냈다. 시큼한 두려움의 냄새, 불안의 냄새.

천국엔 무엇이 있을까?

희미한 새벽빛 속에서 우리는 겨우 서로의 얼굴을 알아보았다. 주름진 이마, 푹 꺼진 눈, 부러진 앞니 같은 것들. 포장 안 된 산길에 트럭이 덜컹거릴 때마다 사람들은 짐짝처럼 무릎 높이까지 튀어 올랐다. 정오 무렵 트럭은 멈추었다. 더 이상 갈 곳이 없었기 때문이다. 하늘은 때 묻은 커튼처럼 우중충하게 내려앉았다. 자리에서 일어나는 사람들의 몸에서 삐꺽거리는 소리가 났다. 자지 못한 눈들은 빨갰고 부은 눈을 뜨려면 눈꺼풀에 힘을 주어야 했다.

잿빛 황무지에 드문드문 허름한 막사가 보였다. 벽돌 담장 위에 철조망이 가시관처럼 얹혀 있었고 때 묻은 나무 표지판이 우리가 어디에 있는지 말해주었다. 21호 관리소. 정치범과 불온분자들을 수용하는 무령교화소였다. 어른들은 그곳에서 늙고 노인들은 그곳에서 죽을 것이다. 그리고 나는 그곳에서 자랄 것이다.

우리는 입구의 관리 행정실에서 얇은 담요 한 장과 인민복을 받았다. 한 벌의 인민복은 우리의 작업복이고 외출복이고 교복이고 잠옷이었다. 우리가 지낼 거처는 한 시간 반을 더 들어가야 했다. 포장되지 않은 길에서 피어오르는 먼지 때문에 목이 탔다. 아버지와 내가 살 집은 낮은 흙벽에 나무판을 엉성하게 걸친 토굴이었다. 전기는 들어오지 않았고 나무를 때는 부뚜막은 오래 불을 피운 적이 없는 듯 깨끗했다. 아버지가 어깨에서 검은 가방을 내려놓자 흙먼지가 풀썩였다. 우리의 운명이 흙투성이 바닥에 팽개쳐지는 것 같았다. 인민모를 쓴 보위부원은 뾰족한 미늘 같은 지시를 내렸다.

"일과는 매일 5시 30분에 시작된다. 종이 울리면 즉각 공터에 집합하도록!"

다음 날 새벽 5시에 종소리가 울렸다. 아버지와 나는 떠지지 않는 눈꺼풀에 힘을 주며 움막촌 옆 공터로 갔다. 어둠 속에서 사람들의 얼굴이 수면 위에 뜬 것처럼 하얗게 떠올랐다. 작업반 배정이 시작되었다. 다닥다닥 붙은 50여 가구의 움집 마을이 170명 정도의 한 작업반을 이루었고 한 작업반에는 50여 명이 소속된 세 작업소대가 있었다. 각각의 마을은 전기 철조망이 쳐진 4미터 높이의 담장으로 에워쌌다. 대여섯 작업반이 모여 하나의 구역이 되고 구역들이 모여 거대한 교화소를 이루었다. 두세 개의 면 단위를 합친 광활한 교화소 지역은 생산되지 않는 것이 없는 거대한 공장이자 집단농장이었다. 끝이 보이지 않는 옥수수 밭과, 과수원, 양계장과 양돈장이 운영되었다. 구리광산과 금광 작업반이 있었고 벽돌공장이 가동되었다. 아버지는 장례 작업반에 편성되었다.

"해오던 일을 계속할 수 있어 다행이다. 하늘에 계신 아버지께서 지켜주시는 거야."

아버지는 주먹을 들어 올리며 미소를 지었다.

"거기! 어떤 새끼가 히죽거리나?"

보위부원이 지시봉으로 아버지를 가리켰다. 아버지는 얼음처럼 차갑게 굳었다.

내 나이에 따라 교화소 내 인민학교 6학년에 편성된 것은 행운이었다. 평양에서처럼 고등중학교에 배정되었으면 훨씬 힘든 노동을 해야 했을 것이다.

수업은 오전 8시에 시작되었다. 과목이 바뀌어도 계속 같은 선생님이 들어왔다. 국어, 수학, 과학 교과는 없었고 수학 선생님도 영어 선생님도 없었다. 잿빛 인민모를 쓰고 지휘봉을 든 보위부원이 전과목 선생님이었다. 첫째 시간부터 혁명역사와 수령님 교시 탐독, 사상교양이 되풀이되었다. 셋째 시간부터는 작업준비에 들어갔고 오후에는 작업이 시작되었다. 학교는 거대한 노역장이었다. 당신은 이렇게 물을지도 모르겠다. 아이들이 무슨 힘이 있다고 고된 노동을 시키느냐고? 모르는 말이다. 아이들은 어른보다 손이 작지만 손놀림은 정교하고, 성인들보다 힘이 약하지만 작은 구멍을 잘 드나들며, 매질을 잘 참지 못하므로 통제에 잘 따른다. 결과적으로 교화소 아이들은 어른들 못지않은 노동전사였다.

우리는 국어 대신 석재채취 요령을, 영어 대신 화목 수집법을, 수학 대신 황무지 개간 작업을, 물리 대신 벌목과 김매기 작업을, 화학 대신 토끼사육법을 익혔다. 작업조는 학년, 학급별 전교생을 신체 특성에 따라 세분해 다섯 명 내외로 조직했다. 체격, 운동능력, 성격을 감안해 편성한 조별로 토끼풀 뜯기, 채소밭에 거름주기, 담장 보수작업, 석재채취 작업의 할당량을 부과했다. 가장 힘든 석재채취조는 키가 크고 덩치가 큰 아이들 위주로 편성되었다. 어깨에 커다란 통을 지고 강가로 가서 막돌을 져 나르는 아이들의 어깨에는 물집 아니면 굳은살이 박였다. 거름작업조는 인분과 싸워야 했다. 먹는 것이 없는 탓에 거름으로 쓸 인분은 언제나 모자랐다.

'꼬마 외화벌이 7개년 계획'은 외국에 내다 팔 수 있는 것을 모두 모으라는 총동원령이었다. 캘 수 있는 것은 캐고, 주울 수 있는 것은 줍고, 기를 수 있는 것은 길렀다. 봄에는 고사리와 산나물을 뜯고, 가을에는 송이버섯을 따고 도토리를 주웠다. 아이들이 굼뜨고 어눌한 나를 피했기 때문에 나는 토끼사육조에 배정되었다.

내가 키운 토끼 가죽은 중국으로 수출되었고 고기는 보위부원과 경비대의 식량이 되었다. 다섯 명의 토끼사육조는 사료를 채취하느라 산과 들을 헤맸고 수업시간에도 산기슭에서 토끼우리를 지을 흙을 퍼 날랐다. 흙을 파던 아이들이 흙에 깔리고 풀을 뜯던 아이들이 벼랑에서 떨어졌지만 사람이 다치는 것보다 중요한 건 토끼들이 얼마나 건강하게 늘어나느냐였다.

가을걷이 동원이 끝나면 월동 작업이 시작되었다. 토끼와 돼지 사육장을 보수하고 겨울 동안 먹일 사료를 확보해야 했다. 겨울이 되자 영하 20도의 공기 속에서 우리는 얼음조각처럼 투명해졌다. 추위 때문에, 배고픔 때문에, 고통 때문에 일찍 깨면 쇠처럼 차고 단단한 어둠이 관자놀이를 죄었다. 쉽게 잠들 수도 없지만 잠에서 빠져나오지도 못한 졸린 눈들. 새벽 집결시간이면 아버지는 자신의 인민복 자락을 잘라낸 천 조각으로 나의 얼굴과 손을 감싸주었다. 어린 보위부원 하나가 내 뒤통수를 갈기고 재하가 준 장갑을 손에서 빼가버렸기 때문이다.

"괜찮아. 손가락을 뽑아가지 않은 것이 다행이다."

까마귀 한 마리가 토끼사에서 멀지 않은 가지에 앉았다. 빛을 받은 검은 등이 물잠자리 날개처럼 파란색과 녹색으로 반짝였다.

당의 명령을 어긴 불온분자들이 우글거리는 덫 속으로 멋모른 채 날아든 새들은 경비대의 총에, 보위부원들의 올가미에 걸렸고 가끔은 배고픈 수용자들의 돌팔매질에 떨어져 그들의 뱃속을 채웠다. 수용자들은 익히지도 않은 날짐승의 살을 나누어 먹고 뽑아낸 털로 누비옷 속을 채웠다. 까마귀와 콩새와 박새의 털이 누비옷 속에서 섞였다. 그런데도 까마귀는 아이들을 약 올리기나 하듯 꼬리를 까딱댔다.

아이들은 눈에서 빛을 뿜으며 바닥의 돌을 주워 던졌다. 까마귀는 조금 먼 가지로 휙 날아가 앉았다. 다부진 토끼조 선임 전명식이 던진 돌이 가지를 맞혔다. 나는 그 자리에서 펄쩍 뛰었다. 까마귀는 두어 차례 내 쪽을 두리번거리더니 날개를 반짝이며 날아갔다.

"괜한 호들갑을 떨어서 날아가버렸네."

배고픔을 면할 수 있다는 희망이 사라진 아이들이 허탈하게 소리쳤다. 그들에게 까마귀는 새가 아니라 고기일 뿐이었으니까. 나는 아무 말도 하지 않았다. 나는 새처럼 되고 싶었기 때문이다. 새들은 꿈꾸는 곳으로 날아갈 수 있으니까. 동시에 어딘가를 꿈꾸면서도 날아가지 않을 수 있으니까. 날아갈 수 있는 자유가 아니라 날아가지 않을 수 있는 자유를 나는 동경한다. 나는 내가 그런 자유를 가졌다고 상상해본다. 어디건 갈 수 있지만 가지 않을 뿐이라고.

까마귀가 날아가자 아이들은 침묵했다. 전명식이 대뜸 내게 다가와 가슴을 밀쳤다. 숨이 턱 막히며 바닥에 쓰러졌다. 아이들이 험한 얼굴로 다가와 나를 울타리처럼 빙 둘러쌌다. 좁은 장소를 싫어하는 나는 소리를 질렀다. 어디선가 때 묻은 발등이 날아와 나의 배를 걷어찼다. 뒤이어 부르튼 손과 갈라진 발꿈치, 긴 작대기가 날아왔다. 전등불이 꺼진 것처럼 눈앞이 어두컴컴해졌다. 그때 굵직한 목소리가 들렸다. 돌담이 무너지듯 나를 둘러싼 아이들이 우르르 달아났다. 거친 손길이 나의 터진 입술에서 피를 닦아냈다. 나는 낯선 손길을 뿌리쳤다.

"네 얼굴을 닦아주려던 것뿐이란다."

그는 내 입술에서 닦아낸 피를 자신의 바지 자락에 문지르며 웃었다. 골목 건너편 움막에 사는 강씨 아저씨였다. 더부룩하게 자란 귀밑머리는 하얀 재를 뒤집어쓴 것 같았다.

"난 누군가가 내 몸에 손을 대는 것을 싫어해요."

아저씨는 알아들었다는 듯 싱긋 웃었다. 아저씨의 양쪽 뺨에 깊은 주름이 패었다.

"녀석들이 왜 널 괴롭혔던 거지?"

"아이들은 내가 까마귀를 날려 보냈다고 생각하니까요."

"정말 네가 새를 날려 보냈니?"

"난 그 새를 먹고 싶었지만 동시에 그 새가 도망가기를 원했을 뿐이에요."

나는 까마귀가 날아가버린 허공을 바라보았다. 아저씨는 나의 눈에서 뭔가를 찾는 사람처럼 나의 얼굴을 찬찬히 뜯어보았다.

"외국에서 살았을 때 너 같은 아이를 본 적이 있어. 다른 사람이 건드리는 걸 싫어하고 자기 세계에 갇혀 있는 아이 말이야."

바람이 불어오자 흙길에서 마른 먼지가 솟아올랐다. 아저씨는 손을 내밀어 먼지를 휘휘 저었다. 나는 아저씨의 굵은 손마디를 뚫어져라 쳐다보았다.

"겨울은 올 때마다 손가락 마디를 훔쳐갔지. 어떤 겨울은 한 마디를, 어떤 겨울은 두 마디를. 동상에 걸린 손가락과 발가락은 허물처럼 벗겨져 나갔어."

아저씨는 두 마디가 잘려 나간 오른손 검지와 사라져버린 왼손 새끼손가락을 펼쳐 보이며 말했다. "난 앞으로 영원히 가위바위보를 할 수 없을 거야."

나는 어떤 사람이 스무 개의 손가락, 발가락과 서른여덟 개의 마디 중 몇 개나 남아 있는지에 따라 몇 년을 수용소에서 보냈는지를 계산하는 함수식을 생각해보았다.

"아저씨는 다섯 마디를 잃는 데 몇 년이 걸렸어요?"

"난 이곳 구리광산에서 4년간 구리를 캤지."

"구리만 캤나요?"

"아니다. 1그램의 구리를 캐기 위해서는 그보다 열 배, 백 배가 넘는 돌덩어리를 캐야 한단다."

"구리를 캔 것이 아니라 돌을 캤군요."

"그럴지도 모르지."

나는 아저씨가 캐낸 구리와 그 백 배가 넘는 쓸모없는 돌들에 대해 생각했다.

"구리는 주기율표 11족 4주기의 구리족 원소에 속하는 전이금속이에요. 원자량 63.546g/mol, 원소기호는 Cu이고 원자번호 29예요."

아저씨는 넓은 어깨를 구부정하게 구부리고 서서 어둑해지는 하늘을 바라보았다. 물먹은 자신의 무거운 영혼을 널어둘 빨랫줄을 찾는 것 같았다. 나도 나의 피곤과 통증을 널어둘 빨랫줄을 찾고 싶었다.

"뭐하니?" 아저씨가 물었다.

"아무것도 안 하는 걸 하고 있어요."

나는 아저씨의 두 손을 바라보았다. 마디가 잘린 아저씨의 손은 비대칭이었다. 아저씨는 내가 불편할까 봐 왼손 검지와 오른손 새끼손가락을 보이지 않도록 말아 쥐었다. 주먹을 쥔 아저씨의 손은 다시 대칭이 되었다.

"나는 대칭을 좋아해요. 그리고 소수를 좋아하고 계산은 아주 좋아하죠. 수식과 기하학, 방정식과 수열도 좋아해요."

"그래. 넌 특별한 아이야. 다른 아이들이 보지 못하는 것을 볼 수 있거든."

"그걸 어떻게 알아요?"

"이곳에 오기 전에 오랫동안 은행에서 근무하며 회계업무를 했단다. 그러니 수에 대해서라면 나도 좀 알지. 우린 어쩌면 좋은 친구가 될 수 있을지도 모르겠구나."

친구라는 말을 듣자 재하가 생각났다. 지금은 내 곁에 없는, 나의 대칭이었던 재하. 아저씨는 나의 또 다른 대칭이 될 수 있을까?

사람들은 한밤에도 죽었고, 새벽에도 죽었고, 오후에도 죽었다. 벌목장에서는 나무에 깔려 죽었고 벽돌공장에서는 쏟아진 흙더미에 깔려 죽었다. 맞아 죽은 사람, 굶어 죽은 사람, 떨어져 죽은 사람, 스스로를 죽인 사람, 굶주림에 시달리다 독초를 캐 먹고 죽은 사람, 처형당한 사람, 굶주리다 병들어 죽은 사람……

아버지는 의료장비는커녕 변변한 의사조차 없는 병원에서 간단한 응급처치라도 해야 했다. 빈약한 구급상자 하나로 다친 보위부원과 경비대원들을 돌봤지만 환자보다 더 많은 죽음들이 몰려왔다. 트럭들이 가마니에 싸인 시신을 짐짝처럼 부려놓으면 보위부원과 경비대원들이 달려들어 입을 만한 옷과 신발과 속옷과 모자를 벗겨갔다. 괜찮은 물건을 건진 날이면 그들은 히죽거리며 사망확인서를 작성했다. 경비대원은 우편배달부처럼 사망확인서를 가족들에게 전했다. 누군가 죽었다는 통보를 받은 사람들은 작은 소리로 울었다. 나는 물었다.

"사람들은 왜 아주 작게 우는 걸까요?"

"슬퍼하는 데도 힘이 필요하기 때문이란다. 먹은 것이 없으면 울기도 힘들지."

아버지가 대답했다. 울음은 강바닥의 돌을 지나는 개울물처럼 들릴 듯 말 듯 젖은 거리를 떠돌고 물웅덩이에 고여 철벅거렸다.

"그들은 누구를 위해서 우는 걸까요?"

"그들은 죽은 사람을 위해 울고 있단다."

"아니에요. 사람들은 자신을 위해 울어요. 남겨진 자기 자신을 위로하기 위해."

아버지는 더 이상 그들의 얼굴을 알코올로 닦지 않았고, 그들의 두 손을 가슴 앞에 가지런히 놓아주지도 않았다. 아버지는 더 이상 장례사가 아니라 매장 작업반원이었다. 죽음들은 보름에 한 번씩 트럭에 실려 공동매장지로 갔다.

아버지는 트럭 뒤칸에서 죽음들과 함께 흔들리며 피와 침출수가 고인 웅덩이를 지났다. 트럭이 덜컹댈 때마다 아버지는 구토를 했다. 먹은 것이 없는 아버지의 목에서 쓰고 노란 물이 올라왔다. 사람보다 살이 찐 쥐들이 아버지 발치에서 어슬렁거렸다. 쥐들은 죽음을 뜯어 먹고 포동포동해졌다. 쥐와 구더기들에게 파먹힌 시신은 한없이 가벼웠다. 매장 작업반원들은 죽은 사람들의 누더기를 벗겨들고 히죽거렸다.

"어차피 인생은 맨몸으로 와서 맨몸으로 가는 거야. 공수래공수거!"

매장 작업은 누구나 원하는 알짜 작업반이었다. 죽은 사람의 누더기라도 챙기는 데다 옥수수 국수 한 끼분을 특별 배급받기 때문이었다. 누군가의 죽음이 누군가의 한 끼가 된다. 죽음은 삶을 더욱 단단하게 구축한다. 그것은 이진법에서 0과 1의 상호작용과 같다.

아버지는 한 사람 한 사람의 시신을 구덩이에 던졌다. 정성들여 쓴 편지를 우체통에 집어넣듯이. 죽음들은 우체통 속의 편지처럼 차곡차곡 쌓였다. 그런 날 밤 아버지는 밤새 꿇어 엎드린 채 끙끙 앓았다. 신음 사이로 말이 흘러나왔다.

"아버지. 저는 그들의 얼굴을 알코올로 닦아주지도 못했습니다."

아버지는 울음을 참으려고 입을 틀어막았다. 하지만 슬픔은 몸의 틈 사이로 새어나왔다. 눈으로는 액체가 되어 흘렀고 입으로는 소리가 되어 나왔다. 나는 물었다.

"왜 알코올로 죽은 사람들의 얼굴을 닦아주지 않았어요?"

코가 막힌 듯 맹맹한 아버지의 목소리가 어둠에 묻혔다.

"이곳엔 알코올이 없어. 하지만 죽음들은 너무 많지."

"더러운 얼굴로도 천국에 갈 수 있나요?"

아버지의 하얗고 갈퀴 같은 손이 어둠 너머에서 건너왔다. 아버지는 나의 머리를 쓰다듬으려던 손을 거두었다.

"천국은 아니라도 분명 좋은 곳으로 갔을 게다."

"어떻게 알아요?"

아버지는 비밀을 들킨 사람처럼 혼잣말로 중얼거렸다.

"지옥도 이곳보다는 나을 테니까."

매일 새벽 5시면 아버지는 방바닥을 두드리며 소리쳤다.
"길모야. 일어날 시간이다."
아버지의 목소리는 나에게 태엽을 감는 것 같다. 잠을 깨면 배고픔은 물끄러미 나를 내려다보았다. 먹을 것이 없는 부엌은 어둑어둑했고 불을 피운 지 오래된 아궁이는 차가웠다. 하루 배급량의 절반으로 쑨 옥수수 죽 그릇은 금방 비었다. 아버지는 자신의 그릇에서 두 숟가락을 덜어주었지만 그것도 곧 바닥을 드러냈다. 하루에 공급되는 음식은 1인당 350그램.

배고픔은 굶주린 강아지처럼 나에게 달라붙었다. 나는 한 모금의 물을 마시고 나의 혀를 씹었다. 말랑말랑하고 따뜻한 고기의 질감이 떠올랐다. 혀가 으깨지는 것처럼 아프고 입안에서 비릿한 피 냄새가 났다. 나는 씹기를 멈추었다. 내게 달라붙은 배고픈 강아지는 여전히 낑낑거렸다.

어느 날부터인가 고통이 내 몸에 이사를 왔다. 통증은 안방에서 건넌방으로 가듯 나의 몸 안을 돌아다녔다. 근육에서 뼈로, 그리고 관절로, 배에서 머리로 또 발목으로 순서와 계획 없이 옮겨 다녔다. 가끔은 외출을 하기도 했지만 그럴 때면 다른 통증이 놀러왔다. 날카로운 통증과 묵직한 통증이, 찌르는 아픔과 타는 통증이 몸속에서 서로 친구가 되었다. 붓고, 멍들고, 찢어지고, 베이고, 부러지는 아픔들이 따로, 또 같이 왔다. 나의 몸은 배고픔과 통증의 서식지였다.

"조금만 참으렴."

아버지가 말했다. 하지만 나는 안다. 참는다 해도 고통이 사라지지는 않는다는 것을. 아버지는 또 말했다.

"고통이 사라지지는 않더라도 고통에 익숙해질 순 있을 거야."

그러면 나는 생각한다. 익숙한 고통도 고통스럽기는 마찬가지라고. 나는 단단한 것들이 부러웠다. 겨울나무의 굵고 단단한 껍질들, 어떤 숫자로도 자르거나 깰 수 없는 단단한 소수들, 먹이를 쪼아 먹는 작은 새의 딱딱한 부리들, 얼어붙은 한겨울의 땅거죽들, 어른들의 두터운 손바닥에 연필심처럼 박힌 노랗고 투명한 군은살들…… 그것들은 고통을 느끼지 않고, 고통을 막아주기도 했다. 아버지는 또 말했다.

"넌 나보다는 조금 더 좋은 세상에 살게 될 거다."

"왜 그렇죠?"

"세상은 더 험해지고, 죽음은 점점 늘어날 테니까. 어디에나 죽음이 있을 테니 밥은 굶지 않을 거야."

어둑어둑한 길 맞은편에서 수용자 세 사람이 비틀거리며 걸어왔다. 아버지는 말을 멈추었다. 그들이 어둠 속으로 멀어져간 후에야 아버지는 말했다.

"이곳은 지옥이야. 우린 죽은 사람들을 부러워해야 해."

"왜요?"

"그들은 고통을 느낄 수 없기 때문이야."

그렇다면 교화소는 분명 지옥은 아니었다. 적어도 살아 있긴 했으니까. 고통을 느낄 수 있었으니까. 나는 물었다.

"천국엔 무엇이 있나요?" 아버지가 대답했다.

"천국에는 모든 것이 있단다. 결핍된 것이 있다면 천국이 아니겠지."

"모든 것이 있다면 밥도 있고, 배부름도 있고, 따뜻함도 있고, 어머니도 있나요?"

아버지는 행복한 표정으로 고개를 끄덕였다.

"배고픔도 있고, 불행도 있고, 노동도 있고, 지옥도 있나요?"

"글쎄다. 천국엔 모든 것이 있으니까…… 하지만 그런 것들이 있다 해도 보이지 않는 구석에 아주 조금 있겠지."

"만약 이곳이 지옥이라면 천국의 아주 작은 구석이겠네요."

교화소는 천국이 아니라 거대한 수도원 같았다. 군데군데 물웅덩이가 있는 거리는 수도원처럼 적막했고 우리는 수도승처럼 말이 없었다. 우리는 금식을 하듯 밥을 굶었고 고행을 하듯 힘든 작업을 했다. 수도승처럼 밥을 굶고 고행을 하면 우리가 신에게로 조금씩 다가갈 수 있을까?

나는 수도원을 뛰쳐나온 파계승처럼 그곳을 기억한다. 노을이 잿빛 거리를 붉은 융단처럼 휘감을 때, 아릿한 배고픔을 안고 어둠을 바라볼 때, 길고 마른 아버지의 다리가 어둠을 밟고 다가올 때…… 그런 시간들이 기억의 광맥 깊은 곳에서 반짝인다. 나는 사금을 채

취하듯 어두운 기억 속에서 행복했던 순간들을 걸러낸다.

숫자들은 비밀을 감추고 있다

구리광산 강씨 아저씨는 말이 없었다. 어쩔 수 없이 말을 하거나 웃을 때도 입을 크게 벌리지 않았다. 나는 아저씨가 침묵 속에 감추어둔 비밀을 안다. 아저씨의 입속은 금광이다. 왼쪽과 오른쪽, 아래와 위 어금니 두 개씩 여덟 개의 금덩어리가 숨어 있다. 지도자 동지 탄신일, 특별 배급된 화주에 취한 아저씨에게 입속을 한 번만 보여달라고 부탁하자 아저씨는 불콰하게 달아오른 뺨을 문지르며 웃었다.

"누구에게도 말하지 않을 거지?"

아저씨가 입을 벌리자 퀴퀴한 냄새가 났다. 어두컴컴한 동굴 같은 입속에 노랗게 반짝이는 것이 보였다. 아저씨는 주위를 둘러보며 아무에게도 들리지 않게 말했다.

"이게 내 마지막 재산이란다. 이 금덩어리들을 뽑아다 팔면 돈이 되거든. 이곳을 나갈 수 없어도 작업반장 완장 정도는 찰 수 있을 거다."

"그런데 왜 어금니를 뽑아 팔지 않죠?"

아저씨는 희미하게 웃더니 한참 후에야 말했다.

"길모야. 마지막 카드는 먼저 내보이는 게 아니야. 견딜 수 있을 때까지 견디다 결정적인 순간에 꺼내 보여야 해."

교화소로 오기 전 아저씨는 조선대성은행의 국제부 차장이었다. 1978년 설립된 조선대성은행은 노동당 39호실 소속의 대외결제은행으로 지도자 동지의 직접 지시를 받는 공화국 '외화벌이 사업'의 본산이었다. 평양외국어학원과 김일성대학 영문과를 졸업한 후 조선대성은행에 들어간 아저씨는 공화국 내의 석탄, 광물, 섬유, 도자기, 약재 등을 수출하고 설탕, 조미료 등 생활용품을 수입하며 대외 무역업무를 총괄하는 조선대성무역총회사의 외국환 업무를 관장했다.

외환부와 국제부를 거치며 러시아 국영 스베르방크와 외화 협력계좌를 개설, 외환 반입 공로로 영웅 칭호를 받고 능력을 인정받은 그는 런던의 공화국-영국 합작 법인 대표로 나가 금과 외환 선물을 거래했다. 런던에 근거지를 두고 제네바, 베를린, 파리 등 유럽 각지에서 노동당 대외결제와 외환사업의 중추적 역할을 하던 그에게 갑자기 귀국 명령이 떨어진 것은 3년이 지나갈 무렵이었다. 귀국 명령을 받아든 그는 자신의 인생 항로의 좌표가 잘못되어가고 있다는 것을 알아차렸다. 명령을 거부하면 살 수 있었지만 그렇게 할 수는 없었다. 공화국에 남아 있는 아내와 딸 때문이었다.

순안공항에 내리자마자 낯선 사내들이 그에게 달려들어 보위부 조사실로 끌고 갔다. 런던 주재 북한대표부의 경비 요청을 삭감했던 것이 화근이었다. 유럽 각국의 공관과 해외 기업들의 경비를 배정해 지급해오던 그의 회사는 늘 쓸 곳은 많았지만 줄 돈은 마땅치 않았다. 동구권 몰락 후 고난의 행군이 시작되자 외환 자금 사정은 더욱 심각해졌다. 본국 무역회사들의 대중국 생필품조차 외상거래로 연명해야 할 지경이었다.

그는 탁월한 외환 매매와 금을 포함한 귀금속 거래로 얼마간의 이윤을 남겼지만 개인이 감당하기에는 역부족이었다. 대표부 관리들의 눈치를 보지 않을 수 없었지만 그렇다고 시세보다 낮은 헐값에 금과 외환을 팔아치울 수도 없었다. 대표부 경비를 삭감한 것은 어쩔 수 없는 조치였다. 대표부 관리들은 본국 보위부 고위 관리들에게 그의 당성이 해이해졌고 자본주의에 경도되었다고 보고했다. 본국에서는 즉시 귀국명령을 내렸다. 열흘간의 보위부 조사를 끝으로 그는 짐을 싸야 했다. 나와 아버지가 그랬듯이. 그를 기다리던 아내와 딸은 그를 만나는 것과 동시에 트럭 짐칸에 올라야 했다.

"귀국하기 전에 뭔가 잘못되고 있다는 것을 알았지. 공화국에서 무엇이 나를 기다리고 있을지도 말이야. 더러운 운명과 맞서려면 준비를 해야 했어. 그동안 모아두었던 얼마간의 돈이 있었지. 하지만 공항에 도착하자마자 몸수색을 당할 것이 뻔했어. 아는 치과의사를 찾아갔어. 어금니를 모두 빼고 금으로 박아 넣었지. 주머니에 금을 넣어 오면 빼앗기겠지만 입속에 넣어온 것을 뽑아가지는 못할 거라고 생각했어. 게다가 공화국에서는 싼 보철물을 하는 것도 드문 일이니 비싼 금으로 보철을 하리라고는 상상도 하지 못할 것 같았거든."

그는 하루 열여섯 시간 동안의 광산노동을 묵묵히 해냈다. 깜깜한 막장은 인생의 종점 같았고 좁은 갱도는 수많은 광부들의 무덤이 되었지만 그는 광맥을 따라 어둠을 파들어 갔다. 곡괭이로 어둠을 내리찍으면 어둠은 한 뼘씩 넓어졌다. 구리는 캄캄한 어둠 속에 흩뿌린 듯 박혀 있다. 그는 행운이 웃음소리를 듣고 찾아온다고 믿었지만 갱도 밖으로 나오면 마음대로 웃을 수 없었다. 입속의 반짝이는 금덩어리를 들킬 것 같아서. 그래서 그는 어둠 속에서만 낄낄댈 수 있었다. 깜깜한 막장 속에서 몸이 어둠과 흙과 반죽이 되어 뭉개져버릴 것 같을 때 그는 자신의 입안을 생각했다. 불을 켜면 발개지는 말랑말랑한 잇몸에 박혀 있는 노란 금덩어리들을. 그러자 낄낄거리는 소리를 들은 행운이 그를 찾아왔다.

교화소는 수용자뿐 아니라 소장인 보위부장에게도 막장이었다. 한때 평양이나 신의주, 함흥 등 대도시의 보위부 간부였던 그들은 독직, 뇌물, 파렴치 범죄를 저지르고 이곳으로 왔다. 보위부장 윤영대도 이곳으로 오기 전에는 정치보위부 신의주 지부 부책임자였다. 노동당 중앙위원회를 꿈꾸던 정치군관으로 몇 건의 독직사건과 밀무역 혐의가 발각된 그는 교화소 보위부장을 자청했다. 끔찍한 수용소를 자신의 운명을 돌이킬 충성의 기회로 만들 참이었다. 공화국 경제의 지상목표인 '외화벌이 사업'을 획기적으로 개선하면 당의 평가도 달라질 것이다.

강씨 아저씨는 보위부장의 야망을 잘 알았다. 십수 년 동안 외환과 자본을 거래해온 거래의 달인은 배짱이 어떻게 돈이 되는지를 알았고 작업 독려를 위해 구리광산으로 온 보위부장에게 단도직입적으로 은밀한 거래를 제안했다. 조선대성은행 외환부와 국제부의 회계와 자금관리, 외환거래 경험을 살려 교화소의 '외화벌이 사업'에 일익을 담당해 공화국과 위대한 지도자 동지를 위한 마지막 충성을 다하고 싶다고. 보위부장은 공화국 최고 외화벌이 영웅의 달콤한 제안을 받아 물었다.

4년 만에 갱도를 빠져나온 강씨 아저씨는 보위부 사무실에서 외화벌이 장부업무를 맡게 되었다. 시체가 되지 않으면 나오기 힘든 막장에서 자신의 발로 걸어 나온 것이다. 그는 곡괭이를 버리고 손바닥을 털며 어둠 속에서 낄낄거렸다.

한 달 후 내게 강씨 아저씨의 장부업무를 보조하라는 보위부장의 지시가 떨어졌다. 아저씨의 요청 때문이었다. 나는 토끼들과 작별해야 했다. 그림처럼 조용한 토끼들은 눈에 발간 불이 켜진 것 같았다. 울지도 웃지도 않아 슬픈지 즐거운지 알 수 없는 노란 때가 낀 두 개의 앞니. 이제 상큼한 토끼풀 냄새도 퀴퀴한 토끼똥 냄새도 맡을 수 없을 것이다.

보위부 사무실은 거미줄처럼 얽힌 숫자들의 천국이었다. 작업조별 송이버섯 채취량과 단가, 조별 매출액, 구리광산, 토끼반, 벽돌 공장, 돼지 사육반 등 작업반별 생산량…… 아저씨와 나는 1차 통계를 가공해 정밀한 2차 데이터를 만들었다. 작업반의 시간당 생산 계수, 시간 추이에 따른 작업반별 능률 그래프, 우수 작업조의 생산량 변화 추이, 작업반 구성인원별 생산성, 중국 무역회사의 매수단가 추이, 생산량 증감과 단가의 함수관계…… 생산과 거래 과정은 함수식으로 정리되고, 도표화되었다. 보위부장은 교화소 외화벌이 사업의 모든 것을 한눈에 파악할 수 있게 되었다. 아저씨와 나의 데이터에 따르면 몇 가지 조치를 취할 경우 현재의 생산성을 30% 이상 증가시킬 수 있음이 확실했다. 보위부장은 갈고리 같은 눈으로 강씨 아저씨를 노려보며 소리쳤다.

"너 39호실에서 날 치려고 내려보낸 스파이지?"

강씨 아저씨는 입속의 금덩어리가 보이지 않게 우물거렸다.

"매일 올라오는 산출량과 매출액 자료로 데이터를 만들었을 뿐입니다."

"거짓말! 스파이가 아니고선 교화소의 모든 내막을 이렇게 구체적으로 알 수가 없어!"

보위부장의 주름진 목의 볼록 튀어나온 뼈 옆에서 맥박이 팔딱거렸다. 정확히 10초에 21번. 60초면 126번. 최고 맥박수는 220에서 나이를 뺀 숫자다. 보위부장은 52세. 220-52=168. 보위부장의 심장이 최대 운동 한계의 75%로 뛰고 있었다. 나는 말했다.

"숫자들은 우리에게 비밀을 말해줘요. 숫자들이 하는 말에 귀를 기울이면 눈에 보이지 않는 비밀을 들을 수 있어요."

"그래. 넌 앞으로 계산해야 할 비밀이 많을 거다."

보위부장은 만족스런 미소를 지었다.

아저씨는 나에게 온갖 종류의 계산 문제를 냈다. 하루치의 작업조별 생산량과 단가와 생산액수와 품목별 채취량과 생산효율을 구하는 계산이 끝나면 소수점 여덟 자리의 어려운 비율계산과 이전 데이터 수치를 근거로 다음 항을 구하는 어려운 문제를 냈다. 장부를 토대로 지난 1년 동안의 특정 품목 생산량 추이를 그래프화하고 그것을 기초로 향후 1주일, 1개월, 1년의 예상 생산량을 예측하는 문제도 있었다. 교화소 장부업무보다 아저씨의 숙제가 점점 더 많은 시간을 차지했다. 나는 더 많은 숫자, 더 큰 숫자를 더 빨리 계산했다. 아저씨와 내가 말하는 수학이란 언어는 다른 사람들에게는 헛소리처럼 들렸다. 책상 모서리와 마룻바닥은 더 이상 우리의 말을 알아듣지 못했다.

아저씨는 우리가 계산한 예측모형으로 산출되는 작업반의 구성원 수, 작업 시간, 작업 방법을 소장에게 보고했다. 생산량의 증감을 근거로 지난 3년의 작업수치를 분석했을 때 8시 이후의 야간 작업은 당일 생산량은 늘릴 수 있지만 일주일 생산량은 오히려 감소시킨다는 결론으로 야간작업이 줄었고, 반 편성 과정에서 남는 두 사람을 더 배정한 작업반의 일인당 생산량이 증가했다는 분석으로 작업반 인원수 증편이 이루어졌다. 어떻게든 '외화벌이' 성과를 올려야 하는 소장에겐 받아들이지 않을 수 없는 유혹이었다. 소장은 시체처럼 창백한 샌님과 멍한 저능아가 수치를 근거로 치는 사기에 속아 교화소 운영방침을 바꾸는 것이 불쾌했지만 우리는 꿩 잡는 매였다.

"어떻게든 '외화벌이' 성과로 능력을 증명해야 신의주로 복귀할 수 있지 않겠습니까?"

강씨 아저씨의 말에 소장은 야비한 미소를 지으며 스스로를 설득했다.

"그래! 등소평 동지도 말씀하셨지, 검은 고양이든 흰 고양이든 쥐만 잡으면 된다고 말이야."

소장이 나가자 아저씨는 굳게 다물었던 입을 활짝 벌려 웃었다. 아저씨의 어두운 입속에 불이 켜진 것처럼 노란 금이 반짝였다. 나는 날씨와 계절, 파종 시기에 따른 옥수수 수확량의 변화 추이를 그래프로 나타내는 복잡한 계산을 시작했다. 아저씨가 말했다.

"길모야. 이번 게임은 성공이야. 수학이 교화소 운영체제를 바꿨으니까."

아저씨는 감격했지만 나는 이미 알고 있었다. 수가 바꾸지 못하는 것은 없다는 것을. 수학은 교화소의 운영체제를 바꿀 뿐 아니라, 죽어가는 사람을 살리기도 하고, 한 나라를 건설하기도, 그 나라를 망하게 하기도 한다.

교화소의 노을은 대동강보다 붉었다. 저녁이면 옥수수 밭이 커다랗게 부풀어 오르고 새들이 날아올랐다. 나는 먼 곳에 있는 사람들에게 풍경을 한 조각씩 나누어주고 싶었다. 주먹에 굳은살이 박여 있던 재하, 하얀 머리카락에서 물비린내가 나던 대좌님, 부러진 뿔테 안경에 하얀 반창고를 붙여 썼던 수학 선생님, 매들린 올브라이트 여사…… 노을 속으로 걸어가는 아저씨는 불붙은 장작처럼 길고 마르고 활활 타올랐다. 한때 자기가 어떤 사람이었는지를 잊고 싶지 않았던 그는 다른 사람의 이야기처럼 말했다.

"좋은 시절이 있었지. 몸에 착 붙는 검은 바지와 자기 피부처럼 가벼운 셔츠에 넥타이를 맨 사람들이 춤추듯 걸어다니는 거리. 은행과 보험회사와 투자회사들의 건물들이 줄지어 선 그 거리는 전 세계에서 몰려든 검투사들이 칼과 방패와 그물 대신 컴퓨터와 숫자와 그래프로 싸우는 돈의 검투장이었어. 베팅과 결단이 이윤과 배당을 만들었지. 공화국 외환 관리 담당관이자 스파이로 그곳에 파견된 나는 작은 돈으로 게임에 뛰어들어 외화벌이를 시작했지. 이 교화소 전체에서 한 달 동안 벌어들이는 외화를 30분 만에 벌기도 하고 또 10분 만에 날리기도 했어."

"그런데 왜 돌아왔어요?"

"공화국에 아내와 딸이 있었어. 평양은 어떤 고난이 있더라도 돌아와야 할 나의 이타카였지."

아저씨는 오디세우스와 페넬로페에 대해, 그리고 아가멤논과 아킬레우스와 헥토르와 파리스 왕자에 대해, 트로이 전쟁과 목마에 대해 이야기해주었다. 나는 오디세우스의 항해일지를 가지고 있다는 말을 하지 않았다. 누구에게도 나이트 미처 씨 이야기를 하지 않겠다는 대좌님과의 약속 때문이었다.

아저씨는 아이스크림은 무지개보다 많은 색깔을 가졌는데 차고 달고 꿈을 꾸는 것 같다고 했다. 빨리 먹어주기를 애원하며 먹어주지 않으면 녹아서 물이 되어버린다고도 했다. 아저씨는 빵 사이에 든 고깃덩이와 생선을 얹은 쌀밥과, 입안에서 별이 뜨는 검은 물에 대해서도 이야기했다.

"길모야. 인생은 게임이야. 법칙을 알고 이용하는 자가 승리하는 거란다."

이길 수 있었지만 질 것이 뻔한 게임을 한 아저씨에게 그런 말할 자격이 있을까? 아내와 딸을 위해 처벌이 기다리는 공화국으로 돌아온 아저씨는 바보였을까? 아니, 그는 결코 바보가 아니었다. 그런데 그는 왜 바보짓을 했을까?

"때론 지는 것이 뻔한 게임을 해야 할 때도 있단다."

"왜죠?"

"지는 것이 옳기 때문이지. 세상은 이기는 것으로만 완전해지지 않으니까."

아저씨는 삶이 +와 -, ×와 ÷로 이루어진 수식처럼 복잡하다고 말했다. 더하기만 있다면 숫자들은 커지기만 할 것이고 곱하기만 있다면 세상은 나눔을 모르게 될 거라고. 빼고 나누면 작지만 더 아름다워질 수도 있다고. 아저씨는 물었다. 0에서 9까지 숫자들의 수열에 대해서.

"왜 숫자들은 0, 1, 2, 3, 4, 5, 6, 7, 8, 9의 순서가 되었을까? 9는 1보다 큰데 왜 맨 뒤로 갔을까? 1은 9보다 적은데 왜 1등은 9등보다 좋을까?"

아저씨와 나는 아름다운 숫자들의 배열을 생각했다. 나는 소수의 수열을 제시했으나 0에서 9까지의 모든 수를 포함하지 못한다는 이유로 받아들여지지 않았다. 나는 2, 5, 3, 0, 6, 9, 8, 1, 7, 4의 배열을 제시했다. 2는 불완전한 곡선과 하나의 직선, 5는 불완전한 곡선과 두 개의 직선, 3은 불완전한 두 개의 곡선, 0은 완전한 하나의 곡선, 6과 9는 하나의 완전한 곡선과 하나의 불완전한 곡선, 8은 두 개의 완전한 곡선, 1은 하나의 직선, 7과 4는 세 개의 직선이기 때문이었다. 하지만 아저씨는 곡선이 직선보다 앞서야 할 근거가 없고, 6과 9, 7과 4의 순서를 정하는 명확한 기준도 없다며 받아들이지 않았다. 골똘히 몇 가지의 수열을 더 생각하고 있을 때 아저씨가 말했다.

"우리가 이런 곳에 있지만 게임이 끝난 건 아니야. 게임은 우리가 죽는 순간까지도 계속되지. 어쩌면 죽고 난 다음에도 쭉…… 언젠가 우리 이곳을 빠져나갈 수 있을 게다. 누군가는 죽어서, 누군가는 살아서…… 난 이곳에서 죽을지 모르지만 내 딸은 살아서 이곳을 나가야 해. 그럼 네가 그 아이를 보살펴줄 수 있겠니?"

나는 누군가를 보살피는 것이 무엇인지 모른다. 아저씨가 말했다.

"누군가를 보살핀다는 건 언제까지나 그 뒤를 따르며 지켜봐주는 거야."

누군가를 따라다니는 것은 내가 잘하는 것이다. 아버지의 뒤를, 아저씨의 뒤를 따르듯이. 지켜보는 것도 내가 잘하는 일이다. 나는 오후 내내 느티나무의 반짝이는 잎새를 지켜볼 수도 있고 시시각각 어둠으로 변해가는 노을을 지켜볼 수도 있다.

"오디세우스는 페넬로페를 지켰지만 나는 아내를 지키지 못했지. 결국 이곳에 온 지 1년도 못 돼 저세상 사람이 되었으니까 말이야. 그렇지만 넌 누군가를 돌볼 수 있을 거야."

"나는 빨리 달리지도 못하고 싸움을 잘하지도 못하는데요."

"길모야. 넌 착한 아이야. 강한 사람은 자신을 지킬 수는 있지만 누군가를 지켜주지는 않아. 하지만 착한 사람은 자신이 아닌 누군가를 지켜줄 수 있지."

"제가 착한 아이인가요?"

"내가 말했잖니? 넌 다른 사람들의 눈에 보이지 않는 것들을 볼 수 있는 특별한 아이란다."

아저씨의 뺨에 노을이 어른거렸다. 아저씨의 몸에서 젖은 개의 냄새가 났다. 바람이 불자 가늘고 긴 아저씨의 몸이 잠자리처럼 날아갈 것 같았다.

교화소에는 밤에도 눈이 있고 어둠에도 귀가 있었다. 벽 모서리의 벌어진 틈이 깜빡이며 우릴 바라보았고 갈라진 천장과 삐걱대는 바닥이 우리 이야기에 귀를 기울였다. 그리고 그것들은 우리에게 들은 이야기를 보위부원들에게 일러바칠 것이다. 그래서 나는 방 모서리와 방바닥이 엿듣지 못하도록 조그맣게 아버지에게 물었다. 우리가 이곳까지 오게 된 이유를.

"아버지가 벽장 깊은 곳에 파란 책을 숨겨둔 것을 보위부에서 어떻게 알았을까요?"

나의 물음에 아버지는 무엇엔가 찔린 것처럼 흠칫 놀랐다. 그러더니 곧 아무 일도 아닌 것처럼 싱긋 웃으며 대답했다.

"글쎄다."

"나는 누군가 아버지가 파란 성경책을 숨기고 있는 걸 보위부에 일러바쳤다고 생각해요."

"그렇지는 않을 게다. 아무도 그걸 몰랐으니까."

"난 범인을 알 것 같아요. 우리 식구는 세 명뿐이니까요."

아버지의 얼굴이 석고처럼 하얗게 굳었다.

"길모야. 지금 네가 누굴 생각하든 그 사람은 아니야. 절대 아니란다."

"우릴 밀고한 건 벽장이에요. 벽장은 아버지의 파란 책을 알고 있었던 거죠. 어둠과 벽 모서리의 틈과 갈라진 천장이 우리의 말을 엿듣는 것처럼 말이에요."

아버지는 겨우 한시름을 놓은 것처럼 조심스럽게 말했다.

"그럴지도 모르지. 그래. 반드시 그럴 거야. 그 빌어먹을 벽장이 우릴 밀고한 거야. 하지만 우린 벽장을 미워해서는 안 돼. 벽장은 우릴 수용소로 보낼 생각은 없었을 테니까."

"난 벽장을 미워하지 않아요."

나의 말에 아버지는 고개를 끄덕였다. 잠이 달아난 자리에 어둠과 배고픔이 들어앉았다.

"배가 우주처럼 텅 비었어요. 아버지."

아버지는 알까? 우주가 끝없이 확장하는 것처럼 배고픔은 점점 부풀어 오른다는 것을. 배가 부풀수록 배고픔의 공간은 점점 커진다는 것을. 한 숟가락의 하얀 쌀밥을 떠먹으면 밥알들은 어두운 뱃속에 별처럼 퍼져서 반짝일까? 뒤척이는 아버지의 몸에서 삐걱이는 소리가 났다.

"아버지. 잠이 오지 않아요."

"그럼 우주 공간의 별들을 세어보렴."

나는 배고픔의 우주에 떠 있는 하얀 밥알의 별들을 세었다. 아버지의 코에서 거친 숨소리가 들렸다. 나는 숨을 멈추고 아버지의 호흡수를 세었다. 126번의 들숨과 날숨.

나는 빨리 잠들고 싶었다. 잠들면 배고픔을 잊을 수 있기 때문이다. 나는 어둠 속에 숫자들을 연처럼 띄우고 바라보았다. 숫자들은 알록달록한 아이스크림처럼 돌아다녔다. 내가 먹어주기를 기다렸고 먹어주지 않자 주르륵 무지개색 물이 되어 흘렀다. 0은 투명한 빗방울, 7은 파란색 빗방울, 5는 고동색 빗방울이었다. 천 개의 빗줄기가 내 잠 속으로 떨어졌다. 나는 혀를 내밀고 달콤한 빗줄기들을 받아 마셨다. 너무 많은 물을 마셨더니 오줌이 마려웠다. 살그머니 자리에서 일어났다. 아버지의 자리는 비었고 어둠 속에 고소한 냄새가 배어 있었다. 부엌 쪽에서 바스락대는 소리가 들리고 어둠 속에서 희끄무레한 형체가 떠올랐다. 마르고 길고 느릿느릿한 아버지.

"아버지 오줌이 마려워요."

"그…… 그래. 나도 오줌을 누러 나왔으니 함께 가자."

아버지는 말을 씹는 것처럼 우물거렸다. 아버지가 앞장서 지나간 어둠 속에 고소한 냄새가 배어 있었다. 얼기설기한 판자문을 열자 매서운 바람이 불었다. 우리는 움막 모퉁이를 돌아 나란히 서서 오줌을 누었다. 머리 위에 하얀 달이 커다랗게 부풀어 올랐다.

"잠들기 전에 물을 많이 마셔서 그래. 내일은 자기 전에 물을 많이 마시지 말아야겠다."

"하지만 물을 마시지 않으면 배가 고파 잠을 잘 수 없어요."

아버지는 말이 없었다. 나는 어둠 속을 졸졸 흘러가는 따뜻한 물소리를 들었다.

"내일은 사흘치 배급이 나오는 날이니 넉넉히 먹을 수 있을 게다."

아버지의 입에서 고소한 누룽지 냄새가 났다. 아버지는 오늘 보위부 간부가 아니면 고위급 경비대원을 치료했거나 그 가족의 죽음을 배달했을 것이다. 나는 내일 저녁이 오기를 기다렸다.

내일은 왔지만 아버지는 돌아오지 못했다. 아버지는 자신이 죽음을 배달하던 시체안치소에서 죽음을 맞았다. 위생처리가 엉망인 진료실과 병균들이 득실거리는 시체실에서. 아버지의 사인은 급성 패혈증이었다. 죽음은 공평했다. 1, 2, 3, 4, 5, 6. 여섯 개의 숫자가 있는 주사위처럼. 1은 2, 3, 4, 5에 포위되어 있고 6과 마주보고 2는 1, 3, 4, 6에 둘러싸여 있고 5와 마주보며 3은 1, 2, 5, 6과 이웃하며 4와 대적한다. 칠이 덕지덕지 일어난 진료소의 하얀 천장을 멍하니 바라보며 아버지는 말했다.

"길모야. 좋은 사람이 되겠다고 약속할 수 있겠니?"

"난 나쁜 아이가 아니에요."

"좋은 아이가 되는 건 누구나 할 수 있어. 하지만 좋은 어른이 되는 건 어려운 일이란다."

"난 좋은 어른이 될 거예요."

"그래. 그건 좋은 일이지."

아버지가 고통 때문에 몸을 움찔거릴 때마다 녹슨 침대에서 삐걱거리는 스프링 소리가 났다. 그것은 고장난 아버지의 몸이 내는 소리였다. 아버지는 죽음을 배달했을 뿐 아니라 죽음 자체가 되어버렸다. 아버지의 몸에서 전원이 꺼지고 아버지의 값은 1에서 0이 되었다.

저녁에 아버지 대신 아버지 몫의 옥수수가 돌아왔다. 아버지는 시체안치소에 보관되었지만 서류상으로는 살아 있는 사람이기 때문이었다. 강씨 아저씨는 아버지 몫의 옥수수를 나에게 건넸다. 주인 없는 옥수수로 몰려든 사람들은 나와 옥수수를 번갈아 바라보았다. 그들은 내가 울기를 바라는 것 같았다. 가족을 잃은 모든 사람들은 울었다. 큰 소리로 울거나, 가슴을 쥐어뜯거나, 낮게 흐느꼈고, 소리를 내지 않고 눈물을 흘리기도 했다. 하지만 나는 울지 않았다. 슬픔이란 감정을 느끼지 못하기 때문이다. 아저씨가 말했다.

"아버지는 훌륭한 분이셨다. 사흘치의 배고픔을 데려가주셨어."

나는 아버지가 남겨준 350그램의 옥수수를 내려다보았다. 아버지는 어떻게 해서라도 살고 싶었을 것이다. 그래서 한밤중에 나 몰래 누룽지를 혼자 먹었을 것이다. 살아남아 나를 돌보기 위해서. 하지만 아버지는 살아남지 못했다. 노랗고 쭈글쭈글한 옥수수

알갱이들을 내려다보며 나는 혼자가 되었다는 것을 알았다.
　어머니와 아버지, 그리고 나.
　3-1-1=1.

◇◇◇◇◇◇

　안젤라는 1/2의 호기심과 1/2의 분노가 섞인 목소리로 묻는다.
　"네 아버지가 지하 기독교도란 걸 밀고한 더러운 자가 누구였지? 너와 아버지를 수용소로 보내고 어머니의 행방조차 알 수 없게 만든 자 말이야."
　공화국에서는 모든 사람이 밀고자다. 아버지는 자식을, 아들은 어머니를, 아내는 남편을 감시한다. 이웃과, 사랑하는 연인들과, 직장동료들은 감시당하며 감시하고, 밀고당하지 않기 위해 먼저 밀고한다. 그러니 밀고를 당해도 누가, 언제 자신을 밀고했는지조차 모른다. 하지만 나는 분명히 알고 있다. 누가 아버지를 밀고했는지.
　"밀고자는 나였어요."
　안젤라의 입술이 씰룩인다. 그녀에게 나는 약간 더 위험한 인물이 된 듯하다.
　"아무리 모자란 녀석이라지만 어떻게 아버지를 밀고할 수 있지?"
　"나는 거짓말을 하지 못하기 때문이에요."
　나는 이야기를 이어나간다.

"가을이 지날 무렵, 평양 제1고등중학교 5학년 학생의 아버지가 돌아가셨어요. 인민무력부 고위군관이었는데 아버지는 정성껏 그의 죽음을 배달했어요. 장례가 끝나고 다시 학교에 나온 친구에게 나는 '너희 아버지의 죽음은 분명히 천국으로 배달되었으니까 슬퍼하지 말라'고 말했어요. 친구는 멱살을 잡고 '내 아버지가 짐꾸러미냐? 배달을 하게?'라고 소리쳤어요. 나는 멱살을 잡힌 채 우리 아버지는 죽음배달부고 나는 죽음배달부의 아들이라고 말했어요. 친구는 거짓말이라며 소리쳤어요. 나는 거짓말을 하지 못한다고 말하며 아버지의 말을 설명했어요. 죽음을 천국으로 배달하려면 기도로 우표를 붙여야 한다고."

"그 친구가 밀고를 했구나."

"그 친구는 밀고자가 아니에요. 내 이야기를 교장선생님께 그대로 말했을 뿐이니까요."

"그놈이 밀고자야. 네 아버지도 보위부 심문 과정에서 그 일에 대해 아셨을 거야."

"아니에요. 아버지는 몰랐어요."

"그걸 어떻게 알지?"

"아버지가 그 일에 대해 안다고 말하지 않았으니까요."

"아버지는 거짓말을 하셨던 거야. 거짓말을 못하는 너 때문에 기독교도란 사실이 밝혀지고 수용소까지 갔지만 내색하지 않으셨어."

안젤라는 내 앞에 몇 장의 종이를 늘어놓는다. 나달거리는 가장

자리의 노랗게 절은 얼룩에서 냄새가 난다. 젖은 흙 냄새, 비린 바람의 냄새, 아릿한 독주 냄새, 퀴퀴한 땀 냄새…… 그것은 긴 여정을 지나온 나의 냄새다. 그녀는 종이에 쓰인 수식과 기호들을 곰곰이 살핀다.

"본 적이 없는 기호와 수식들이군. 이 암호가 무슨 뜻이지?"

"이건 암호가 아니라 문자예요."

"이건 한국어가 아니야. 중국어나 일본어는 더더욱 아니고…… 그럼 어느 나라 언어지?"

"이 언어는 내가 만든 언어예요. 난 이 언어로 편지와 일기를 써요."

나의 언어체계는 한국어와 영어, 러시아어와 중국어 등 내가 아는 언어들과 수학 기호와 숫자들의 조합으로 이루어진다. 가령 시그마 기호는 무언가를 더하거나 증강시킨다는 의미의 접두사로 사용할 수 있다. 시그메너지는 협동, 혹은 단결을 뜻하고 시그널리지는 교양, 혹은 지식을 뜻한다. 같은 방식으로 $+$, $-$, $\times$, $\div$ 등의 사칙연산 기호, 적분을 뜻하는 $\int$ 기호, 대략 같다는 의미의 $\fallingdotseq$, $\sqrt{}$ 등도 각각의 뜻을 가진 단어로 쓰이거나 각국 언어들과 결합해 접두사, 접미사, 나아가 동사와 형용사로 쓰일 수 있다.

퍼플은 키가 작고 연약한 남자아이를 연상케 한다. 빨간색보다 파장이 짧은 보라색은 더 많이 굴절되어 무지개 안쪽에 있기 때문이다. 키가 작고 연약한 아이는 상처받기 쉬우므로 맨 안쪽에 있어야 한다. 그런 방식으로 나는 1,600여 개의 기본단어와 다양한 파생어의 문법체계를 고안했다. 단어들은 하나의 어근을 기본으로 다른 품사로 활용되고 문장은 위치와 강세변화를 통해 다양한 의미로 변화하는 경제 법칙을 따른다.

나는 나의 언어를 퍼뜨리기도 했다. 평양 제1고등중학 시절 '누군가 베르트랑 공준(公準, Bertrand's postulate)을 연구한다'는 말은 그 학생이 누군가와 사랑에 빠진 것으로 이해되었다. 정수론에서 '1보다 큰 임의의 자연수 n에 대하여, n과 2n 사이에 적어도 하나의 소수가 존재한다'는 소수의 분포에 관한 명제인 베르트랑 공준이 사람에게는 적어도 하나의 사랑이 있다는 뜻으로 전환되고 그것을 연구한다는 것은 사랑에 빠졌다는 의미로 쓰인 것이다.

"그렇다면 이건 무슨 뜻이지?"

그녀는 숫자와 무한대 기호가 조합된 종이 위의 단어를 가리킨다. 475∞92. 한 장에 네 번이나 반복해 등장한 단어였다.

"내 언어체계에 의하면 475∞92는 체포라는 말이에요. 무한대 표시는 수갑을 연상시키고 숫자들은 간단한 문법에 의해 도출된 것들이죠."

"모국어인 한국어나 영어가 있는데 왜 이렇게 어렵고 복잡한 언어를 쓰지?"

"세상에는 새로운 언어가 필요하기 때문이에요."

"수많은 사람들이 쓰고 있는 언어가 있는데 무엇 때문에?"

"언어들은 오염되었어요. 사람들의 욕망과 탐욕, 차별과 증오, 적대감과 이기심이 언어를 학대했기 때문이죠. 민주주의, 정의, 평등이란 말은 자기 뜻을 잃어버렸어요. 민주주의는 더 이상 민주적이지 않고, 정의는 더 이상 정의롭지 않으며 평등은 더 이상 평등하지 않거든요. 사람들은 말들을 토막내고 재갈을 물리고 고삐를 묶었어요. FTA, GDP, MMF처럼 토막난 말들이 날뛰고 지옥이란 말은 원래 있어야 할 곳에서 뛰쳐나와 우리가 살고 있는 곳으로 옮겨왔어요."

"언어는 소통을 위해 존재하는 거야. 서로를 이해할 수 있고 서로에게 다가갈 수 있는 유일한 통로란 말이야."

"언어는 서로에게 다가가는 통로가 아니라 서로를 공격하는 무기가 되었어요. 나는 말을 하는 게 무서워요."

"아무도 이해할 수 없고 아무에게도 통하지 않는 혼자만의 언어가 무슨 소용 있겠니?"

나는 잠시 망설인 후 말한다.

"나의 언어는 혼자만의 언어가 아니고 소용없지도 않아요."

"그 언어를 아는 사람이 너 말고 또 있니?"

나는 대답하지 않은 채 종이를 바라본다. 종이 위에 보라색이 떠오르고, 강아지풀이 떠오르고, 날아가는 민들레 홀씨가 떠오른다. 하지만 그녀의 얼굴은 잘 떠오르지 않는다.

"그녀는 말을 무서워했어요. 말은 그녀를 상처주고, 아프게 하고, 해쳤으니까요. 그녀는 말들로부터 도망쳐왔어요. 내 언어의 영역으로."

"그녀라니? 누구 말이니?"

"그녀의 이름은 영애예요."

3+1=0

그녀는 날이 선 말들로부터 도망쳐 내 언어의 영토로 왔다. 2000년 12월 12일. 그녀는 나의 허락도 없이 토끼사로 다가와 토끼들에게 풀을 먹였다. 아름다운 것을 보면 나는 행복하다. 아름다운 것에는 수가 숨어 있기 때문이다. 그녀의 얼굴에는 수많은 수가 숨어 있었다. 그러므로 그녀는 아름다웠다. 눈동자에서 앞니 끝, 앞니 끝에서 턱 끝에 이르는 1:1.618의 황금비. 코 중심선에서 눈 가장자리의 거리와 눈의 가로 길이도 황금비였다. 1:1.618. 나는 손가락을 세워 그녀 얼굴의 가로세로를 재고 비율을 계산했다. 푸석하긴 했지만 숱 많은 머리카락은 정확하게 오른쪽으로 1:1.618의 위치에서 가르마를 타서 넘겼다. 미간과 콧마루, 가운데 이가 갈라지는 선과 턱 중심선의 양쪽은 완벽한 대칭이었다.

"네 얼굴에 숨어 있는 황금비를 찾았어."

그녀가 살그머니 웃자 네 개의 앞니가 드러났다. 토끼를 닮은 앞니 두 개의 가로세로 비율도 1:1.618이었다. 그녀는 고등중학교 3학년이었고 목덜미가 해진 셔츠와 구멍으로 발가락이 삐죽 나온 신발을 신고 있었다. 작목반 노동으로 거친 손등에는 땟국이 흘렀다.

"이상한 것을 찾는구나. 그런 것을 찾는다고 이곳에서 도망칠 수는 없어."

바람이 불자 그녀의 가르마가 헝클어지며 머리카락이 날렸다. 나는 혼돈을 다스리고 싶어 흩날린 그녀의 머리카락을 매만졌다. 하얀 가르마선이 가지런히 나타나고 머리카락은 1:1.618의 비율을 되찾았다.

작업이 끝나고 노을 속을 걸어 집으로 돌아가는 길은 세상에서 가장 평화로운 언어교습 시간이었다. 나는 그녀에게 아버지는 '배달부'이고 어머니는 '우체통'이라고 말해주었다.

"아버지는 우리를 세상에 배달했고 어머니는 우리를 뱃속에 넣어 간직했기 때문이야. 그러니까 아이들은 '편지'야."

그녀는 '위대하신 어버이 수령 동지'가 '개새끼'라고 했다. 그리고 그 아들 '경애하는 지도자 동지'가 '따발총'이라고도 했다. 나는 길고 휘어진 탄창을 가진 시끄러운 따발총을 떠올렸다.

"따발총은 사람을 죽여. 그것도 한꺼번에 많은 사람을."

공화국은 따발총이 지배하는 나라였다. 이성은 사라지고 두려움과 적의가 뒤섞인 혼돈의 왕국. 나는 혼돈의 한구석에 수와 이성으로 이루어진 도피처를 만들었고 그녀는 내 영토의 첫 번째 시민이었다.

노력총화 작업을 마치고 집으로 돌아가던 밤 영애는 빛을 먹는 법을 내게 가르쳐주었다. 별빛이 반짝이는 길 저편 어둠 속에서 웅성거리는 소리가 들렸다. 작고 말간 것들이 자기들끼리 소곤거리는 소리였다. 영애는 주변을 살핀 후 소리 나는 쪽으로 다가갔다. 그녀는 손전등도 없이 어둠 속을 잘도 걸었다. 젖은 풀들이 종아리를 휘감으며 스적스적 소리를 냈다. 영애는 야윈 고양이처럼 재빠르게 덤불을 지나 비탈로 갔다. 발밑에 깔린 자갈들이 까르르 웃는 소리를 냈다.

"누가 오나 망을 봐!"

그녀는 가지를 꺾어 땅을 파헤쳤다. 검은 땅은 축축했고 시큼한 냄새를 풍겼다. 둥글고, 납작하고, 반들거리는 하얀 빛의 덩어리가 모습을 드러냈다.

"감자야!"

땅은 어둠 속에 빛이 까놓은 동그란 알들을 뱉어냈다. 그녀는 감자알을 모아 손가락 사이로 흙을 흘려보내고는 가슴에 넣었다. 그리고 아무 일도 없던 것처럼 흙을 덮고 빠른 걸음으로 왔던 길을 되돌아갔다. 세상이 우리의 범행을 지켜보는 공범 같았다. 우리가 숨을 쉬는 것을 멈추자 바람이 멈추었고 나뭇가지들도 흔들리기를 멈추었다. 풀들은 냄새를 짙게 풍기고 별들은 재잘대는 소리를 냈고 어둠은 조금 더 부드러워져 우리 모습을 감춰주었다. 우리는 감자 도둑들이었다. 아니, 우리는 몇 알의 감자가 아니라 작고 둥근 빛의 덩어리를 훔친 빛 도둑들이었다.

여덟 개의 감자알은 어두운 우리의 배를 빛으로 채워주었다. 하얗고, 따뜻하고, 부드럽고, 달콤한 빛. 전구를 켠 것처럼 뱃속이 환해졌다. 빛과 따뜻함으로 부드럽게 부푼 배가 오르락내리락했다. 하지만 오래 주린 배는 갑작스런 감자알을 소화시키지 못했다. 어둠에 익숙한 눈이 강렬한 햇살에 멀어버리는 것처럼. 하얀 감자알은 우리의 뱃속을 찔러댔다. 우리는 두 손으로 배를 감싸고 변소를 드나들었다. 뱃속엔 다시 어둠이 들어찼다. 배는 잠시 불렀다가, 잠시 아팠다가, 다시 고파졌다. 배고픔은 우리의 숙명이었다. 영애가 말했다.

"감자가 아니라 밥이었으면 설사 똥으로 쏟아내지 않았을 텐데……"

밥은 아주 먼 곳의 무엇, 천왕성에서 수만 년마다 부는 전자폭풍처럼, 수백만 년 전 공룡들의 영역싸움처럼 실체가 없고, 있다 해도 우리와는 상관없는 무엇이었다. 하지만 영애가 원한다면 주고 싶었다.

"내가 네게 밥을 먹여줄게. 따끈하고, 윤기가 잘잘 흐르고, 김이 모락모락 나고, 입안에서 별처럼 알알이 부서지고, 목구멍으로 미끄러지는 쌀밥을 지어줄 거야."

그녀는 어둠 속으로 새끼손가락을 내밀었다. 그것은 약속의 닻줄을 묶는 연약한 말뚝이었다. 그녀의 하얀 말뚝에 나의 닻줄을 묶었다. 새끼손가락은 겨우 서로에게 기댔다.

"언젠가 나는 널 배불리 먹일 거야."

우리는 보호자가 없는 아이들이었다. 아버지들은 우리 곁에 없었고 우리를 보호하지도 못했다. 늦은 밤까지 노동에 시달리다 어둠 속에서 걸어 나온 아버지들은 하얀 갈비뼈 같았다. 수많은 금이 갔지만 부러지지는 않는 갈비뼈.

언어 교습은 가장 쉬운 문제부터 시작해야 했다. 나는 바닥에다 간단한 수식을 썼다.

$3+1=0$

"이 수식이 의미하는 값을 구해봐."

그녀는 검게 젖은 흙에 새겨진 수식을 바라보더니 발걸음을 옮겼다. 나는 그녀에게 그림자를 밟히지 않게 옆으로 비껴 걸었다.

"이 수식은 세 사람과 하나의 금괴에 얽힌 이야기야. 좀 더 구체적으로 $3P+1G=0$ (P=People, G=Gold)으로 쓸 수 있지."

"수식이 이야기가 된다고?"

"세 명의 도둑이 있었어. 그들은 금괴를 훔쳐 똑같이 나누어 갖기로 하고 어느 고관의 집을 털었지. 소굴로 돌아온 세 놈은 성공을 축하하는 파티를 열기로 했어. 축배를 들 술을 사오던 한 놈이 슬쩍 욕심이 생겼어. 두 놈이 죽으면 혼자 황금을 차지할 수 있으니까. 그는 술에다 독약을 탔어. 그가 소굴에 도착하자 기다리던 두 놈이 달려들었지. 그가 술을 사서 오는 사이에 그를 죽이고 황금을 나누기로 작당한 거였어. 둘은 성공을 축하하며 죽은 도둑이 탄 독주를 나누어 마시고 같은 처지가 되었지. 지나가던 행인이 황금을 가지고 떠나버렸지. 결국 아무것도 남지 않았어. 세 명의 도둑도 그들이 훔친 금괴도."*

"그게 무슨 언어야?"

"욕심을 내다 모든 것을 잃는 사람이나 상황은 3+1=0이란 수식으로 표현해."

그건 내가 처음으로 그녀에게 가르쳐준 단어, 혹은 문장이었다. 단어도 문장도 아닌 하나의 개념이라고 하는 것이 옳겠다. 우리는 매일 하나씩 단어를, 문장을, 개념을 학습했다.

6개월 후 우리는 길모어로 간단한 대화를 나누게 되었다. 영애는 하루하루 변해갔다. 얼굴에는 비례와 균형과 조화가 뚜렷해졌고 몸에는 보이지 않던 기하학적 곡선이 모습을 드러냈다. 3차원의 공간을 아름답게 분할하는 완벽한 곡률. 나는 아름다움을 사랑

---

* 연암 박지원의 「황금대기黃金臺記」에 나오는 이야기.

한다. 내가 아름다움을 사랑한다는 말은 영애를 사랑한다는 말과 같다. 토끼들은 무럭무럭 컸고 가죽이 벗겨졌다. 그것들의 가죽은 외국으로 배달되었고 고기는 보위부원들의 뱃속으로 배달되었다. 발가벗은 토끼들의 자줏빛 살은 맨들맨들했고 깡총한 귀가 없어 가난해 보였다.

"외화벌이 일꾼들이 토끼의 가죽을 가져갔어. 추운나라 사람들은 가죽으로 옷을 만들어 입는대. 그들의 가슴에는 토끼의 귀가 매달려 있을까? 빗자루처럼 보드랍고 긴 토끼의 귀 말이야. 귀들을 모두 더해 2로 나누면 그 여자가 얼마나 많은 토끼들의 가죽을 입고 있는지 알게 되겠지."

"나는 그 사람들을 모르지만 토끼들이 행복할 거라는 것은 알지." 마르고 터진 좌우 비대칭의 입술로 그녀가 말했다. "토끼들은 가죽만이라도 국경을 넘었잖아."

"우리도 가죽을 벗으면 이곳을 벗어날 수 있을까?"

그녀의 가죽은 기름기가 없는, 거친, 각질이 일어난, 볼록한 뼈가 드러난, 습자지처럼 얇은, 반투명의 막 같았다. 우리는 노을진 길을 걸어 집으로 돌아와 100그램의 남은 옥수수로 죽을 쑤었다. 그리고 불리지 못한 배를 움켜쥐고 아저씨를 기다렸다. 그녀는 떠듬떠듬 자신이 누구인지, 왜 이곳에 있는지 말했다.

"아버지는 런던 주재원이었어. 여덟 살 무렵, 아버지를 순안공항에서 배웅하며 엄마와 나는 아버지가 우리를 잊을지도 모른다고, 어쩌면 영원히 돌아오지 않을지도 모른다고 생각했지. 하지만 아버지는 우리를 잊지 않았어. 아주 가끔 편지가 왔고 어떤 땐 연필 한 다스가 함께 배달되기도 했지. 내가 받은 편지는 아버지가 보낸 열 통 중 한 통이었고, 내가 받은 연필 한 다스는 아버지가 보낸 가방과, 필통과, 한 묶음의 학용품 꾸러미 중 마지막으로 남은 거였어. 편지는 배달되는 과정에서 엄격하게 검열되고, 무신경하게 분실되었고 선물 꾸러미는 검열부장과 우편국 간부와 배달부를 거치며 점점 작아졌지. 그나마 마지막 연필 한 다스가 남은 것은 행운이었어. 나는 아버지가 보낸 편지 봉투의 외국 우표들을 떼어 모으기 시작했어."

그녀는 방구석으로 가더니 나무로 짠 낡은 가방을 뒤적였다. 보물창고를 뒤지는 신밧드처럼 조심스럽게 얇은 서류용지로 싼 무언가를 꺼냈다.

"아버지의 편지에서 뜯어낸 우표들이야."

그녀는 잠자리날개처럼 얇고 바스락거리는 기름종이를 펼쳤다. 네모나고 반들거리는 종잇조각들이 모자이크처럼 펼쳐졌다. 대부분은 영국 우표였고 몇 장의 스위스 우표가 끼어 있었다.

"나는 이 우표들이 대견해. 자기보다 훨씬 크고 무거운 편지와 연필과 학용품들을 싣고 내게 날아왔으니까."

그녀는 우표 한 장 한 장을 들어 냄새를 맡았다. 나도 그녀를 따라 우표에 코를 댔다. 우표에서는 비릿하고 달콤한 냄새가 났다.

"이건 우리가 알지 못하는 먼 세계의 냄새야. 위대한 지도자 동지도 보위부원도 경비대원도 없는, 매일 이밥에 고깃국을 먹을 수 있는 세계. 언젠간 그곳에 가고 싶어."

나는 그녀가 말한 세계를 떠올렸다. 위대한 수령 동지도 지도자 동지도 없는 나라, 우표에 그려진 아름다운 여자가 다스리는 나라. 그녀는 말을 이었다.

"언제부턴가 아버지의 얼굴이 떠오르지 않았어. 나는 아버지가 우리를 잊고 국경 너머 다른 세계에서 돌아오지 않길 바랐지. 하지만 아버지는 돌아왔어. 순안공항으로 나갔지만 아버지를 만날 수 없었어. 보위부에서는 이사할 준비를 하라고 했지. 엄마와 나는 이삿짐을 싸면서 설레었어. 아버지가 영국에서 세운 공으로 영웅칭호를 받은 걸까? 그 상으로 더 크고 좋은 집으로 이사 가는 걸까? 우리는 아버지가 충분히 그럴 수 있는 분이라고 믿었어. 결국 우리는 더 큰 집으로 이사를 했지. 하지만 수용소는 크긴 해도 더 좋지는 않았어. 최악이었지."

그녀는 움막의 지붕 틈 사이로 떠오른 별을 보며 말했다. 그녀에게서 달콤한 옥수수 냄새가 났다. 하루 350그램의 옥수수 냄새.

"아버지가 아니었으면 이런 곳에는 오지 않았을 거야. 난 이런 곳에서 인생을 끝내고 싶진 않아. 이곳을 나가 내가 원하는 나의 인생을 살 거야."

"여기서 나가면 뭘 할 건데?"

"아버진 『오디세이아』란 책에 대해 얘기했지. 그 책을 읽으면 공화국으로 돌아온 아버지의 마음을 알게 될 거라고. 이곳을 나가면 온 세계의 도서관을 돌며 각기 다른 사람이 다른 말로 번역한 『오디세이아』를 읽어볼 거야."

"여기서 나갈 방법이 있어?"

그녀는 말을 할까 말까 망설이며 입을 오물거렸다. 바람이 불자 그녀의 머리카락이 날렸다. 바람은 부는 것이 아니라 그녀의 머리카락 사이에서 숨바꼭질을 하는 것 같았다.

"과오를 저지른 당사자가 죽으면 다른 가족들은 이곳을 나갈 수 있어."

교화소에서 아내는 남편이, 자식은 아버지가, 남편은 아내가, 부모는 자식이 죽었으면 좋겠다고 생각한다. 밤마다 움막에서는 식구들을 지옥으로 몰고 온 당사자에게 내뱉는 원망이 독침처럼 날아다녔다. "당신만 죽으면 우리 식구들이 이 지옥을 벗어날 수 있어!" "나가서 뒈져버려. 이놈아." "부탁이 있어요. 아버지. 제발 우리를 위해……."

나는 아저씨가 죽을까 봐 겁이 났다. 영애는 입꼬리를 45도로 올리며 웃었다.

"걱정 마. 아버지는 바보가 아니니 절대 죽지 않을 거야. 자살한 사람은 무덤조차 없이 길가에 묻히고 남은 가족들은 민족반역자가 되니까. 지상 낙원인 공화국에 자살이란 있을 수 없거든."

한 무리의 수용자들이 어둠 속으로 지나갔다. 텅 빈 눈과 골격이 드러난 이마, 튀어나온 콧날과 광대뼈, 구부정한 어깨, 희고 가는 발목…… 그들은 제대로 배달되지 못한, 아니면 반송된 죽음들 같았다. 그들을 위해 기도해야 할까? 아저씨가 우표를 붙여 연필 한 다스를 그녀에게 부친 것처럼.

그녀와 나는 난해한 질문들을 연산화하고 증명되지 않는 수식들을 증명하려 했다. 그녀는 수많은 물음을 던졌고 나는 해답을 찾아 식을 세웠다.

"나에게 너를 더하면 무엇이 될까?" "우리가 크면 무엇이 될까?" "우리가 어른이 될 때까지 살아남을 확률은 몇 퍼센트나 될까?"

흙바닥에다 연산과정을 써내려가면 숫자들은 토끼풀과 토끼똥과 뒤섞였다. 계산은 자꾸 어긋났고 해답은 없었지만 나는 풀고 또 풀었다. 그것만이 혼돈의 아수라장이 아닌 이성의 영역에 머무를 수 있는 길이었다. 그녀는 물었다.

"그렇게 많은 사람이 죽었는데 교화소의 수용자는 왜 자꾸만 늘어나는 걸까?"

그것은 이곳에 들어오는 사람이 나가는 사람보다 많기 때문이지만 그 사실을 수학적으로 증명하려면 데이터가 필요했다. 나는 우리가 사는 작업반 마을의 가구수, 인구수를 파악하고, 수용소 내 작업반의 수, 그리고 전국의 수용소 수를 산정했다. 그리고 마을에서 사라진 사람들과 새로 들어오는 사람들의 수와 증감의 속도를 대입했다. 모든 공화국 인구가 이곳으로 오는 데 채 20년이 걸리지 않는다는 계산이 나왔다. 그러나 교화소가 포화상태가 되지는 않을 것이다. 지금 추세로 사람들이 죽어나간다면 교화소가 차는 데는 대략 128년 정도가 걸릴 테니까. 그날이 오기 전에 더 많은 교화소를 지을 테니까.

그녀가 나의 언어를 완전히 이해했는지는 지금도 확신할 수 없다. 하지만 우리가 같은 언어권에 있었던 것은 분명하다. 세상 누구도 이해하지 못하고 받아들이지 못하는 수식은 우리 둘만의 순결한 언어였다. 우리는 의견이 다를 때에도 서로 싸우거나 다툴 수 없었다. 서로 다툰 우리가 말이 없어지면 우리의 언어는 죽을 것이기 때문이었다. 우리는 마음 놓고 싸우지 못했고 싸워도 곧 화해할 수밖에 없었다. 그렇게 우리는 우리의 언어를 지켜갔다.

◇◇◇◇◇

안젤라는 책상 위의 편지지를 가만히 들여다본다. 닳아빠진 종이 위에 나의 언어가 떨고 있다. 그녀가 묻는다.

"이 글들을 네가 썼다면 이게 무슨 뜻인지도 알겠구나."

"이 글은 내가 영애에게 우리만의 언어로 쓴 편지예요."

"어디에 있는지도 모르는 사람에게 편지를 썼다는 말이니?"

"편지를 쓰는 동안만큼은 우리의 언어가 소멸되지 않을 테니까요."
그녀는 고개를 끄덕인다. 나는 말한다.
"하지만 두 원어민 중 한 명이 살인자가 되었으니 우리의 언어는 영원히 사라지겠죠?"
그녀는 대답하지 않았다. 그녀는 알고 있을까. 하나의 언어가 사라지는 것은 하나의 세계가 사라지는 것이고 하나의 우주가 사라지는 것이라는 걸. 우리는 언어를 통해 세계를 인식하고 대상을 이해하고 자신을 표현한다. 언어는 지성에 대한 인간의 열망, 자신을 둘러싼 세계에 대한 관찰과 인지를 포함한다. 그러므로 하나의 언어는 그 원어민들의 집단적 인지물이며, 사고방식이며, 삶의 태도이다. 언어를 잃는 것은 모든 것을 잃는 것이다. 길모어는 영원히 사라질까? 그럴지도 모른다. 하지만 그렇지 않을지도 모른다. 말과 글은 사라져도 수는 남을 테니까. 안젤라는 조심스럽게 묻는다.
"그녀는 어디에…… 있지?"
그 물음은 그녀가 어느 곳에도 없을지 모른다는 불길한 예감을 담고 있다. 나는 말한다.
"그녀가 어디에 있는지 몰라요. 하지만 우리는 다시 만날 거예요."
그녀는 고개를 끄덕였지만 내 말을 믿지 못하는 것 같다. 나는 그 말을 증명하기 위해 그녀가 수용소를 떠나던 날을 떠올린다.

페렐만을 찾아서

아저씨가 사라졌다. 집으로 돌아오지도 않았고 보위실에도 없었다. 나는 두 손으로 머리를 움켜쥐고 보위실 구석에 웅크렸다. 그러다 아저씨의 책상으로 다가가 그 위에 놓인 장부의 숫자에 빠져들었다. 계산을 끝낸 후에는 혼자 걸어 아저씨의 집으로 돌아갔다. 영애를 보살피겠다는 아저씨와의 약속이 생각났기 때문이다.

사흘 후 누군가가 문짝이 부서질 것처럼 문을 두드렸다. 나는 고개를 무릎 사이에 파묻었다. 걸쇠가 부러지고 찬바람이 들이쳤다. 밖은 깜깜했고 시끌시끌했다. 구두를 신은 발이 성큼성큼 들어와 묵직한 거적더미를 방 안에 팽개쳤다. 영애는 어둑한 구석으로 다가가 거적을 걷었다. 아저씨였다. 아니, 아저씨가 아니었다. 피와 멍을 가득 담은 사발처럼 찌그러지고, 피딱지와 부기 때문에 대칭이 깨진 얼굴.

"왜 이렇게 된 거죠? 아버지께 무슨 짓을 한 거예요?"

그녀가 쏘아붙이자 보위부원은 걸걸한 목소리로 대답했다.

"장부조작 혐의로 사흘 동안 심문을 했을 뿐이야. 인민들의 피땀으로 벌어들인 외화를 빼돌렸으니 당연한 일이지."

그들은 무슨 돈을 어디로, 어떻게 빼돌렸는지 밝히는 대신 아저씨를 떡으로 만들어놓았다. 교화소에선 언제, 어떻게 죽었는지는 문제가 되지 않았다. 굶어 죽으나 맞아 죽으나 다를 것이 없었고 소장의 한마디면 즉결처분도 가능했다.

보위부원이 집 밖으로 뚜벅뚜벅 걸어 나가고 트럭의 엔진 소리가 멀어졌다. 영애는 부엌으로 가 물을 끓였다. 아저씨는 퉁퉁 부은 눈으로 영애가 옆에 없는 것을 확인했다. 오른쪽 윗니 두 개가 부러진 아저씨는 비대칭의 웃음을 짓더니 삭은 썩정이 같은 말을 속삭였다.

"길모야. 약속을 잊지 않았지? 영애가 가는 곳이라면 어디든 따라가서 잘 보살펴야 한다."

"난 영애가 가는 곳이라면 어디든 따라가서 잘 보살필 거예요."

그건 내가 처음으로 누군가와 한 거래였다.

"고맙다. 길모야. 내가 죽은 후에도 게임은 이어질 거야. 이젠 네가 나 대신 게임을 계속해야 해."

"대신 게임을 하려 해도 난 게임의 룰을 몰라요."

"넌 이미 룰을 알고 있어. 네가 알고 있다는 걸 모를 뿐이야. 수를 생각하면 게임의 룰이 보일 거야…… 가장 아름다운 수열의 이야기가 생각나니?"

나는 고개를 끄덕였다. 아저씨는 잘 떠지지 않는 눈을 감고 외양간에서 온순한 송아지들을 몰아내듯 하나하나 숫자들을 불러냈다.

"9, 6, 4, 3, 0, 5, 2, 1, 7, 8." 나는 아저씨의 말이 끝나기를 기다렸다가 불려나온 숫자들 속에 숨은 소리를 냈다.

"기역, 리을, 시옷+아, 시옷+아+미음, 이응+여, 이응+오,

이응+이, 이응+이+리을, 치읓, 피읖."

"그래. 사전 순서대로 숫자들을 배열한 수열이란다. 딕셔너리의 철자를 따서 'dic수열'이라고 이름 붙였지. 사전이 모르는 단어를 가르쳐주는 것처럼. 이 수열도 모르는 숫자를 가르쳐주는 마법의 주문이 될 수 있을 게다."

영애가 불을 피워 끓인 물그릇을 들고 왔다. 아저씨는 밤송이처럼 부은 눈을 치켜떴다.

"영애야. 공구상자에서 집게를 가져와."

"집게는 뭐하게요?"

"넌 네가 원하는 것을 찾게 될 거야. 보위부 놈들이 아무리 몽둥이질을 해도 난 입을 벌리지 않았거든. 놈들은 내 입속에 무엇이 들어 있는지 결코 알지 못했어. 잘된 일이야. 넌 이제 이곳을 나갈 수 있을 게다."

아저씨의 말은 뚝뚝 부러지고 뭉개졌다. 말을 끝낸 아저씨는 씰 낄거리며 웃었다. 영애의 한쪽 눈은 아저씨를 따라 웃었고 다른 쪽 눈은 울었다. 영애는 공구상자 안에 들어 있는 유일한 공구인 집게를 가지고 왔다. 우리는 말없이 아저씨를 내려다보았다. 아저씨의 눈이 깜빡거리더니 감겼다. 그리고 다시 떠지지 않았다. 아저씨의 값은 0이 되었다. 영애는 물끄러미 아저씨를 바라보더니 결심한 듯 달려들었다. 손에는 공구상자에서 가져온 집게가 들려 있었다.

"뭐해! 이리 와서 입 좀 벌리지 않고!"

나는 두 손으로 아저씨의 입을 벌렸다. 깎지 않은 아저씨의 수염이 손바닥에 까끌까끌했다. 영애는 녹슨 집게를 아저씨의 입속으로 들이밀었다. 깜깜한 금맥에서 반짝이는 금광석을 캐내듯 영애는 금니를 뽑아냈다. 하나, 둘, 셋…… 아저씨의 캄캄한 입속에서 금덩어리가 나올 때마다 영애는 보이지 않을 정도로만 웃었다. 마지막 금니까지 뽑힌 아저씨의 입속은 다시 캄캄해졌다.

나는 때 묻은 수건을 적셔 아저씨의 얼굴을 닦았다. 부은 눈두덩과 찢어진 이마와 부러진 콧날과 터진 입술을, 피딱지가 말라붙은 귓바퀴를. 그리고 아저씨의 죽음이 천국으로 배달될 수 있도록 기도의 우표를 붙였다. 뽑아낸 아저씨의 금니가 어둠 속에서 반짝였다. 아저씨가 웃고 있는 것 같았다.

목덜미가 간질거려 돌아보니 영애가 나의 어깨에 이마를 기대어 왔다. 시간이 지날수록 그녀의 이마는 점점 무거워지더니 가늘게 들썩였다. 나는 그 누구에게도 접촉을 허락하지 않지만 영애만은 달랐다. 아버지도 재하도 박인호 대좌님도 수학 선생님도 와 닿지 못한 나의 어깨에 그녀는 이마를 기댈 수 있게 되었다. 그것은 내가 그녀에게 어깨를 내줄 수 있게 되었다는 말과 같다. 그녀의 이마에서 따뜻한 햇빛 냄새가 났다. 내 어깨에 환한 해가 뜨는 것 같았다. 그녀는 내가 접촉을 허락한 유일하고도 최종적인 존재가 되었다. 그녀는 언젠가 나를 만질 수 있고, 쓰다듬을 수 있고, 안을 수 있게 될지도 모른다.

정오쯤 자전거를 탄 보위부원 세 명이 들이닥쳤고 장례반 인부들이 아저씨를 손수레에 실어 갔다.

"너희 둘은 따라와!"

우리는 두 대의 자전거 뒷자리에 올라탔다. 보위부원이 페달을 밟자 자전거가 앞으로 나아갔다. 햇살을 튕기며 돌아가는 바큇살, 자갈길을 덜컹거리는 기분 좋은 진동, 등 뒤에 고이는 정오의 따뜻한 바람…… 그 경이로운 순간 속에 숫자의 마법이 있다. 자전거가 달리는 것은 완벽한 균형과 대칭의 마법 때문이다. 자전거는 앞으로 나아가기 때문에 균형이 잡히는 것이다. 자전거를 탄 사람은 속도와 평형과 지표면 상태와 경사도에 따라 무의식적으로 균형을 잡는다.

30분 후 우리는 교화소 보위부실 앞에 도착했다. 보위부원들은 우리를 소장실로 데리고 갔다.

"강치우 동무는 지난 사흘 동안의 보위부 심문 과정에서 자신의 과오를 인정했다. 과오를 범한 장본인이 사망할 경우 교화 중인 가족은 즉각 석방한다는 지도자 동지의 은혜로우신 지도에 의해 강영애 동무를 석방한다."

소장의 말에 그녀는 무지개가 떠오르는 것 같은 웃음을 지었다. 소장은 말을 이었다.

"안길모 동무는 숫자에 밝고 계산이 빠르지. 강치우 동무가 사망했지만 계속 장부업무를 맡게 될 거야."

그것은 소장의 착각이었다. 난 엄청나게 성능 좋은 계산기였지만 아무나 작동시킬 수는 없다. 날 작동시킬 수 있는 사람은 아저씨뿐이다. 소장과 아저씨는 게임을 했고 승자는 아저씨였다. 엄청난 성능의 기계를 쓸모없는 무용지물로 만들어버렸으니까. 그녀가 말했다.

"아버지가 정말 외화벌이 장부를 조작해 돈을 빼돌렸나요?"

"강치우 동무가 장부업무를 맡은 건 계획적이었어. 강동무는 외화벌이 사업꾼의 경험을 미끼로 교화소의 외화벌이 실적을 올리겠다고 내게 접근했고 그를 믿은 나는 장부를 맡겼지. 확실히 강동무의 능력은 탁월했어. 장부를 맡은 지 한 달 만에 지난 1년 동안의 생산량과 매출액, 생산성증가 등을 토대로 뽑은 통계와 그것들 간의 함수관계 등 다양한 수치와 자료를 근거로 교화소의 작업반 운용방식과 체계를 바꾸려 했지. 나는 그를 믿어야 할지 말아야 할지 고민했어."

"결국엔 믿지 않았겠죠?"

"강동무가 그러더군. 사람은 거짓말을 하지만 숫자는 거짓말을 하지 않는다고 말이야. 강동무의 제안을 받아들이자 생산량과 매출이 폭발적으로 늘어났어. 강동무는 교화소 외부 상황을 파악해 똑같은 생산량으로도 매출액을 두 배씩 늘렸지. 국경무역상들의 선호 물품과 다른 교화소의 생산량을 파악해 수요가 딸리는 물건을 집중적으로 생산해 높은 가격을 받은 거야. 국제 금값이 오르면 사금채취에 작업반을 더 투입하고 곡물시장이 불안정하면 옥수수 경작지 면적을 넓히는 식이었지. 강동무가 장부를 맡은 동안 교화소의 외화벌이 실적은 세 배나 급증했어. 거기에서 멈추었어야 했지. 하지만 강동무는 너무 나가버렸어."

"어디로 나갔는데요?"

"강동무는 공식 장부 이외에 별도로 장부를 만들어 매출액의 일부를 따로 적립했지. 곳간 구석에 구멍을 뚫고 곡식을 쓸어먹는 쥐새끼처럼 말이야. 치밀하고 용의주도하게 숫자를 관리할 수 있었던 건 길모 동무의 도움이 컸어. 물론 저 바보 녀석은 윗사람이 그런 범죄자라는 것조차 모른 채 시키는 대로 계산기 역할만 충실히 했지. 하지만 나쁜 짓은 꼬리를 밟히기 마련이야. 용의주도한 강동무도 엉뚱한 곳에서 방심을 했지. 강동무의 서랍 속에서 1년 반 동안 매일 빼돌린 돈의 이중장부가 발각된 거야. 나는 강동무가 사실을 털어놓으면 과오를 용서하고 그에게 다시 장부를 맡기려 했어. 강동무를 놓치는 것은 교화소 외화벌이에도 치명적이었으니까. 하지만 심문 과정 내내 강동무는 그 장부가 보조장부라고 잡아떼며 입을 열지 않았어. 강동무의 입을 열려면 방법이 없었어. 결국 만신창이가 되어서야 과오를 시인하더군. 하지만 돈의 행방에 대해서는 끝내 함구했어. 이 막막한 곳에서는 아무리 천만금이 있어도 쓸데도 없을 텐데 돈이 뭔지."

보위부장은 혀를 끌끌 찼다. 매일 황금알을 낳는 거위의 배를 갈라버렸다는 자책감 때문일까? 아니면 출세의 조력자를 자신의 손으로 죽여버렸다는 후회 때문일까? 그는 딱한 눈으로 영애를 보며 말했다.

"강동무 덕에 곧 평양으로 전출을 가게 될 것 같아. 고집을 꺾었다면 강동무도 나와 함께 좋은 세월을 만났을 텐데……."

그는 이곳의 일을 잊고 싶은 듯했다. 그의 머릿속은 벌써 평양의 창광거리와 보통강변을 거닐었다. 하지만 우리는 어디로 가야 할지 몰랐다.

나는 교화소를 떠나는 그녀가 부러웠을까? 그랬을지도 모른다. 하지만 내가 부러워한 건 그녀가 아니라 그녀의 짐가방이었다. 그녀의 등에 메는 작고 해진 짐가방이 되면 그녀를 뒤따르며 지켜보겠다는 아저씨와의 약속을 지킬 수 있을 것 같았기 때문이다. 얼기설기 구멍난 지붕 틈 사이로 어둠과 차가운 별빛이 밀려들었다. 별빛은 그녀의 눈에 고여 반짝였다. 그녀가 말했다.

"너와 함께 떠날 수 있으면 좋을 텐데."

나도 그녀와 함께 떠날 수 있다면 좋을 것이다. 하지만 나는 그녀의 짐가방이 아니므로 함께 떠나지 못한다. 대신 나는 물었다. 언제일지 모르지만 그녀를 따라가야 하기 때문이다.

"어디로 갈 건데?"

"무산으로 갈 거야. 강을 건널 거야."

그녀의 말이 하얀 빵 반죽처럼 어둠 속에서 부풀어 올랐다. 나는 그녀를 웃게 해주고 싶었지만 어떻게 해야 할지 알 수 없었다. 나는 말했다.

"나도 무산으로 가서 강을 건널 거야. 널 뒤따라가서 보살필 거야."

그녀가 그렇게 할 방법을 물었다면 나는 대답하지 못했을 것이다. 하지만 그녀는 그렇게 묻는 대신 가방에서 작은 사진을 꺼내 내게 건넸다. 그리고 왜가리처럼 고개를 숙이고 긴 다리를 옮겨 멀어져갔다. 반들거리는 사철나무 잎들이 우리를 훔쳐보는 눈처럼 어둠 속에서 반짝였다.

다음 날 그녀는 교화소를 떠났다. 배웅하는 사람도, 짧은 작별 인사도 없이, 뒤를 돌아보지도 않은 채. 그녀는 떠난 것이 아니라 그 자리에서 사라져버린 것 같았다. 그녀가 떠난 교화소는 전원이 나간 것처럼 캄캄하고 막막했다. 나의 언어는 무용지물이 되었다. 나는 하루 종일 나의 언어로 스스로에게 질문하고 대답했다. 사람들은 내가 헛소리를 한다고 수군거렸다.

소장은 숫자로 가득한 장부를 새 모이처럼 내게 들이밀었다. 날 작동시킬 아저씨는 없었지만 숫자들은 강렬하게 나를 유혹했다. 숫자가 있으면 나는 무슨 일이 벌어지는지, 누가 있으며 누가 없는지 잊는다. 나는 어느새 장부 속의 숫자들을 더하고 빼고 곱하고 나누고 제곱하고 로그값을 구하며 놀고 있었다. 아저씨가 바로 옆에서 지켜보고 있는 것처럼. 숫자는 나를 조종하는 리모컨이었다.

생산량과 품목별 단가 계산이 끝나면 소장은 작업반별 생산현황 장부를 내게서 빼앗아 들고 싱글거렸다. 장부를 빼앗긴 나는 배가 고팠다. 자신의 방에 장부를 보관하고 돌아오는 소장에게서 달콤하고 고소한 냄새가 났다. 소장은 미소를 지으며 감추었던 옥수수떡을 내밀었다. 따뜻한 옥수수떡이 입안으로 밀려들었다. 소장은 주전자의 물을 따라 건넸다.

"물도 마셔가며 먹어. 문제만 잘 풀면 매일 옥수수떡을 먹여줄 테니까."

겨우 배를 채운 내 앞에 소장은 작은 장부 세 권을 던졌다.

"이 장부의 숫자들을 잘 봐. 흥미로운 숫자들이 있을 거야."

장부에는 낯익은 강씨 아저씨의 글씨체 숫자들이 꼬물거렸다. 공화국에서는 아무도 7을 7로, 0을 0으로 쓰지 않는다.

"강씨 아저씨의 비밀 장부인가요?"

소장은 소스라치며 두 손을 내저었다.

"아니다. 이건 강동무가 따로 작업한 품목별 장부야. 강동무가 없으니 누군가가 장부를 관리해야 해. 넌 강동무 밑에서 실무계산을 했으니 금방 파악할 수 있을 거야. 잘만 하면 옥수수떡은 매일 먹을 수 있을 게다."

옥수수떡과 숫자가 결합하자 까다로운 계산기였던 나는 금방 성능 좋은 계산기가 되었다. 장부의 첫 페이지부터 마지막 페이지까지의 숫자들이 머릿속으로 들어와 휩쓸리고 부딪치고 뒤섞였다. 특별한 숫자는 아니었다. 매일매일 기록해둔 특정 품목의 생산량과 단가 매출액이었다.

"523개의 수를 모두 더한 합은 127만4천6백90이에요."

소장은 조심스럽게 장부를 집어 들었다. 나는 소장에게 물었다.

"아버지가 사망했는데 왜 나는 석방되지 않죠?"

소장은 떨떠름한 표정으로 나를 훑어보았다.

"강치우 동무의 건의 때문이었어. 정신도 온전치 않은 널 석방하는 것보다 안전한 교화소에서 장부업무를 시키며 보살피겠대서 골칫거리인 널 쫓아내지 않았지."

"강씨 아저씨도 죽었는데 왜 나는 석방되지 않죠?"

"고립무원인 너를 교화소 밖에 내놓는 건 너무 잔인한 일이기 때문이지."

나는 매일 보위부실에서 장부 속에 아저씨가 남겨둔 0자와 7자와 다른 숫자들의 이야기에 빠져들었다. 작업반별 생산현황이 올라오면 소장은 계산을 지시했다.

"장부에 이상이 있거나 흥미 있는 숫자가 있으면 말해. 내 말대로 하면 옥수수떡이 문제가 아니라 널 평양으로 데려가주마."

텅 빈 배는 옥수수떡으로 채웠지만 텅 빈 영애의 자리는 채워지지 않았다. 집으로 돌아가는 길에도 그녀의 얼굴을 떠올리면 발걸음이 멈춰졌다. 그녀와 곱하면 모든 것이 0으로 변했다. 심지어 나 자신조차도. 아저씨의 목소리가 떠올랐다.

"영애를 보살필 수 있겠지? 누군가를 보살피는 건 그 뒤를 따르며 지켜보는 거란다."

나는 옥수수떡 한 조각 때문에 아저씨와의 약속을 어겼다.

교화소를 어떻게 탈출했는지 묻는다면 나는 할 말이 없다. 그곳을 탈출하지 않았기 때문이다. 나는 탈출을 계획하지도 않았고, 모의하지도 않았으며 그곳을 떠났을 뿐이다. 그녀가 떠난 두 달 후 소장은 한 권의 장부를 불쑥 내밀며 말했다.

"분명 이상한 숫자가 있을 거야. 그걸 찾아야 해."

하지만 계산은 정확했고 이상한 수는 없었다. 그런 것이 있다 해도 강씨 아저씨라면 쉽게 찾도록 하지 않았을 것이다. 내가 아무런 반응을 보이지 않자 소장은 탁자 위에 장부를 팽개쳤다. 그때 장부의 뒤표지에 붙어 있는 보라색 딱지가 눈에 띄었다. 영애가 보여준 적이 있는 외국 우표들 중 스위스 우표였다. 아저씨는 왜 그 우표를 거기에 붙였을까? 이유는 명확했다. 그 우표는 영애의 것이고 영애의 우표가 붙은 물건은 영애에게 배달되어야 했다. 그리고 그 일을 할 유일한 사람은 나였다.

그날 밤 나는 작고 해진 배낭에 나의 물건들을 넣었다. 〈로동신문〉에서 오린 기사들, 나이트 미쳐 씨의 항해일지, 올브라이트 여사의 브로치, 먹지 않고 남겨둔 그날 몫의 옥수수떡, 그리고 영애에게 배달할 장부······.

준비를 끝낸 나는 교화소를 나섰다. 발밑에서 어둠이 아작아작 소리를 내며 으깨졌다. 교화소의 어둠 속에는 날카로운 가시가 박혀 있었다. 경비대원들은 끊임없이 순찰을 돌고 외곽 철조망에는 전기가 흘렀다. 나는 교화소 정문 초소로 걸어갔다. 갑자기 서치라이트 불빛이 쏟아졌다. 나는 동그란 빛 속에 갇혀 눈을 가렸다. 경비대원이 소총 안전장치를 푸는 소리가 들렸다. 조심스레 내가 누구인지를 알아본 그는 똥 씹은 표정을 지었다.

"바보 녀석 아냐. 이 밤에 어딜 가는 거지?"

"나는 물건을 배달해야 해요. 장부 말이에요."

경비대원은 입맛을 다시더니 뒤늦게 다가온 근무대장과 한참 쑥덕였다. 경비대와 보위부 간부들 중 나를 모르는 사람은 없었다. 바보라서 유명했고 수학 천재라서 더 유명했다. 그들은 내가 교화소의 장부업무를 맡은, 소장에게 없어서는 안 될 계산기라는 것도 알았다. 경비대장이 말했다.

"이 밤에 장부를 배달한다고? 소장님께서 지시하신 일이냐?"

나는 대답 대신 서치라이트가 비치는 망루를 올려다보았다. 한밤에 소장의 관사로 전화를 걸어 지시사항을 확인할 배짱이 없는 경비대장의 호출에 경비대원 한 명이 달려왔다.

"자전거로 읍내까지 태워다주고 와!"

페달을 밟는 경비대원의 숨소리가 거칠고 빨라졌다. 페달 한 번 밟는 데 숨소리 한 번, 바퀴는 3/4이 굴러간다. 바퀴의 지름은

875센티미터. 한 번의 숨소리와 페달질이 자전거를 2미터 앞으로 밀고 갔다. 경비대원의 등이 축축해졌다. 나는 덜컹대는 자전거 뒷자리에서 푸앵카레의 추측을 생각했다. 1904년 푸앵카레는 자신의 논문집 「이상기하학으로의 제5보족」에서 스스로에게 질문을 던졌다.

"마지막으로 검토해야 할 문제가 하나 남는다. 단일연결인 3차원의 닫힌 다양체가 3차원 구와 위상동형이 되지 않을 가능성이 있지 않을까?"

지구의 모양이 어떻게 생겼든 긴 끈이 있으면 우리는 우주로 나가 직접 보지 않고도 지구의 모양을 알 수 있다. 긴 끈의 한 끝을 지구의 한 점에 고정시키고 다른 한 끝을 잡고 지구를 돌아 출발한 곳으로 돌아오면 지구를 한 바퀴 도는 기다란 끈의 양 끝을 고삐처럼 쥘 수 있다. 그 끈을 끌어당겨 지구 표면을 따라 모두 회수하면 지구는 둥글다고 말할 수 있을 것이다.

만약 지구가 둥근 공 모양이 아니라 구멍 뚫린 도넛 모양이라면? 우리는 기다란 끈을 끌어당겨 회수하지 못할 것이다. 도넛의 표면을 따라오던 끈이 중앙의 거대한 구멍에 빠지거나 그렇지 않으면 도넛 중앙의 거대한 구멍 건너편까지 건너가지 못할 것이기 때문이다.

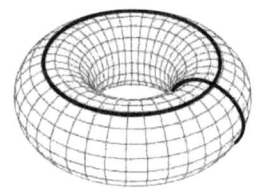

 푸앵카레의 추측은 2005년 러시아 수학자 그레고리 페렐만이 풀기까지 백 년 동안 수학의 난제였다. 나는 푸앵카레의 추측을 새롭게 검토했다.

 '단일연결인 3차원의 닫힌 다양체가 3차원 구와 위상동형이라면 나는 그녀를 다시 만날 수 있지 않을까?'

 그녀는 지구상의 한 점에서 나를 떠났지만 우리는 보이지 않는 긴 끈으로 연결되어 있다. 거미줄처럼 가늘고 반짝이지만 끊어지지 않는 끈. 나는 그 끈을 따라 여행을 시작했다. 어둠을 가르며, 축축한 경비대원의 등에 기대어 덜컹거리며, 쏟아지는 별들을 바라보며.

세 번째 날 첫 번째 이야기 꽃제비

2002년 3월~2002년 9월

'꽃제비'를 뜻하는 '꼬체비예кочевье'는 러시아어로 유랑, 유목, 떠돌이라는 뜻이다. 어떤 언어에서 꽃과 제비를 뜻하는 아름다운 말이 어떤 언어에서는 비참한 의미가 된다. 우리는 아름다운 방랑자일까? 비참한 방랑자일까?
"꽃처럼 아름답지도 않고 새처럼 자유롭지도 않은데 사람들은 왜 우릴 꽃제비라 부를까?"
날치가 고개를 갸우뚱한다. 나는 대답한다.
"우리는 꽃처럼 연약하고 새처럼 온순하니까."

우리는 꽃처럼 연약하고 새처럼 온순하다

거리는 붓으로 잿빛을 칠해놓은 듯 적막했다. 어깨가 구부정한 사람들, 허물어진 벽, 벽구멍을 돌아다니는 야윈 쥐들도 잿빛이었다. 군인들은 다각형처럼 뚝뚝 끊기는 걸음으로 지나갔다. 허술한 벽과 기울어진 지붕과 물이 고인 웅덩이들. 삭은 빗물 홈통과 부러진 전신주들 사이에 사람들이 드러누워 있었다. 죽었거나 죽어가는 사람들. 나는 짧은 기도의 우표를 붙여 그들의 죽음을 배달했다. 그들은 천국으로 가겠지만 나는 어디로 가야 할까?

나는 이마까지 낮게 쳐진 전깃줄을 따라 걸었다. 두런거리는 소리가 먼저 들리고 승강이 소리, 고함 소리가 뒤이어 들렸다. 모퉁이를 돌아서자 장마당이었다. 골목 어귀에 스위치가 있어 전원이 켜지고 생존의 열망이 총천연색으로 펼쳐진 것 같았다.

소복한 한 줌의 쌀, 달걀 몇 알, 텃밭에서 기른 상추, 오이, 가지, 한 움큼의 산나물, 직접 짠 뜨개질 목도리와 장갑, 중국에서 들어온 바가지와 냄비, 생필품과 의약품…… 배급이 떨어지자 무엇이든 손에 잡히는 대로 들고 장마당으로 나온 사람들이 좁은 길 양쪽에 낮은 좌판을 펼치고 와글거렸다. 가지고 나올 것이 없으면 산에 가서 나무를 하고, 산나물을 뜯어 팔아 쌀과 옥수수와 옷가지들을 샀다. 좌판은 크기에 따라 1원, 2원, 혹은 5원의 자릿세를 내야 했다. 좌판을 살 돈이 없는 '메뚜기'들은 땅바닥에 물건을 놓고 팔았다. 좌판 상인들과 메뚜기들 간에, 사는 사람과 파는 사람 간에도 끊임없는 입씨름과 몸싸움이 오갔다.

규찰대 간부들은 장마당을 움직이는 보이지 않는 손이었다. 큰 좌판을 가진 상인들은 뇌물을 바쳤고 어린 규찰대원들은 검열을 핑계로 무전취식을 하거나 좌판의 물건을 집어갔다. 하지만 규찰대보다 무서운 건 교화소 경비대였다. 경비대가 뜨면 떠들썩하던 장마당이 삽시간에 조용해지고 메뚜기들은 물건을 보따리에 싸서 이고 지고 골목을 빠져나갔다.

"교화소 경비대원들이 떴어요. 읍내에 일개 소대를 풀었다는데 교화소에 뭔 일이 있는가 보오. 봉변당하지 않을래믄 오늘 장사 접는 게 좋을 거요."

누군가가 소리치자 장마당은 술렁였다. 상인들은 바삐 좌판을 챙겼다. 저만치 스무 명이 넘는 경비대원들이 다가왔다. 좌판이

엎어지고 장사꾼들이 바람을 일으키며 스쳐갔다. 그때 묵직한 무언가가 뒷덜미를 후려쳤다. 바닥에 넘어진 내게 구멍난, 진창투성이 신발들이 달려들었다. 굳은살이 박인 맨발도 있었고 새끼발가락이 없는 발도 있었다. 나는 몸을 웅크리고 귀를 막은 채 소리쳤다. 우악스런 손길이 나의 팔을 비틀었다. '소장이 보낸 경비대원일 것이다. 교화소를 나온 지 한나절 만에 나는 체포되었다.'고 생각하는 순간 꺾인 팔이 풀어졌다. 동시에 등이 허전했다.

"내 가방!"

놈들은 경비대원이 아니라 내 배낭을 노린 도둑이었다. 고함 소리와 애 울음소리와 호루라기 소리의 아수라장 속에서 장작처럼 마른 사내가 도망쳤다. 나는 사내를 쫓아 아니, 사내가 낚아채 간 내 가방을 쫓아 달렸다. 사내는 게딱지 같은 빈 집들과 허물어진 벽, 냄새나는 시궁창이 이어진 미로처럼 좁은 골목을 다람쥐처럼 빠져나갔다. 숨이 턱에 차고 다리가 후들거렸다. 좁은 골목을 한 바퀴 돌며 나는 미로의 구조를 파악했다. 두 개의 막다른 골목과 세 개의 출구가 있는 반 폐쇄형 미로였다. 지름길을 돌아 길목을 막아서자 막다른 골목에 몰린 사내가 숨을 헐떡이며 돌아섰다. 가까이서 보니 사내는 머리를 더벅하게 기른 열예닐곱의 아이였다. 나는 마른 입술에 침을 바른 후 말했다.

"내 가방을 돌려줘."

"그래? 그럼 받아봐!"

사내아이가 히죽 웃으며 가방을 내 쪽으로 홀쩍 던졌다. 나는 두 손을 벌려 날아오르는 가방을 쫓아 뒷걸음질 쳤다. 가방이 풀썩 땅에 떨어지고 골목 저편에 한 무리의 아이들이 다가왔다. 작고, 마르고, 꾀죄죄하고, 퀭한 눈을 가진 아이들.

그 마을은 2년 전 콜레라가 돈 이후로 사람이 떠난 곳이었다. 부모를 잃고 구걸이나 좀도둑질, 소매치기를 하며 떠돌던 아이들이 빈 마을로 모여들었다. 여덟 살에서 열아홉 살까지 스무 명 정도의 아이들이 쥐 같은 눈을 반짝이며 나를 바라보았다. 마을 입구에서 망보는 아이가 휘파람을 불었다. 길게 두 번 짧게 한 번. 아이들은 골목 끝 관공서 건물로 우르르 몰려갔다. 깨진 유리문을 열자 구레나룻을 기른 사내가 의자에 앉아 있었다.

"귀한 손님이 오셨군!"

사내는 낡은 양복 깃을 가다듬고 대빗자루로 낙엽을 쓸듯 두 손으로 허공을 쓸었다. 아이들은 갑자기 불 켜진 광의 쥐새끼처럼 양쪽 벽으로 갈라졌다. '작두'라고 불리는 사내는 구레나룻을 깎지 않아 정확한 나이를 알 수 없었는데 아이들에게 구걸과 도둑질을 가르치고 훔친 물건을 빼앗아 다시 장마당에 파는 패거리의 왕초였다. 작두는 험상궂은 표정으로 나를 노려보며 가방을 뒤적이더니 도로 내던졌다. 그가 찾아낸 것이라곤 옥수수떡 하나가 전부였다. 그는 입맛을 다시더니 옥수수떡을 베어 물고 말했다.

"날치가 쓰잘데없는 이 가방을 날치지만 않았어도 넌 보위부원들에게 잡혀가 목이 매달렸을 거야, 인마."

그는 난폭했지만 거짓말을 하는 것 같지는 않았다.

"날치 이리 나와!"

작두는 옥수수떡을 한 입 더 구겨 넣더니 내가 쫓던 야윈 아이의 가슴을 걷어찼다. 아이는 종잇장처럼 공중으로 날아 땅바닥에 털썩 떨어졌다. 작두가 말했다.

"아까운 밥 먹었더니 쓸데없는 가방 하나 훔치면서 형편없는 놈에게 꼬리를 잡혀?"

하얗게 부르튼 날치의 입술에 빨간 피가 흘렀다.

"꼬리를 잡힌 게 아니라 놈이 골목 구석구석을 알고 미리 길목을 지키고 있었어요."

작두는 자신의 얼굴을 걸레처럼 쥐어짜며 피식 웃었다.

"생전 처음 보는 놈이 너보다 이 골목을 더 잘 안다고?"

나는 가방 속에서 몽당연필을 꺼내 공책에다 골목 구조도를 그렸다. 두 개의 막다른 골목, 세 개의 트인 출구, 그리고 복잡한 미로들. 작두의 두 눈이 휘둥그레졌다.

"너 뭐하는 놈이야?"

"난 배달부예요. 난 죽음을 배달해야 하고, 나이트 미처 씨의 항해일지를 배달해야 하고, 그리고 또 영애에게 아저씨의 장부를 전해야 해요."

"내가 묻는 건 어떻게 처음 온 골목을 여기 사는 우리보다 정확하게 그렸냐는 거야."

"그냥 지나가면 그 장소가 머릿속에 남아요."

"마치 사진을 찍은 것처럼?"

나는 고개를 끄덕였다. 작두의 얼굴에 묘한 웃음이 떠올랐다.

"날치 자식. 쓸모없는 똥가방이 아니라 재미난 물건을 달고 왔네."

작두는 베어 물고 남은 옥수수떡을 휙 던졌다. 날치는 원반을 받아 무는 사냥개처럼 펄쩍 뛰어올라 떡덩이를 낚아채 물 흐르는 듯한 동작으로 입에 넣고 우물거렸다. 그는 가능한 한 오래오래 떡을 씹는 즐거움을 맛볼 작정이었다. 한참 후에야 뗏국물에 찌든 목줄기를 쭉 빼며 떡을 삼키자 보고 있던 아이들이 날치와 동시에 꿀꺽 소리를 냈다. 음식 대신 공허가 아이들의 식도를 타고 넘어갔다. 작두가 말했다.

"날치. 넌 앞으로 저 새끼 데리고 다니며 제대로 교육시켜!"

날치는 흡족한 표정으로 오래 빨지 않아 반들반들해진 인민복 소매로 입가의 피를 훔쳤다. 터진 입술은 옥수수떡 한 조각과 같았다. 아이들은 모두 입술이 터지고 싶었다.

꽃제비는 꽃 이름이 아니다. 새 이름도 아니다. 공화국에서는 우리 같은 아이들을 꽃제비라 불렀다. 거리와 장마당을 헤매며 쓰레기통을 뒤지는 아이들. 상한 음식을 주워 먹거나 풀을 뜯어 먹고 구걸을 하거나 음식물을 훔치는 아이들. 수많은 위험 속에 살지만 위험하다는 사실조차 모르고 배고픔 때문에 독풀을 뜯어 먹다 죽고 도둑질을 하다 맞아 죽는 아이들.

"꽃처럼 아름답지도 않고 새처럼 자유롭지도 않은데 왜 사람들은 우릴 꽃제비라 부를까?"

날치가 고개를 갸우뚱했다. 내가 대답한다.

"우리는 꽃처럼 연약하고 새처럼 온순하니까."

'꼬체비예кочевье'는 러시아어로 유랑, 유목, 떠돌이라는 뜻이다. 어떤 언어에서 꽃과 제비를 뜻하는 아름다운 말이 어떤 언어에서는 비참한 의미가 되는 것은 아이러니다. 우리는 아름다운 방랑자일까? 비참한 방랑자일까? 어느 쪽이든 방랑자는 죽을 만큼 배가 고플 것이 분명하다.

꽃제비들은 북한 전역에 흩어져 살며 특히 북, 중 접경지역에 수렴한다. 혼자 독립적으로 활동하기도 하지만 무리를 짓기도 한다. 그 편이 살아남는 데 유리하기 때문이다. 나는 작두 패의 꽃제비였다. 내 감시자인 날치는 그림자처럼 나를 따라붙었다. 어쩌면 내가 그를 따라다녔는지도 모른다. 그는 나를 감시했지만 나는 그의 보호를 받았으니까.

"넌 내가 하라는 대로 하면 돼. 튀라면 튀고, 숨으라면 숨고, 오라면 오고, 가라면 가!"

상인들은 우리가 다가가면 파리 떼를 쫓듯 손을 내저었다. 우리는 파리 떼처럼 물러갔다가 다시 덤벼들었다. 배를 채울 수 있으면 무엇이든 했다. 어린아이들은 구걸하고 나이 든 아이들은 훔치고 두세 명씩 짝을 지어 날치기도 했다. 날치가 말했다.

"우린 도둑놈이 아니니까 남의 것을 빼앗거나 훔쳐선 안 돼. 잘 보라고."

날치는 사냥감을 본 매처럼 눈을 반짝이며 일어났다. 맞은편 매대로 슬그머니 다가가 흥정을 하는 아주머니의 팔을 툭 쳤다. 들고 있던 수수떡을 떨어뜨린 그녀가 놀라 두리번거리는 사이 날치는 떡덩이를 주워 입안에 밀어 넣으며 뛰기 시작했다.

"튀어!"

나는 나도 모르는 사이에 날치를 따라 달렸다. 한참 후에야 우리는 외진 담벼락에 몸을 기대고 가쁜 숨을 몰아쉬었다. 날치가 숨이 넘어갈 듯 헐떡거리며 말했다.

"봤지. 나는 도둑도 강도도 아니야. 그 여자의 물건을 훔치지도 빼앗지도 않았으니까. 난 남이 흘리거나 버린 걸 주워 먹을 뿐이야. 흘린 걸 주워 먹는 것은 죄가 아니거든."

날치는 시익 웃으며 흙을 털어낸 떡덩이를 조금 떼어 내게 건넸다. 깨어진 앞니 때문에 그의 웃음은 공허해 보였다. 한 조각의 떡은 뱃속을 떠돌며 잠자고 있던 배고픔을 깨웠다.

"한 입만 더 먹자. 어차피 흙 묻은 떡인 데다가 표시도 안 날 거야."

떡에 묻은 흙과 돌들이 입안에서 바스락거렸다. 돌과 흙은 고물처럼 고소한 냄새를 풍겼다. 떡덩이는 금방 우리 뱃속으로 사라졌다. 장마당 반대편으로 돌아가 어슬렁거리는 동안 어둠이 내렸다. 작두는 우리를, 아니 우리가 가져올 음식을 기다리고 있을 것이다. 우리는 어두운 장마당 쓰레기장을 뒤져 먹을 만한 것들을 골라냈다. 마른 배추 곁잎, 먹고 남은 옥수숫대…… 그런 것이 전부였다.

"떡을 먹어버린 걸 알면 작두는 우릴 죽이려 들걸."

"작두는 우리를 죽이지 못해. 우릴 죽일 수 있는 건 배고픔뿐이야."

그날 밤 우리는 각질이 버석거리는 팔꿈치를 서로 밀치며 물웅덩이를 펄쩍 건너 돌아왔다. 그리고 작두와 아이들에게 죽지 않을 만큼 얻어맞았다. 매와 배고픔은 반비례한다.

아이들은 연어처럼 숲으로 헤엄쳐 갔다. 숲은 냄새와 색깔과 침묵으로 아이들을 유혹해 소리를 내지 않고 잡아먹었다. 숲으로 들어서면 배고픔은 바람을 품은 물푸레나무처럼 부풀어 오르고 온갖 냄새가 텅 빈 뱃속으로 밀려들었다. 번쩍 눈을 뜬 배고픔이 미쳐 날뛰었다. 부엽토 한 움큼, 질긴 나무껍질, 이름 모르는 독버섯까지도 입안에 넣고 싶었다.

"아이들은 숲에서 흙과 독풀과 독버섯을 먹고 죽었어. 하지만 죽지 않으면 배를 불릴 수 있지. 숲에는 먹을 것 천지니까."

날치는 한밤의 쇼핑센터에 혼자 남은 아이처럼 흥분해 주위를 두리번거렸다. 꽃가루를 나르는 벌들의 날갯짓 소리, 이끼 낀 바위 사이를 흐르는 물소리, 계곡 너머에서 들리는 폭포 소리, 썩은 통나무에 구멍을 파고 사는 개미들의 발소리…… 귀를 기울여 모든 소리를 씹어 먹고 싶어. 꽃가루를, 벌들을, 이끼를, 통나무를, 개울물을, 개미를…… 날치는 도둑고양이처럼 살그머니 나아갔다. 그의 갈라진 발뒤꿈치 틈을 따라 파란 물이 들었다. 그가 걸음을 멈추었다.

"왜 그래?"

날치는 길섶의 덩굴을 가리켰다. 파란 잎맥 사이로 붉은 열매들이 보였다. 녹색 하늘에 뜬 붉은 별. 날치는 손가락을 입에 대고 휘파람 소리를 냈다. 쉬— 날치는 말없이 열매 하나를 따서 건넸다. 열매는 블랙홀처럼 어두운 입속으로 미끄러져 들어가 불꽃처럼 터졌다. 목구멍 너머에서 빨간 해가 뜨고 빛들은 금빛 유리조각처럼 퍼졌다.

우리는 누가 먼저라 할 것도 없이 가시덤불에 달라붙었다. 우리는 태양을 먹고 바람을 먹고 벌들의 날개 소리를 먹었다. 손바닥에 가시가 박히는 줄도 모르고, 손등이 긁히는 줄도 모르고. 우리는 배고픔을 몸 밖으로 쫓아냈다. 그리고 무릎까지 웃자란 풀잎 위로 벌렁 나자빠져 숨을 헐떡거렸다. 붉은 물이 우리의 손가락과 입술과 혀와 목구멍과 온몸을 물들였다. 입안에서 별이 반짝였다. 빨간 별, 새콤한 별, 반짝이는 별, 톡 쏘는 별, 나의 혀는 오래오래이 별들의 기억을 잊지 못할 것이다. 날치는 다짐하듯 말했다.

"난 무엇이든 모조리 먹어치울 거야. 먹을 수 있는 거라면 무엇이든지."

그는 아메리카를 발견한 콜럼버스처럼 의기양양했다. 배부름의 대륙을 발견한 탐험가는 자신이 발견한 행복을 결코 놓치지 않으려고 두 주먹을 꽉 쥐었다. 나는 배고픔이란 현상을 풀기 위한 수학적 가설을 세웠다. 왜 배고픔은 빨리 찾아올까? 왜 배고픔은 이유 없이 오는 걸까? 아무리 오래 굶어도 내장에는 왜 굳은살이 생기지 않는 걸까? 노란 꽃가루 덩어리를 움켜쥔 벌들이 주위에서 잉잉거렸다. 바람이 뱀장어처럼 풀들 사이로 헤엄쳐 지나갔다. 쪼그라들었던 위장 근육이 아코디언처럼 펼쳐지고 위장의 인대들이 최대한 팽대한 느낌, 시큼한 과즙들이 뱃속에서 보글보글 끓는 느낌, 배 아래쪽에서 마그마처럼 융기하는 가스, 마침내 폭발하는 소리…… 뿍! 날치는 배를 잡고 키득거렸다.

"아! 오랜만이야. 먹는 게 없으니 방귀를 뀌는 것조차 잊고 있었어."

낄낄거리느라 배에 힘이 들어갈 때마다 방귀가 나왔다. 뿍뿍! 뿍뿍! 우리는 방귀 소리에 맞춰 웃고 방귀는 우리의 웃음소리에 맞춰 터져 나왔다. 우리는 하늘과 맞닿은 낮은 언덕에서 똥을 누었다. 낮게 자란 풀들이 궁둥이를 간질였고 바람이 하얀 궁둥이를 핥고 지나갔다. 똥에는 빨갛고 작은 씨가 박혀 있었다.

해가 저물었다. 빨갛게 물든 입술과 손가락이 우리가 무엇을 했는지 작두에게 일러바칠 것이다. 날치는 빨간 손가락 끝을 빨며 웃었다.

"가자. 오늘은 실컷 먹었으니까 맞아도 견딜 수 있어."

작두는 그날 밤 우리를 엎드리게 하고 몽둥이로 엉덩이를 팼다. 몽둥이 한 대에 입술을 한 번 핥으면 새콤달콤한 산딸기의 맛이 났다. 내 입술을 베어 먹고 싶었다. 날치는 눈물을 뚝뚝 떨어뜨리며 몸을 비틀었다. 그날 밤 나는 천연색 산딸기 나라의 꿈을 꾸었다.

장마당은 약육강식의 세계였다. 매대 장사꾼들은 메뚜기들을, 메뚜기들은 꽃제비들을 쫓아냈다. 장사꾼들은 규찰대원들에게, 규찰대원들은 보위부원들에게 굽실거렸고 꽃제비들은 털이 빠지고 뭉친 개들처럼 장마당을 돌아다녔다. 버려졌던 기억을 가진, 죽음을 두려워할 줄 모르는 개들.

우리의 자리는 장마당 먹이사슬의 맨 아래쪽이었다. 메뚜기들은 우리가 얼쩡거리면 몽둥이를 휘둘렀다. 그들에게 우리는 썩은 고기에 꼬이는 하이에나 떼처럼 음흉하고 파리 떼처럼 성가셨다. 보위부원들이 뜨면 모두가 숨을 죽였다. 날치는 담 모퉁이에 숨어 번쩍이는 가죽구두를 신은 보위부원들을 훔쳐보며 말했다.

"저치들은 우리 패거리가 장마당에서 활동할 수 있도록 뒤를 봐주고 있어. 대신 작두는 한 달에 한 번 보위부장에게 돈을 상납하고 채소와 산나물 같은 사내의 물건을 장마당에 팔아주기도 하지. 송이버섯과 토끼가죽 같은 귀한 물건은 국경을 넘나드는 밀수꾼들에게 팔아넘겨. 보위부장은 한 달에 한 번 수금을 하러 오지. 장마당의 보이지 않는 큰손이니 그의 비위를 건드리면 장마당 장사는 아예 접어야 해. 그의 물건이 비싸다며 사지 않은 장사꾼, 자릿세를 내지 않은 메뚜기들은 다음 날로 장마당에서 사라지거나 그 자리에서 떡이 되었지. 보위부장은 장마당에 나타나지 않지만 장사꾼들은 자신들이 그의 손아귀 아래에 있다는 것을 알고 있어. 작두는 그를 대신해 장사꾼들에게 자릿세를 뜯고, 밀거래를 주선하는 행동대장이지. 그 대가로 우리가 장마당에서 훔치고, 빼앗는 권리를 얻은 거야."

나는 날치의 말을 듣는 둥 마는 둥 하며 메뚜기들에게 다가가 영애의 사진을 내밀었다.

"난 친구를 찾고 있어요. 이름은 강영애인데 혹시 본 적이 있나요?"

메뚜기들은 고개를 가로젓거나 머리를 쥐어박았다. 규찰대원들은 대답은커녕 애써 주운 것들을 빼앗아갔다. 흙이 묻은 떡, 알이 반도 차지 않은 찐 옥수수, 구슬처럼 작은 상한 감자들…… 물건을 내놓지 않으면 몽둥이가 날아들었다. 날치는 터진 내 입술을 거친 소매로 닦아주며 그르렁거렸다.

"규찰대원에게 잡히면 그냥 물건을 내줘. 실컷 얻어터지고 빼앗기든, 한 대도 안 맞고 빼앗기든 결국엔 빼앗길 테니까. 새끼들

보위부에 확 찔러버릴까?"

하지만 보위부원들이 우리를 조사하면 내가 교화소를 나온 사실이 들통날 테니 신고는 불가능했다. 상납할 물건을 빼앗기면 나는 늦도록 쓰레기장을 헤맸고 감시역인 날치도 마찬가지였다. 나를 두고 혼자 돌아가면 작두의 몽둥이가 기다리고 있을 테니까. 하지만 함께 돌아가도 수확이 없으면 몽둥이질을 피할 수 없었다.

"난 교화소로 가고 싶어. 하루 350그램밖에 안 되는 강냉이 배급이라도 받을 수 있으면 지옥이라도 갈 거야."

날치는 부풀어 오른 엉덩이를 주무르며 낑낑댔다.

"난 영애를 만나야 해. 그리고 올브라이트 여사, 나이트 미처 씨도……."

나는 생각나는 이름들을 말했다. 먼 곳에 있는 사람들의 이름을 말하면 그들이 있는 곳에 가 있는 듯한 느낌이 든다.

"영애가 누구야?"

나는 가슴속에서 영애의 사진을 꺼내 날치에게 보여주었다. 검은 교복에 좌우대칭의 가운데 가르마. 나는 말했다.

"영애는 두만강을 건널 거라고 했어."

날치의 마른 볼 위로 놀란 두 눈이 부풀어 올랐다.

"두만강을 건너는 건 조국과 위대한 지도자 동지에 대한 배신이야. 언제 국경수비대의 총을 맞을지 모른다고. 게다가 여자가 두만강을 건넌다는 건……."

날치는 고개를 절레절레 흔들었다. 말해봐야 내가 이해하지 못할 거라는 표정이었다.
"너 그 계집애 좋아하냐?"
나는 영애를 좋아하는 걸까? 모른다. 나는 좋아한다는 감정을 이해하지 못하고 관계를 맺는 데 서툴기 때문이다. 하지만 누군가를 위해 어떤 일을 하는 것이 그를 좋아하는 일이라면 나는 영애를 좋아한다고 할 수 있다. 날치가 말했다.
"넌 그 계집애를 찾을 필요조차 없어. 그 앤 이미 끝장났을 테니까."
"끝장났다는 말은 죽었다는 말과 동의어야?"
"죽어야만 끝장나는 건 아냐. 여자가 끝장나는 건……."
날치는 어물거렸다. 나는 생각했다. 죽지 않았으면 끝장이란 없는 거야. 우리는 각자의 시간과 공간에서 전원을 켜고 깜빡거리며 살아갈 테니까. 빛을 따라 휘어지고 접히는 우주의 한 점에서 시간과 공간이 만나듯 우리는 다시 만날 거니까. 그때까지 나는 영애의 사진을 보여주며 '영애는 내 친구고 나는 영애를 찾고 있다'고 메뚜기들에게, 경비대원들에게, 지나가는 사람들에게 묻고 다닐 거야. 쓰레기장을 뒤져 상해버린 음식으로 배를 채우고, 작두에게 매를 맞아도 살아 있을 거야.

작두는 날치에게 나를 더욱 바짝 감시하라고 했다.
"날치! 넌 저 모자란 놈 잘 지켜! 그놈은 걸어다니는 딸라야."

"그 애는 바보예요. 가만 둬도 아무 데도 못 가는 바보 말이에요."

작두는 날치의 뺨을 올려붙였다. 날치의 얇은 몸은 종이처럼 공중으로 떠올랐다가 먼지조차 일으키지 않고 떨어졌다.

"너 같은 놈 한 트럭을 싣고 와도 안 바꿀 놈이야. 이 새끼야."

날치는 입가에 흐르는 피를 손등으로 훔치고 눈꼬리를 물음표처럼 꼬부라뜨렸다.

"그런데 왜 그 새끼를 보위부장에게 안 넘기죠?"

작두는 『혁명총화』 책을 찢어 아이들이 훔쳐온 담뱃가루를 말아 불을 붙이고 파르스름한 연기를 날치의 얼굴에 훅 뿜었다.

"날치야. 저 새낀 익지 않은 자두야. 지금은 시어서 아무 데도 못 쓰지만 계집애를 찾아 한꺼번에 보위부장에게 넘기면 세 배는 받을 수 있을 거야. 그러니 저 새끼 잃어버리면 넌 죽은 목숨이야. 알지?"

작두는 주머니에서 사진 한 장을 꺼내 아이들에게 보여주었다. 스무 명이 넘는 아이들은 가물치처럼 검은 눈으로 사진을 들여다보았다. 사진은 때 묻은 손에서 부르튼 손을 거쳐 맨 뒷줄의 날치에게까지 건네졌다. 날치는 머릿속에 새기기라도 하듯 꼼꼼히 사진을 훑어보았다. 날치가 내게 사진을 건네려 할 때 어느새 다가온 작두는 사진을 낚아채 인민복 윗주머니에 넣고 단추를 잠갔다.

"봤지? 그 계집애 얼굴을 똑똑히들 기억해. 어디서든 보이기만 하면 바로 내게 달려와."

뒤쪽에서 나이 든 아이 두셋이 두런거렸다. 작두의 눈꼬리에 도끼처럼 날이 섰다. 코 밑 수염이 거뭇한 아이가 엉거주춤 몸을 일으켰다. 머리 위쪽이 팽이처럼 납작하고 턱이 뾰족해 팽대라고 부르는 아이는 잔뜩 주눅 든 목소리로 말했다.

"그 계집애 장마당에서 본 적이 있는 것 같아요."

작두가 앉아 있는 아이들을 밀치며 와락 달려들어 침을 튀겼다.

"언제?"

"몇 달 전에 토끼털을 팔려고 중국 보따리상에게 갔는데 먼저 와 있었어요."

작두는 계속하라는 뜻으로 손목을 빙글빙글 돌렸다. 자신감을 얻은 팽대가 말했다.

"그 계집애는 한눈에 띄었어요. 스무 살쯤 되어 보였는데 진짜 나이는 열예닐곱을 넘지 않았을 거예요. 어디서 구했는지 얼굴에 분 화장을 하고 입술을 빨갛게 발라 여자 냄새가 확 났거든요. 딱 들러붙는 옷차림에 눈 끝에 애교가 잘잘 넘쳤어요. 콧대는 얼마나 높은지 우리가 다가가자 뒤도 돌아보지 않고 휙 가버렸어요. 보따리상은 그 계집애가 떠난 후에도 한참이나 살랑거리는 궁뎅이에 빠져 있었죠. 그게 다예요. 다시는 그 계집애를 보지 못했어요."

팽대가 납작한 박박머리를 긁적거리자 하얀 각질이 튀어 올랐다. 작두는 사진을 잡아먹을 듯 노려보면서 말했다.

"우리가 토끼가죽과 송이버섯을 팔고 중국 물건을 사들이듯이 그 계집애도 장마당에서 거래를 한 거야. 자기가 팔 유일한 물건을 최고로 꾸미려고 가진 것을 몽땅 털어 옷을 사 입고 분칠을 했다고."

"그렇게 해서 뭘 사려 했죠?" 팽대가 되물었다.

"병신아! 그 계집애가 장마당에 보이지 않는 이유는 이미 두만강을 건넜기 때문이야. 보따리상들은 국경수비대에게 뇌물을 먹여두고 두만강을 안방에서 건넌방 건너가듯 건너다니지. 마음만 먹으면 계집애 하나쯤 얼마든지 데리고 강을 건널 수 있어."

작두는 팔짱을 끼고 돌아섰다. 나는 작두의 낡은 손목시계를 살피며 나의 심장이 뛰는 소리를 세었다. 1분에 123회. 몇 달 전 그녀는 이곳에 있었다. 내가 너덜거리는 발목으로 헤매는 이 장마당에, 버려진 먹을 것을 찾아 헤매는 쓰레기장에. 그러나 지금 그녀는 이곳에 없다. 만일 내가 시간을 휘어지게 할 수 있다면, 공간을 휘어지게 할 수 있다면 우리는 우주의 한 점에서 다시 만날 수 있을 것이다. 장작처럼 딱딱한 작두의 목소리가 들렸다.

"해산해!"

아이들은 뱀장어처럼 어둠 속으로 하나씩 헤엄치며 미끄러져 갔다.

벽지가 뜯겨 나간 천장의 서까래는 허물어진 집의 갈비뼈 같다. 나는 어두운 갈비뼈 밑에서 몸을 웅크렸다.

지붕 틈으로 쥐들이 돌아다닌다. 쥐들은 나의 잠 속으로 파고들어 꼬리털이 그을린 개들이 된다. 그녀는 노란 원피스를 하늘거리며 개들 사이로 걸어간다. 그녀의 뒷모습은 그녀의 과거다. 나는 그녀의 과거를 따라 걷는다. 그녀는 뒤를 돌아보지 않는다. 영애야. 넌 과거를 돌아보지 않기로 했니? 그녀의 곱슬머리에 햇살이 흘러내린다. 나는 내가 원하는 삶을 살 거야. 나의 과거는 내가 원하는 삶이 아니었어. 그녀의 어깻죽지가 꿈틀거리더니 하늘거리는 원피스를 뚫고 날개가 돋아난다. 나는 날아오를 거야. 울타리를 넘고, 국경을 넘을 거야. 그녀가 날개를 펄럭이자 따뜻한 바람이 인다. 그녀가 서 있는 아득한 절벽 끝에 뜨거운 바람이 분다. 그녀가 바람에 몸을 맡기듯 날아오른다. 하지만 영애야. 나에겐 날개가 없어. 나는 그녀를 따라 절벽에서 뛰어오른다. 중력은 지구가 물체를 당기는 만유인력에 지구 자전의 원심력을 더한 힘이다. 나는 약 $9.8 m/s^2$인 중력가속도 g의 값으로 떨어진다. 나는 죽게 될까?

누군가 나의 몸을 흔들었다.

"일어나 길모야." 나는 번쩍 눈을 떴다. 낙하는 멈추었다. 날치는 쥐같이 은밀하게 속삭였다. "짐을 챙겨. 여길 떠나야 해."

나는 베고 있던 가방을 메고 도둑고양이처럼 움막을 나왔다. 작두의 움막 앞에 지프차 한 대가 서 있었다.

"작두 형님이 널 데리고 오래. 교화소장이 왔거든. 널 소장에게 넘기려는 거야."

날치는 내 소맷자락을 감아쥐고 밖으로 나갔다. 집 밖은 숨을 쉴 필요도 없이 어두웠고 우리의 몸은 어둠과 한 덩어리가 되었다. 어둠은 굳지 않은 시멘트처럼 끈적해서 나를 꼼짝도 하지 못하게 만들었다. 우리는 허름한 움막 뒤로 돌아가 금이 간 벽 틈으로 막사 안을 들여다보았다. 작두는 윗도리 깊숙한 곳에서 딸라 뭉치를 꺼내 소장에게 건넸다. 남자가 한 장씩 세어 주머니에 넣었다. 작두가 말했다.

"찾으시는 놈은 곧 대령하겠습니다. 연놈을 함께 꾸러미로 잡진 못했지만 한 놈이라도 몸값은 든든히 쳐주시겠죠?"

작두의 목소리는 소장의 약을 올리는 것 같았다. 소장이 소리쳤다.

"시끄러! 그 새끼를 잡아 내 앞에 대령하기나 해!"

작두의 입술이 씰룩거렸다.

미지근한 바람이 먹장어처럼 꾸물거리며 겨드랑이로 파고들었다. 날치는 밤처럼 검은 눈을 깜빡이며 힘주어 소곤거렸다.

"길모야. 뛰어! 잡히면 작두 형님 손에 죽어!"

우리는 마을 뒤쪽의 언덕 위를 향해 길 없는 길을 달리기 시작했다. 어둠이 휙휙 얼굴에 와서 부딪쳤다. 웃자란 풀이 가랑이를 스치고 나뭇가지가 회초리처럼 얼굴을 후려쳤다. 언덕 위에 다다르자 숨이 턱에 찼다. 바람이 우리를 날려버릴 듯 세차게 불었다. 우리는 마을을 내려다보았다. 멀리 작두의 움막에 불이 밝아지고 소장의 지프차에 시동이 걸리고 헤드라이트가 켜졌다. 잠에서 덜 깬 아이들이 우리를 찾아 와글거리는 소리와 신경질적인 작두의 목소리가 들렸다. 우리는 언덕 반대편의 비스듬한 비탈에 몸을 누이고 미끄럼을 탔다. 어둠은 검은 벨벳처럼 부드럽고 매끄러웠다. 나는 날치에게 말해주었다.

"속도는 경사도와 비례하고 마찰력과 반비례해."

길에 관한 이야기

우리는 진창에 빠지고, 독충에 물리고, 물집이 나고, 터지고, 길옆 도랑에 쓰러져 자고, 비틀거리며 나아갔다. 돌멩이를 걷어차듯이 죽음들을 밟으며 두만강을 찾아갔다. 굶어 죽은 사람들과 굶어 죽을 사람들이 거리에, 무너진 담벼락에, 깨어진 계단에, 너덜거리는 시간 속에 널브러져 있었다. 나는 모르는 죽음들에게 기도의 우표를 붙였다. 나를 지키는 감시자였던 날치는 나의 친구가 되었다.

"너와 함께 있으면 재미있는 이야기가 생길 것 같아."

날치는 소설가가 되고 싶다고 했다. 누구도 듣지 못하고, 상상하지 못했던 아주 길고 긴, 언제까지라도 끝나지 않을 이야기를 짓고 싶다고 했다. 자기가 이야기를 짓는 데 천부적인 소질이 있으며 언젠가는 온 세상 사람들이 깜짝 놀랄 이야기를 쓸 거라고 했다. 한없이 슬프면서도 웃음을 참을 수 없는, 아름다우면서도 무시무시한, 뻔히 알 것 같으면서도 예상치 못하게 이어지는 이야기, 주인공들이 가엾어지고 그의 무사함을 빌면서도 그를 더 큰 위험에 몰아넣고 싶어지는 이야기, 종착지를 향해 달려가면서도 이야기가 끝나는 것이 아쉬워지는 이야기. 날치야, 네가 쓰고 싶은 이야기는 어쩌면 현실에 없는 이야기일지도 몰라. 그런 이야기는 누구도 거들떠보지 않을 거야. 하지만 날치는 자기가 훌륭한 이야기꾼이 될 수 있는 조건을 타고났다고 했다. 그는 우리가 겪는 이 힘난한 여정이 언젠가 위대한 소설을 쓸 밑천이 될 거라며 흰 이를 드러내고 웃었다.

"나는 길에 관한 이야기를 쓸 거야. 우리가 걸어가는 이 길의 이야기 말이야."

날치는 게슴츠레한 눈으로 길고 가는 띠처럼 이어진 길을 바라보았다. 울퉁불퉁한 비포장 길은 텅 빈 내장을 흔들었고 마른 먼지가 피어오르는 길은 뻐꾸기시계처럼 한 시간마다 재채기를 하게 했다. 잡초가 웃자라고 물웅덩이가 패고 허물어진 길들을 빠르게 달리면 풀과 물의 비린내가 났다. 발밑으로 휙휙 밀려나는 하얀 길이 우리가 어디론가 달아나고 있다고 재잘거렸다. 너희는 더 빨리, 더 멀리 달아나야 해. 소장으로부터, 작두로부터, 배고픔으로부터. 우리는 하나의 좌표에서 다음 좌표로 끝없이 이동했다.

낮에서 밤으로, 여명에서 황혼으로. 깨어나면 걷고, 걷다가 배가 고프면 쓰러져 잠들었다. 기력이 없어 꿈조차 꾸어지지 않았다. 꿈이 없는 잠은 쓸쓸하고 막막했다.

잠을 깨자 색 바랜 군복 차림의 무뚝뚝한 군인 두 명이 총부리로 우리 몸을 쿡쿡 쑤셨다. 하나는 키가 컸고 하나는 작았지만 둘 다 장작처럼 말랐고 스물이 채 안 되어 보였다.

"조무래기들, 어디서 왔어? 통행증 꺼내!"

목덜미를 기운 낡은 군복을 입은 키 작은 군인이 성가신 표정으로 소리쳤다. 공화국에서 허락받지 않은 여행은 엄격히 금지되었고 시, 군 경계를 넘는 데는 통행증이 꼭 필요했다. 하지만 그런 것이 있을 리 없던 날치는 파랗게 질렸다. 키 큰 군인이 나를 보며 말했다.

"이놈은 눈빛이 흐리멍덩한 게 좀 모자란 것 같은데……."

날치가 소리쳤다.

"아니에요. 그 애는 위대하신 장군님의 특별지시로 평양 제1고등중학교에 다녔고 공화국을 대표해 수학 올림피아드에 나간 수학 천재예요."

"잔소리 그만하고 통행증이나 내놔!"

날치는 턱을 덜거리며 내 가방을 뒤지기 시작했다. 하지만 통행증은 없고 가방만 어질러졌다. 나는 누군가가 나의 가방을 혼돈에 빠뜨리는 것이 싫어 귀를 막고 소리를 질렀다. 미친 듯이 가방 안을 뒤지던 날치는 가방에서 수식들로 가득한 두꺼운 대학노트를 꺼내 펼쳤다.

"봐요! 이건 길모가 지난 1년 동안 연구한 위상수학 문제예요. 전 세계에서 아직 아무도 못 푼 문제를 길모가 풀었단 말이에요."

키 큰 군인이 키 작은 군인의 눈치를 살폈다. 키 작은 군인이 헛기침을 하는 사이에 날치가 말을 뱉었다.

"우린 무산 집으로 가는 중인데 길을 잃었어요."

날치의 목소리는 가련하게 들렸다. 키 작은 군인이 풀이 우묵하게 돋은 좁은 길을 가리키며 한심하다는 듯 웃었다.

"바보야! 여기가 무산이야. 무산에서 무산을 찾는 바보가 어딨냐?"

날치는 진짜 바보처럼 히죽거리며 고개를 꾸뻑이고는 부리나케 걷기 시작했다. 한 가지 이론이 증명되었다. 수학은 인간의 운명을 바꾼다. 위상수학 문제가 아니었으면 우리는 군인들의 검문을 통과하지 못했을 것이다. 위상수학은 우리의 삶을 구원했다. 그리고 또 한 가지 사실이 증명되었다. 날치에게는 대단한 이야기를 꾸며내는 이야기꾼의 자질이 있다는 것이다. 나는 수학 올림피아드에 나간 적이 없지만 날치는 사실보다 더 그럴듯한 거짓말로 군인들을 즐겁게 해주었다. 날치는 멋진 소설을 쓰게 될 것이다.

날치는 몸을 웅크리고 우묵하게 자라오른 풀들 사이로 두만강을 바라보았다. 나는 떠나온 대동강을 생각했다. 젊은 연인들과 까맣게 탄 소년들과 비둘기 떼와 뿌리 깊은 버드나무를 기르는 강. 검은 충적토와 반짝이는 사금과 배가 흰 숭어와 등이 파란 물고기들을 품은 강. 그러나 두만강은 다른 것들을 품고 있었다. 도망가는 남자와 여자들, 그들의 등에 총을 쏘는 군인들, 물속에 가라앉는 죽음들, 물살에 떠내려가는 시신들, 그리고 죽음을 뜯어 먹는 이빨이 뾰족한 물고기들…… 풀숲에 숨어 강을 따라 내려가던 우리는 강 건너에서 날려온 비닐을 주워 가방을 꽁꽁 싸맸다. 저물 무렵 강물이 얕아지는 여울에 다다랐다. 나는 말했다.

"얕은 강은 소리를 내. 보통강의 소리는 대동강보다 크거든."

기슭에는 30미터 간격으로 콜타르를 칠한 초소들이 보였다. 초소 앞에는 광대뼈가 튀어나온 군인들이 지루한 표정으로 30초에 한 번씩 야윈 어깨를 들썩여 AK47 소총을 추켜올리며 10분에 한 번씩 초소 사이를 순찰했다. 우리는 오후 내내 그곳에서 억새처럼 휘청거렸고 우리 발바닥에서 자란 뿌리가 흙속으로 뻗었다.

두만강은 강이 아니라 누구도 발을 담그는 것을 허락하지 않는 단호한 국경이고 죽음배달부였다. 세 시간에 하나씩 죽음이 떠내려왔다. 그것은 무뚝뚝한 강이 섣불리 뛰어들려는 사람들에게 보여주는 경고였다. 하얗게 씻긴 죽음들의 팽팽하게 부푼 배는 창호지처럼 얇고 투명하게 속이 비쳤다.

"나도 저렇게 배가 불러봤으면……."

제대로 먹지 못해 게워낼 것조차 없는 날치는 헛구역질을 했다.

강 너머 아른거리는 검은 땅 위로 해가 떨어졌다. 중국의 해는 공화국의 것보다 크고 붉었다. 우리는 밤을 기다렸다. 날치는 쥐가 나는 종아리를 주먹으로 두드리며 소곤댔다.

"순찰병이 초소로 돌아가는 동안 억새밭을 가로질러 달려야 해. 강물로 뛰어들면 반은 성공이야."

어두워지자 우리는 순찰이 비는 틈을 타 억새밭을 달렸다. 기슭에 다다르자 강은 검은 비늘을 번들거리며 격렬하게 요동쳤다. 우리는 강물로 뛰어들기를 망설이는 어린 가젤처럼 어쩔 줄을 몰랐다. 초소 경비병이 다시 순찰 준비를 했다. 날치는 두 눈을 질끈 감더니 나를 비탈로 밀친 후 자기도 뛰어내렸다. 질퍽한 비탈 바닥에 떨어지자 강이 번들거리는 눈을 번쩍 떴다. 깊고 차갑고 비밀스러운 눈이었다. 강은 반짝이는 수백만 개의 혀로 소리를 질렀다. 강의 혀는 참새의 혀처럼 작고 반짝였다. 노동당 창건일의 5.1 경기장처럼 사방이 물소리로 시끌시끌했다. 날치는 윗옷과 바지를 벗고 나의 옷도 벗겼다.

"가자!"

날치는 자신의 바지에서 뺀 헝겊 허리띠를 나의 손목에 묶었다. 그것은 거친 강의 몸부림을 제어할 고삐 같았다. 우리는 검은 용의 등을 타고 어둠 속을 날아갈 것이다. 이 길들이지 않은 용은 우리를 더 크고 붉은 해가 뜨는 검은 땅으로 데려다줄 것이다. 나와 날치는 검은 강의 등에 올라탔다. 강은 차갑고, 미끄러운 몸을 굼실

댔다. 우리는 거친 강의 몸부림을 잠재우며 조금씩 나아갔다. 중간쯤에 이르렀을 때 강은 크게 요동치며 나를 물속으로 팽개쳤다.

"끈을 놓지 마! 길모야. 놓으면 죽어!"

끈을 잡은 손에 힘을 주었지만 팽팽하던 고삐가 느슨해졌고 나는 떠내려가기 시작했다. 나는 죽어가고 있을까? 강은 나의 죽음을 어디로 배달해줄까? 강 밑으로 가라앉으면 깜깜했고 다시 떠오르면 총총한 별빛이 보였다. 눈을 뜨면 눈으로, 입을 열면 입으로 물과 어둠이 밀려들었다. 점점 배가 불러왔다. 강물에 떠내려오던 하얀 남자처럼. 몇 번이나 별과 어둠을 번갈아 보았을까? 그르렁거리던 강은 몸부림을 멈추고 미끄러지듯 억새풀 사이를 기어갔다. 날치가 두 팔을 철퍼덕거리며 물과 말을 동시에 게워냈다.

"이제 거의 다 왔어. 우리가 강을 건넜다고."

강은 어둠 속으로 우리를 빨아들여 한참을 머금었다가 반대편 기슭에 도로 뱉어놓았다. 그리고 조용히 잠들었다.

세 번째 날 두 번째 이야기 **연길**

2002년 9월~2003년 2월

나의 몸은 내 삶이 새겨진 오래된 장부. 내가 거쳐온 길들, 행해온 일들, 듣고, 보고, 말해온 것들이 새겨져 있다. 나의 코에는 라벤더 향과 시체 타는 냄새가 동시에 적히고 나의 손에는 텅 빈 배를 움켜쥐던 말랑말랑한 감촉이 써져 있다. 나의 눈에도 나의 발바닥에도 나의 피부 깊은 곳에도 수많은 날들이 새겨져 있다. 죽음들을 싣고 멀어진 트럭의 구린내. 살들이 타는 냄새……

러셀은 올 때마다 문서나 신문 조각을 내 앞에 던진다. 그것들은 내가 무시무시한 범죄단체의 조직원이며, 탈주자이며, 불법입국자이며, 살인자라는 증거들이다. 이번엔 중국 관공서의 붉은 관인이 찍힌 빳빳한 서류용지다.

제목: 연길지역 마약조직 운반책 장가계에 관한 신상정보
발신: 인터폴 지역협력국 베이징 경찰청 외사과
출처: 중국 공안청 동북 길림성 공안국 마약반
수신: CIA 대테러 수사국

장가계는 2002년 9월 두만강을 통해 불법 월경한 탈북자로 연길 지역의 불법 매춘주점에서 일하며 북한 지역에서 밀반입한 대량의 마약을 중국 각지의 주요 도시로 공급한 동북지방 마약조직의 운반책임. 2003년 2월 공안의 일제 수사를 피해 상하이로 도피, 길림성 공안국의 추적을 벗어남.

안젤라는 어항 속의 물고기를 먹이듯 나를 먹인다. 달콤한 호박수프를 삼키면 노란 달을 삼킨 것처럼 내장이 환해진다. 다리의 통증은 어제에 비해 2/10 정도 줄어들었다. 그녀는 내 팔에다 날카로운 바늘을 찔러 넣는다. 달각거리며 주사기와 바늘을 트레이에 정리한 그녀는 인터폴의 범죄자 신상기록 전문을 훑어본다. 그녀가 꺼낸 체온계에서 숫자가 깜빡인다. 36.5. 나는 말한다.

"36.5는 높아지지도 낮아지지도 않는 절대균형의 수예요. 내 몸에는 아름다운 수들이 숨어 있어요. 나의 키는 172센티미터고 몸무게는 61킬로그램이에요. 호흡수는 17회/분이고 맥박수는 65회/분이고……."

"네 몸에는 그것 말고도 또 많은 것들이 숨어 있었어."

"그게 뭐죠?"

"검진 과정에서 네 팔뚝의 용문신을 발견했어. 수사관들이 문양을 확인했는데 폭력과 갈취는 물론 인신매매, 청부살인까지 서슴지 않는 중국 동북지역 범죄단 맹룡회의 심벌이라더구나."

나는 환자복의 오른쪽 소매를 걷는다. 아가리를 벌린 용무늬가 푸른 잉크로 새겨진 팔뚝은 악명 높은 중국 범죄조직의 일원이었던 내 과거의 명백한 증거다. 나의 몸은 내 삶의 오래된 장부. 거기에는 내가 거쳐온 길들, 행해온 일들, 듣고, 보고, 말해온 모든 것들이 새겨져 있다. 나의 코에는 라벤더 향과 시체 타는 냄새가 동시에 적히고 나의 손에는 텅 빈 배를 움켜쥐던 말랑말랑한 감촉이 써져 있다. 나의 눈에도 나의 발바닥에도 내 피부의 켜켜이에도 내가 기억조차 하지 못하는 날들의 기록이 새겨져 있을 것이다. 2002년 8월 1일의 날씨, 죽음들을 싣고 멀어져가던 트럭의 구린내, 살들이 타는 냄새…… 아름답지 못한 것들이 새겨진 나라는 존재는 아름다울 수 있을까? 그녀는 나라는 장부를 읽기나 한 것처럼 말한다.

"아름다움은 아름답지 않은 것들까지도 포함하고 있는지 몰라. 아름답지 않은 것들이 결국은 아름다움을 완성하니까. 그러니 과거가 어떻든 우리는 아름다운 존재들이라고 말할 수 있을 거야."

사람들은 관계를 통해 세상을 이해한다. 아들과 딸, 형제와 친구, 적과 동지, 주인과 노예…… 누군가를 사귀고, 친구가 되고, 이용하고, 헤어지고, 죽인다. 나는 타인과 교감하는 법을 모르는 대신 누구보다 빠르고 명확하게 숫자와 숫자, 숫자와 사람들이 이루는 거대한 세상을 이해할 수 있다. 세계는 숫자로 가득 차 있고 숫자들은 모든 것과 관계를 맺고 있기 때문이다. 숫자는 내가 누구인지를 말해주는 동시에 상대가 어떤 사람인지를 말해준다. 그가 어떤 숫자를 생각하는지 알면 나는 그가 누구인지 말할 수 있다. 독재자와 자유주의자, 기술자와 군인들, 노숙자와 반역자, 정치가들과 기자들, 금융인들도 숫자와 관계를 맺는다. 끊임없이 오르내리는 여론조사표, 푸르고 붉은 화살표를 그리며 출렁거리는 주가지수, 다우존스, 나스닥, 경기선행지수, 고용지표, 주택판매치, 신용카드 명세표에 찍힌 숫자들, 치솟는 대출금 이자율…… 숫자는 내가 세상을 바라보는 눈이고 관점이다. 나는 그 모든 숫자들을, 다른 사람들의 눈에는 보이지 않는 나만의 세계를 바라본다.

"난 자유와 몸무게의 관계를 함수식으로 정리할 수 있어요."

"어떻게 말이니?"

나는 그녀에게 내가 아는 자유의 수식을 설명한다. 그것은 연길에서 있었던 일이다.

자유는 '딸라'를 사랑한다

두만강을 건넌 우리는 물을 뚝뚝 흘리며 어두운 길 옆 도랑을 따라 걸었다. 며칠을 걸었을까? 젖었던 옷이 마르고 먼 도시의 불빛이 보였다. 연길이었다. 나는 연길에 무엇이 있었고 무엇이 없었는지 기억해본다. 먼저 군인들이 줄었고 여인들이 늘어났다. 한국어는 없거나 드문드문 있었고 중국어가 있었다. 속삭임과 두런거림은 없고 고함과 말싸움이 있었다. 그리고 우리에겐 여전히 배고픔이 있었다.

연길에선 쓰레기장조차 무산보다 풍요로웠다. 쓰레기는 우리에게 삶의 원천이었다. 버려진 음식뿐 아니라 찢어진 중국 신문과 물에 불은 중국 잡지, 미국산 럭키 스트라이크 담뱃갑과 한국산 컬러텔레비전 사용설명서도 있었다. 나는 한국 텔레비전을 갖기도 전에 사용법을 알았으며 미국에 가보지 않고도 미국산 담배가 '사람의 폐와 건강을 해칠 수 있다'는 사실을 알았으며, 중국의 아파트 가격이 폭등하고 있다는 것을 알았다. 쓰레기장에서 날치가 먹을 것을 줍는 동안 나는 조각나고 구겨진 지식들을 주웠다. 며칠 뒤 쓰레기장을 뒤지는 우리에게 한 남자가 다가왔다. 그는 까만 콧수염을 쥐어뜯으며 조선어로 말했다.

"너희 두만강을 건너왔지?"

나는 그의 말을 듣는 둥 마는 둥 쓰레기더미를 살폈다. 며칠 동안 한국어를 듣지 못해 남자의 말이 복음처럼 반가웠던 날치는 미끼를 무는 붕어처럼 그의 말을 받아 삼켰다.

"우린 무산에서 왔어요. 반가워요."

남자는 날카로운 눈초리로 좌우를 살피더니 검은 털이 난 손을 들어 날치의 머리통을 후려갈겼다. 엉겁결에 당한 일에 어안이 벙벙한 날치에게 남자가 말했다.

"이 거리에서 조선어를 쓰는 것은 죽자고 작정하는 일이야. 도강자를 가장한 보위부원들이 쫙 깔렸단 말이다. 놈들은 유령처럼 거리를 돌며 도강자들을 색출하고 모가지에 올가미를 걸어 공화국으로 송환하지. 그러니 조선어는 잊어버려. 중국어를 모르면 벙어리가 되는 게 나아. 혀를 잃고 목숨을 얻을 수 있다면 그편이 낫지 않겠니?"

날치는 파랗게 질렸다. 하루 종일 한마디도 하지 않고도 지내는 나와는 정반대로 잠시라도 말을 하지 않으면 견디지 못하기 때문이다. 그는 참지 못하고 조선어로 중얼거렸다.

"죽을힘을 다해 강을 건넜으니 안심이라고 생각했는데……."

"도강자에게 안전한 곳은 어디에도 없어. 절대 없지."

날치가 아래턱을 떨구자 벌어진 입 사이로 발간 혀가 반짝였다. 남자가 혀를 끌끌 차며 날치의 어깨 위에 두툼한 손을 얹었다.

"갈 곳이 있냐?"

날치가 고개를 가로젓자 그는 골목 끝을 향해 손짓을 했다. 낡았지만 잘 손질된 자동차가 다가왔다.

"타라. 시키는 대로만 하면 보위부원들은 피할 수 있을 게다."

갈색 도요타는 번화한 유흥가로 접어들었다. 초저녁이었지만 거리는 네온사인 불빛이 요란했고 취한 사람들이 비틀거리며 돌아다녔다. 남자들과 여자들의 얼굴과 맨살에 울긋불긋한 네온사인 불빛이 번들거렸다. 여자들의 구둣발 소리와 웃음소리가 경쾌한 음악처럼 불빛과 어울렸다.

우리는 거리에서 가장 크고 밝은 네온사인이 번쩍이는 건물 입구로 들어갔다. 커다란 네온사인 간판에 '장백산'이라는 조선어와 'changbaishan'이라는 영어와 '长白山'이란 중국어가 번갈아 번쩍였다. 우리는 긴 복도 바닥에 물길처럼 흐르는 불빛을 따라 걸어가 지하로 통하는 계단을 내려섰다. 남자가 복도 끝 철문을 열자 양복 차림의 건장한 사내들이 일제히 허리를 숙였다. 날치는 긴장한 표정으로 주위를 살폈다.

"너희는 내일부터 이곳에서 일하게 될 거야."

남자는 짧은 말을 남기고 계단을 올라갔다. 사내들은 경계심 가득한 눈으로 우리를 노려보았다. 날치는 부러진 앞니 사이로 웃음을 흘리며 물었다.

"저분이 누구시지요?"

광대뼈가 나온 종업원은 오늘 날짜를 물었다. 내가 대답했다.

"9월 18일. 날씨 맑은 후 흐림. 낮 최고기온 18도."

광대뼈는 나를 상대도 하기 싫다는 듯 날치를 보고 말했다.

"그 날짜를 잘 기억해. 저분을 만난 것이 너희 인생에서 가장 큰 행운이 될 테니까."

그는 우리가 만난 행운의 남자가 연길 최고의 유흥주점 장백산의 사장 정한모인데 길림성 출신의 중국인이라는 말도 있고 두만강을 건너온 탈북자라는 사람도 있다고 말해주었다. 출신성분을 정확히 아는 사람은 드물었지만 그는 동북 3성에서 장백산을 비롯한 네 개의 고급 유흥주점을 운영하는 재력가이자 지역 주류 배급권을 따낸 수완가였다. 그를 통하지 않으면 될 일도 일그러지기 일쑤였고 그를 통하면 안 될 일도 척척 이루어졌다. 그의 영향력은 중국 공안뿐 아니라 접경지역의 공화국 보위부 간부들에게까지 미쳤다. 사내가 거기까지 말했을 때 또 다른 덩치 큰 사내가 버럭 소릴 질렀다.

"어이. 꼬맹이들. 저 끝 쪽 캐비닛에 짐 풀고 작업복 갈아입어!"

우리는 장백산의 접시닦이 겸 홀 청소부 겸 호객꾼이란 일자리를 얻었다. 짐을 풀고 거리로 나온 날치는 부러진 앞니로 활짝 웃으며 소리쳤다.

"길모야. 우린 롤러코스터를 탄 거야."

"그럼 어떻게 하지?"

"어떡하긴 뭘 어떡해? 지금 우리가 할 일은 마음껏 소리를 지르는 것뿐이야."

날치는 네온사인이 번쩍거리는 거리를 이리저리 뛰어다니며 마음껏 웃어댔다. 그래. 우리는 미친 듯 웃을 자격이 있다. 막 죽음의 강을 건너왔으니까.

우리는 죽음의 강을 건넜지만 노동에서 빠져나오지는 못했다. 새벽 4시에 깨어나면 날치는 손수레를 끌고 나는 뒤에서 밀며 시장으로 달려가 채소와 고기, 과일과 해산물을 실어 날랐다. 서둘러 주방 청소를 마치고 음식재료를 씻고 다듬으면 10시가 훌쩍 지났다. 허겁지겁 점심을 먹고 진공청소기와 마대로 홀 바닥을 훔치고 테이블을 닦았다. 날치는 고무장갑을 낀 손으로 담배꽁초와 구토물로 막힌 변기를 쑤석이며 구시렁거렸다.

"목숨을 걸고 공화국을 빠져나와 고작 똥통 청소라니……."

강을 건넌 날치는 하루하루 풍선처럼 부풀어 올랐다. 그의 먹성은 누구도 따라오지 못했다. 주방은 탐식의 성전이었고 손님들이 빠져나간 테이블은 그의 향연장이었다. 그는 태어날 때부터 굶고 건너뛴 모든 끼니를 한 번에 찾아 먹으려는 것처럼 음식을 입안에 쑤셔 넣었다. 손님들이 남긴 안주와 음식들, 주방에서 버리는 야채껍질, 식어버린 밥, 김이 빠진 맥주…… 그는 씹을 수 있는 것이라면 무엇이든 입으로 가져갔다.

그의 탐식은 잃어버린 자신을 되찾으려는 필사적인 투쟁처럼 보였다. 그는 음식으로 자신의 헐벗음, 유랑, 배고픔을 스스로 보상해주려 했다. 자신이 죽음의 땅을 빠져나왔음을, 더 이상 배고픔에 시달리지 않아도 된다는 걸 매 순간 확인하려 했고 불어나는 자신의 몸을 통해 그 사실을 확인했다. 한 달 만에 그는 5킬로그램이 불었고 보름 후에는 다시 3킬로그램이 불었다. 기름진 살이 그의 눈두덩과 볼과 갈비뼈 사이의 굴곡과 등뼈 사이의 오목한 곳과 손목뼈와 손가락뼈의 홈을 채웠다.

석 달이 지났을 때 그는 완전히 다른 사람이 되었다. 두만강을 건너기 전 53킬로그램에 지나지 않았던 그는 79킬로그램을 훌쩍 넘었다. 그는 살 속으로 자취를 감추어버린 갈비뼈가 있던 자리를 보며 즐거워했다. 더 이상 날치처럼 재빠르지도, 민첩하지도 않은 그는 목덜미에 접힌 살들 사이에 고인 땀을 닦아내는 뚱보가 되었다. 하지만 참새처럼 재빠르고 빨간 그의 혀는 변하지 않았다. 먹지 않으면 말하느라 한순간도 쉬지 않는 날치의 혀.

"어때? 멋있지 않냐? 불어나는 내 몸을 보면 살아 있다는 걸 느낄 수 있어."

 변기통을 끌어안고 수세미질을 하며 날치는 말했다. 날치의 손이 닿으면 변기는 도자기처럼 반짝였다. 오후가 지나가면 우리는 거리로 나가 지나가는 남자들을 가게 안으로 끌어들였다. 날치가 뚱뚱한 몸을 뒤뚱거리며 남자들에게 다가가 뱀 같은 혀를 놀리는 동안 나는 멍하니 거리를 바라보았다. 그 거리 어딘가에 영애가 있을 것 같았다.

 어둠이 내리면 우리는 다시 웨이터로 일했다. 검은 바지에 하얀 와이셔츠의 단추를 끝까지 채우고 나비넥타이를 매고 하룻밤에 3만 걸음 정도 걸었다. 내 평균 보폭은 70센티미터 정도니까 가로 40미터, 세로 30미터의 홀 안에서 하프 마라톤을 뛰는 셈이었다. 손님들이 빠져나가면 주방에서 술잔과 접시와 그릇을 씻고 2시가 되어서야 지하 숙소로 내려갔다. 날치는 팽팽한 살을 출렁거리며 테이블에서 챙겨온 안주를 질겅거렸다.

 "난 자본주의가 좋아. 배를 곯지 않아도 되거든. 그런데 공산주의 세상에서 태어나 인생을 썩히고 말았어. 중국은 공산주의와 자본주의가 똥개처럼 붙어먹은 수정주의라는 괴물이야. 나는 미국 같은 진짜 자본주의 사회로 가서 진짜 자본주의자가 될 거야. 나는 딸라를 사랑하니까." 날치는 셔츠 윗주머니에서 테이블 위에 놓고 간 술 취한 손님의 금테 안경을 꺼내 썼다. "어때. 지적인 자본주의자처럼 멋지지 않니?"

날치는 높은 안경 도수 때문에 휘청거리며 바지 주머니에 꼬깃꼬깃 숨겨두었던 1달러짜리를 꺼내 펼치고 코를 킁킁거리며 냄새를 맡더니 조지 워싱턴의 뺨에 입을 맞추었다. 그는 정말 조지 워싱턴을, 아니 딸라를 사랑하는 것 같았다.

사람은 사람의 가슴에 씨앗을 뿌린다. 만약 영애가 잠시 이곳을 스쳐갔다면 누군가의 눈에 띄었을 것이고, 누군가의 귀에 말했을 것이고, 누군가의 가슴에 남았을 것이고, 누군가의 머리에 기억되었을 것이다. 그녀를 닮은 여인들의 눈 속에, 귓속에, 가슴속에, 머릿속에 영애의 흔적이 남아 있을 것이다.

날치와 나는 일이 끝난 늦은 밤, 네온이 꺼져가는 골목으로 나섰다. 날치는 먹을 것을 찾아, 나는 영애를 찾아. 날치는 연길의 밤거리를 좋아했다. 번들거리는 불빛과 여자들의 웃음소리로 넘치는 좁은 골목을. 날치는 중절모에다 검은 양복 차림으로 밤거리를 어슬렁거리는 덩치 큰 남자들을 '형님'이라 부르며 인사했다. 가끔 그들은 길가의 좌판을 뒤엎기도 하고 주점 앞에서 누군가를 패기도 했다. 날치는 골목을 가득 채우고 멀어지는 그들의 두툼한 어깨를 부러운 듯 바라보았다.

"나도 깡패가 되고 싶어. 그러려면 빨리 덩치를 키워야 해."

"깡패가 좋은 거야?"

"응. 자본주의 사회에선 깡패가 최고야. 아무도 덤비는 사람이 없거든. 주점 주인도, 가게 여주인도 말이야."

날치는 부러운 눈으로 깡패들이 사라진 모퉁이를 오래오래 바라보았다. 여자들과 남자들이 지나가고 악다구니와 웃음소리가 들렸다. 날치는 어슬렁거리는 형님들의 걸음걸이를 흉내 내며 골목 끝 주점으로 들어갔다. 그리고 형님들처럼 무뚝뚝한 표정을 짓고 걸걸한 목소리로 해장국 한 그릇과 남조선 소주 한 병을 시켰다. 매운 고추를 썰어 넣은 뜨거운 해장국을 그는 후루룩 들이켜 자신의 위장을 뜨거움으로 가득 채웠다.

주점은 짙은 립스틱에 짧은 치마를 입은 여자들로 바글거렸다. 날치는 금테 안경 너머로 여자들을 둘러보았다. 안경과 두툼한 살집 때문에 그는 나이보다 대여섯 살 많아 보였다. 그는 건너편 테이블의 여자들에게 소리쳤다.

"헤이! 미리. 오늘 어땠어? 팁이라도 두둑이 챙겼어?"

말간 소주잔을 비운 여자가 입을 씰룩거렸다.

"말도 마! 지랄 같은 놈한테 걸려서 허탕이야. 돈도 없으면서 괜히 얼쩡거리지 말고 꺼져!"

여자가 눈살을 찌푸리며 파리를 쫓듯 손짓했다. 날치는 파리처럼 뒤로 훌쩍 물러나며 히죽거렸다. 여자가 함께 웃었다. 날치는 빨간 혀와 여자들이 좋아하는 웃음을 가졌다. 하지만 돈이 없어 여자들이 싫어한다. 나는 물에 불어 대칭이 일그러진 영애의 사진을 불씨처럼 손바닥에 모으고 물었다.

"이 아이를 본 적이 있나요? 영애는 내 친구인데 두만강을 건너왔어요."

여자는 영애의 얼굴을 힐끗 보더니 술잔을 들이켰다.

"그렇게 반들반들한 계집애라면 벌써 이 좁은 시골구석을 떴을 게다. 이곳엔 돈이 된다면 뭐든지 하는 사내놈들이 득시글거리는데 어린 나이에 혼자 강을 건너온 반반한 계집애를 그냥 뒀을 것 같으냐? 벌써 어디론가 팔려갔을 거다."

"어디로 팔려갔을까요?"

"대륙이 만리인데 어디로 갔는지 어떻게 알겠냐?"

여자들은 끊임없이 말을 했고 말로써 자신들의 상처를 치유하는 것 같았다. 날치가 먹을 것으로 자신을 치유하는 것처럼. 그녀들은 과거의 자신들이 얼마나 예뻤는지, 얼마나 꿈이 많았는지를 술에 취해 횡설수설하는 지금의 서로에게 말해주었다. 그러고는 웃다가 울다가 다시 웃으며 취했다.

영애의 흔적은 연길의 작은 술집에서 댄스홀로, 룸살롱으로 옮겨갔다. 가는 곳마다 이름은 바꾸었지만 그녀를 만났던 사람은 모두 그녀를 기억했다. 서툰 동북 사투리와 사람을 빨아 당기는 미소를 기억하며 남자들은 두 눈을 가늘게 뜨고 은근한 웃음을 떠올렸다. 우리는 그녀가 일하던 술집의 여주인에게 써준 차용증서를 확인했다. 여주인은 그녀가 빌린 돈을 떼어먹고 달아났으니 우리에게 대신 갚으라고 했다. 날치는 우리도 돈을 떼여서 그녀를 쫓고 있는 중이라고 말했다. 여주인은 아마도 그녀가 새로 문을 연 클럽으로 갔을 거라며 천 위안을 꼬깃꼬깃 뭉쳐 건넸다.

"그 계집애를 잡으면 꼭 연락해. 철창 속에 처넣어 콩밥을 멕이게."

날치는 맡겨달라며 두툼한 가슴을 쾅쾅 두드렸다. 날치야 넌 훌륭한 깡패가 되지는 못할 거야. 왜냐면 웃음이 너무 헤프기 때문이지. 내가 본 깡패들은 좀처럼 웃지 않았거든.

한 남자와 한 여자가 사랑에 빠질 확률

강을 건넌 지 128일이 되는 날 늦은 밤 나는 날치를 따라 주점에 들렀다. 주인은 마흔 살가량의 약간 살집이 오른 여자였다. 날치는 그녀가 마마로 불리며 한때 잘나가던 연길의 마담이었다고 했다. 나는 여자에게 영애의 사진을 내밀었다. 그녀는 풀어진 눈으로 사진을 유심히 보았다.

"인민학교 교복인 걸 보니 오래전 사진이구나. 여자애들은 하루하루 얼굴이 달라진단다. 이곳은 불안이 여자들의 아름다움을 앗아가는 곳이야."

마마의 무성한 속눈썹이 무거워 보였다. 그녀의 말대로 사진은 노랗게 절은 데다 두만강을 건너며 비닐 속으로 스며든 물에 불어 얼룩져 있었다. 나는 그녀처럼 긴 속눈썹을 붙이고 빨간 립스틱을 바른 영애를 상상해보았다.

"영애는 두만강을 넘어왔어요. 난 영애를 만나야 해요."

"두만강 넘어온 여자애가 이 골목에 한둘인 줄 아니? 그래. 여자들은 두만강을 넘어와 이곳에 머물지. 보위부원들에게 잡혀 송환되든가, 쥐도 새도 모르게 죽기도 하고…… 운이 좋으면 민가에 숨어 지낼 수도 있지만 인신매매범들에게 잡혀 팔려가기도 하지."

"인신매매범들은 인간인가요?"

"그들은 인간이기를 원하지 않아. 다만 돈을 벌기를 원할 뿐이지. 너도 쓸데없이 여자애 꽁무니 따라다니지 말고 네 살 궁리나 해."

마마는 찬 소주를 한입에 꿀꺽 삼키고 빈 잔을 내려놓았다. 영애는 어디로 간 것일까? 나는 찾을 수 없는 걸 찾으려는 것일까? 나는 귀를 막고 몸을 웅크렸다. 그녀가 말했다.

"실망하진 마. 쓸데없는 계산을 좋아하는 멍청한 녀석의 계산대로라면 네가 찾는 계집애를 만날 수 있을지도 모르니까."

"어떻게요?"

"한 남자와 한 여자가 만날 확률, 사랑에 빠지게 되는 확률, 헤어질 확률, 그리고 다시 만날 확률 중에 가장 높은 확률이 뭔지 아니? 자세히는 모르지만 한 남자와 한 여자가 만나서 사랑에 빠지고, 헤어질 확률이 가장 낮다는구나. 한 남자와 한 여자가 만나서 사랑에 빠지고, 헤어졌다가, 다시 만나는 확률이 가장 높은데 대체로 100%에 가깝다더구나. 뭘 근거로 그런 수치가 나오는지는 모르겠지만…….”

마마의 취한 목소리가 나의 멱살을 확 쥐어 당겼다. 그런 쓸데없는 확률을 계산하고 있을 수학자는 없다. 네 가지 확률에 대해 가설을 세우고 길고 복잡한 계산을 통해 확률을 구한 나 자신을 빼면. 나는 그렇게 도출한 결과를 길모어로 정리해 그녀에게 말해준 적이 있다.

"영애를 알아요? 영애 어디 있어요?"

여자는 달려드는 나를 뿌리치며 말했다.

"영애라고 했냐? 나는 그런 계집애는 몰라."

"그럼 이 애는 어디에 있어요?"

나는 영애의 불어터진 사진을 다시 그녀의 눈앞에 내밀었다. 그녀는 피식 웃으며 유리잔에 소주를 따랐다.

"그 아이는 영애가 아니라 송화야. 강송화."

강송화? 그녀가 말을 이었다.

"송화는 둥지를 떠난 작은 새 같았지. 모두가 그 아이를 잡고 싶어 했지만 그 아이는 아무에게도 잡히지 않고 내 품으로 날아들었어. 하지만 그것도 잠시, 곧 내 품을 떠나 멀리 날아갔어. 두만강을 건넜을 때 송화는 스무 살이었다고 말했지. 하지만 지금까지도 스물이 되진 못했을 거야. 스무 살처럼 보였지만 험한 세상에 대적하기 위해 어쩔 수 없이 빨리 나이를 먹은 것처럼 보였는지도. 어쩌면 지금도 스물이 되지 못했겠지만 그 아이는 스무 살짜리 여자아이들이 겪지 못할 일들을 모두 겪었지. 배를 곯고, 강제수용소에 끌려가고, 부모를 잃고, 죽음의 강을 건너온 그 아이의 눈은 마흔을 넘긴 여인의 눈이었어. 모든 것을 겪고, 모든 것을 알고, 모든 것을 포기한 것처럼 보였지."

"영애는 열여덟 살이에요. 마흔 살이 아니라요."

그녀는 나의 말에 아랑곳하지 않고 소주잔을 비웠다. 속눈썹에서 묻어나온 검댕이 그녀의 눈가에 그늘을 지웠다. 맞은편 테이블에서 여자들이 까르르 웃었다. 그녀는 말을 이었다.

"그 아이가 강을 건넌 건 행운이었지만 누구든 빨아들일 듯한 미모는 재앙이었어. 여자가 되기도 전에 남자들이 몰려들었지. 그 아이는 자본주의와 거래의 법칙을 몰랐지만 자기가 가지지 못한 것을 얻기 위해 자기가 가진 것을 비싸게 파는 법을 본능적으로 알았어. 자신의 유일한 재산이 무엇인지 알았던 거겠지. 모든 남자들이 그것을 탐내고 있으며 자칫하다가는 그것을 빼앗길지 모른다는 것도. 그 아이는 자기 발로 그것을 거래할 수 있는 곳을 찾았어. 연길에서 가장 비싼 여인들이 모인다는 내 품으로 날아든 거지. 그 애는 날 찾은 여자애들 중에서 가장 뛰어났지. 그랬기 때문에 나는 그 아이를 가질 수 없었어. 가장 아름답고 뛰어난 것은 누구의 곁에도 머무르지 않거든. 왜냐면 모두가 그것을 원하니까.

누구도 그 아이를 함부로 대하진 못했고 그것은 나도 마찬가지였어. 뛰어난 미모와 자신에 대한 애정, 그리고 삶에 대한 확고한 열망이 그 아이를 지켜주었지. 그 아이는 누가 가르쳐주지 않아도 자신이 얼마나 아름답고, 얼마나 귀한 존재인지를 알았어. 그랬기 때문에 그것을 잃지 않으려고 노력했지. 그것이 그 아이가 가진 유일한 재산이었으니까."

"아름다운 것은 재산이 아니라 그냥 아름다울 뿐이에요."

그녀는 들고 있던 담배를 한 모금 빨고 연기와 말을 함께 뿜어냈다.

"이곳은 돈이 모이는 곳이야. 지역의 당 간부들과 고위인사들, 합법적이거나 불법적인 사업을 하는 기업가들, 밑바닥의 푼돈을 끌어모으는 장사꾼들, 그들을 상대하는 고리대금업자들과 우리 같은 여자들 사이에 돈이 오가지. 북한의 장마당에서 한 단의 야채와 한 움큼의 옥수수를 사고판다면 이곳에서는 다른 것을 팔지. 권력과 여자, 그리고 이권과 특혜, 마약과 밀수품 같은 것을 말이야. 이곳에서 사람들은 그것들을 사고팔며 두 가지 이상을 한꺼번에 사고팔기도 하지."

마마는 다시 한 번 길게 담배연기를 내뿜었다. 나는 구겨진 영애의 사진을 들여다보기만 했다.

"그 아이가 이곳을 떠난 지 벌써 반년이 되어가는구나. 어느 날 내게 '그동안 고마웠다'고 말하던 날 말이야. 난 그 애가 떠날 때가 왔다는 것을 알았어. 다행스러운 일이었지. 그 아이가 보위부 원들에게 잡혀 송환되지도 않고, 인신매매조직에 팔려가지도 않고, 남자들에게 시달리지도 않았으니 말이야. 보위부원들이 들이닥쳤을 때마다 그 아이를 지킬 수 있었던 나 스스로가 자랑스러웠단다. 대가를 바란 건 아니었어. 단지 그 아이를 북한으로 돌려보내는 것이 죄를 짓는 것처럼 느껴졌지. 그 아이가 이곳에 왔을 때보다 조금 더 나아져서 떠난 것이 다행이야. 그 아이는 이곳에서 살이 올랐고, 더 아름다워졌고 약간의 돈도 모았으니까……."

"영애는 지금 어디에 있나요?"

"난 그 애에게 어디로 가느냐고 묻지 않았어. 그 애 자신도 어디로 갈지 몰랐을 테니까. 그 아이가 원한 건 돈이었으니 돈이 있는 곳이겠지. 중국에서 돈이 모이는 곳은 상하이야. 하지만 돈은 위험과 친구처럼 어깨동무를 하고 다니지."

나는 입속으로 낯선 도시의 이름을 중얼거렸다. '상하이, 상하이……' 그 도시의 어느 구석에 그녀가 있다. 그날 밤 나는 숙소의 낡은 컴퓨터로 상하이를 검색했다. 느려터진 인터넷은 나를 유리로 뒤덮인 번쩍이는 건물과 붉은 동방명주 탑과 흰 셔츠를 입은 외국인들이 서성이는 낯선 거리로 데려갔고 그 거리 어느 구석에서 그녀는 불쑥 달려 나올 것 같았다.

"상하이에는 이곳보다 훨씬 많은 자유와 돈이 있어. 상하이로 가자. 가서 상하이의 돈을 모조리 쓸어 담아버리자고."

자신의 호흡을 감당할 수 없을 정도로 살찐 날치는 이제 흥분하면 숨을 씩씩댔다. 그는 자유와 돈을 원했다. 그녀가 그것을 원했던 것처럼.

마마는 상하이로 가려는 우리에게 영규 영감님을 소개시켜주었다. 겨우 쉰을 넘긴 나이였지만 모두가 그를 영감님이라 불렀다. 그는 장백산 정한모 사장의 오랜 거래인이자 친구이기도 했다. 그는 한 달에 보름 정도 연길에 머물다가 어디론가 사라진 후 다시 돌아오곤 했다. 사람들은 그가 북경과 상하이는 물론 홍콩과 싱가포르, 평양과 남조선 서울까지 제집처럼 드나든다고 했다. 장백산에 들를 때마다 뿌리는 팁을 보면 그 말의 근거를 확인할 수 있었다. 붉은 인민폐는 물론 미국 딸라와 홍콩 딸라, 일본 엔화, 남조선 원화까지 갖가지 지폐를 휴지처럼 뿌렸으니까. 그는 장백산의 황태자였으며 연길의 황태자이기도 했다.

그는 한눈에 우리가 북조선에서 넘어왔다는 걸 알아보았다. 신분이 탄로난 날치는 불안해했지만 그는 공화국에서 왔다는 사실 때문에 우리를 더욱 배려했다. 그는 말쑥하고 재빠른 웨이터들을 마다하고 우리의 서빙을 주문했다. 날치는 그도 우리와 같은 공화국 사람임이 분명하다고 말했는데 그 말은 사실이었다. 그는 동북 국경지대의 북중무역을 관장하는 강동무역 회장이었다. 강동무역은 북한의 생산물들을 받아 동북지역에 유통시키고 중국의 공산품들을 공화국에 팔았다. 그는 공화국을 떠난 후에도 평양의 당 고위 간부들과 막역한 관계를 유지했다.

"우린 이제 동아줄을 잡은 거야. 영규 영감님 눈에만 들면 보위부에 잡혀도 송환 같은 건 안 당해도 될 테니까."

날치는 턱살이 두 겹으로 접히도록 입을 크게 벌려 웃었다. 우리가 영규 영감님을 필요로 하는 만큼이나 영감님도 우리를 관심 있게 관찰하고 있었다. 한 달이 지날 무렵 영규 영감님의 부름을 받았을 때 날치는 숨을 헐떡이며 나비넥타이 고무줄을 늘어뜨렸다. 영감님은 날치에게 위스키 잔을 쥐여주었다.

"한잔할 테냐?"

날치는 살이 비어져 나온 허리를 숙이며 잔을 쳐들었다. 노란 호박 같은 위스키가 잔 끝에 찼다. 날치는 고개를 돌려 한입에 위스키를 털어 넣었다. 영감님이 말했다.

"너희를 살펴보았다. 다른 아이들처럼 약아빠지지 않았더구나. 그래서 말인데 심부름 하나 해볼 테냐? 가방 두 개를 상하이로 배달하는 일이다."

위스키를 꿀꺽 삼킨 날치의 목구멍에서 숨이 턱 막히는 소리가 났다. 상하이! 유리로 지은 집과 반짝이는 것들, 돈이 물결처럼 거리에 흘러다니는 도시. 영감님은 담배연기를 깊이 빨아들이고는 안주머니에서 봉투를 꺼내 탁자 위에 던졌다.

"이 돈이면 여비는 충분할 거야. 가방을 전달하면 보수도 두둑이 챙길 테고. 할 수 있겠냐?"

날치는 무릎을 꿇었다. 그는 어떤 일이든 할 수 있고, 해내야 한다고 자신과 약속했다. 영감님이 다시 말했다.

"장백산 정사장에겐 얘기해두었으니 내일 아침 출발할 준비를 해라."

영감님이 자리를 뜨자 양복 차림의 남자가 들어왔다. 그중 한 남자가 탁자 위에 두 개의 수첩을 던졌다. 며칠 전 '장백산'에서 찍은 우리의 사진이 붙어 있는 중국 공민증이었다. 나와 주방장 아저씨와 주방 아주머니가 함께 찍은 사진과 입구의 덩치 큰 경비원 아저씨와 아가씨들을 관리하는 펠리컨 아줌마와 날치가 함께 찍은 사진이었다. 크고 뚱뚱한 세 사람은 영락없는 한 가족처럼 보였다. 남자가 중국어로 물었다.

"네 이름이 뭐야?"

나는 공민증을 들여다보며 새 이름을 읽었다.

"장가계. 길림성 연길시 출생."

남자는 다시 날치에게 이름을 물었다. 날치는 공민증을 들여다보며 떠듬거렸다. 나는 날치의 새 이름을 대신 읽어주었다.

"계육두. 길림성 장춘시 출생."

어눌한 저능아와 뚱뚱한 무식꾼. 일자리를 구해 대도시로 쏟아져 들어가는 북동지역의 산골 무지렁이들이 상하이로 마약을 배달할 줄 누가 알아차리겠는가? 우리는 가장 완벽하게 위장된 마약 배달꾼들이었다. 자신들이 마약을 배달한다는 사실조차도 모르는 마약 배달꾼들이었으니까.

상하이로 가는 기차 안에서 날치는 몇 번이나 공민증을 들여다보며 거무죽죽한 잇몸을 드러내고 웃었다. 공민증이 가짜든 진짜든 상관없었다. 어쨌든 중화인민공화국의 공민이 되었으니까. 날치는 중국이란 기회의 땅이 자신의 꿈을 이루어줄 거라고 굳게 믿었다.

열차는 꽥 소리를 지르고 검은 강처럼 흘러갔다. 열차에 타고 있으니 흐르는 강의 눈에 마을과 길과 사람들이 어떻게 보일지 알 것 같았다. 강에 눈이 있다면 스쳐가는 마을과 길과 나무와 사람들을 물끄러미 바라볼 것이다. 기차에 탄 내가 창밖을 내다보는 것처럼. 나는 생각한다. 강은 수십만 년 전의 조산운동을 바라보았고, 공룡들이 풀을 뜯는 소리를 들었다고. 또 자신에게 뛰어드는 아이들의 풍덩 소리에 간지럼을 타고, 자신의 검고 깊은 바닥에 가라앉은 죽음들 때문에 우울해한다고. 그러다 누군가 자신을 보면 강은 눈을 감아버릴 것이다. 강은 나처럼 부끄럼이 많아 다른 사람과 눈을 맞추지 못하기 때문이다.

날치는, 아니 계육두는 안주머니에서 금테 안경을 꺼내 썼다. 기차 선반 위에 누군가 버리고 간 오래전의 〈뉴스위크〉가 너덜거렸다.

북한의 마약 수출

지하경제, 밀입국, 빈곤이 오지의 마약 밀매를 부추기다

〈뉴스위크〉 2002년 12월 19일

지린성 연길은 북중 국경에서 50마일 떨어진 곳에 있는 오지다. 스탈린식의 건물과 타일벽 빌딩은 중국의 다른 도시와 비슷하다. 이곳은 난민들과 밀수범들과 창녀들과 기회주의자들의 잃어버린 영혼을 위한 보금자리이다. 지린성에는 지하경제와 밀입국, 빈곤으로 인해 지난 15년 동안 '아이스'라 불리는 메타암페타민이 널리 퍼졌다. 연길은 북한에서 중국으로 오는 마약의 가장 중요한 유통 거점이며 가장 큰 시장이다. 국경의 마약무역은 1991년 구소련 붕괴와 함께 원조자금이 끊어지고 수백만 명이 죽는 기근이 오자 북한 정부의 통제력이 약화되고 수만 명의 북한인들이 국경을 넘어 탈출하며 급속히 확산되었다.

관리들은 중국에서 소비되는 마약의 상당부분이 북한에서 국경을 넘어온 것으로 파악한다. 중국 국경수비대는 작년 박언니라는 이름의 거래상을 포함한 여섯 명의 북한인을 체포했다. 북한에서 1그램의 메타암페타민은 1킬로에 15달러인 쌀에 비해 그 열 배로 거래되지만 중국보다 훨씬 싸며 아이스를 파는 건 가장 쉽게 돈을 벌 수 있는 방법이다. 메타암페타민은 공간이 많이 필요하지 않고 화학적 제조기법도 간단해 일제시대에 지어진 함흥 인근의 고립

된 폐공장들이 이 독성 물질 제조에 완벽한 장소다.

　북한은 1970년대에 아편 재배에 나섰다. 북한 강제수용소에서 탈출한 한 탈북자는 "수용소 경비대가 죄수들에게 작물 재배량을 할당해주었으며 작은 채소밭 옆에 아편 씨를 뿌리거나 재배하는 사람을 쉽게 볼 수 있었다. 정부기관이 그것들을 비밀리에 국외로 송출했으며 수확기가 되면 학생들은 작물 중 일부를 훔치기도 했다."고 말했다.

날치는 흘러내린 뱃살을 쓸어 담듯이 감싸며 창 쪽으로 고개를 돌렸다.

"우리가 어디로 가는지 알아? 우린 돈의 도시를 찾아가는 거야."

상하이. 그곳에는 돈이 있다. 자본이 있는 곳에 자본주의도 있다. 그리고 자본주의를 사랑하는 영애가. 날치는 자본주의를 향해, 나는 보고 싶은 영애를 향해 달렸다. 강이 바다를 향해 달리듯.

도쿄

네 번째 날 상하이

2003년 2월~2004년 5월

나는 알 수 없다. 사람들이 왜 끊임없이 자기 자신과 싸우는지. 왜 어제보다 오늘이, 과거보다 현재가 나아야 한다고 생각하는지. 사람들은 더 빠르고, 더 강하고, 더 많아지기 위해 달리지만 -1은 -10보다 크고 -10은 -100보다 크다. 더 커지고 많아지려 할수록 우리는 더 작아지고 약해지는지도 모른다. 나는 더 나아지고 싶지도 더 강해지고 싶지도 않다. 나는 나 자신이고 싶을 뿐이다. 어제의 나, 바보였던 나, 그녀를 잊지 못하는 나.

제목 : 상하이 기업형 마약조직 자금 관리책 장가계의 신상 정보

발신: 인터폴 지역협력국 상하이 경찰청 마약국

출처: 중국 공안청 상하이 기업형 마약조직 감시조

수신: CIA 대테러 수사국

　장가계는 2003년부터 2004년까지 상하이 지역을 기반으로 조직을 확장해온 쿤룬기업의 경리총책으로 활동함. 정확한 생년월일과 출생지는 미상이나 엄청난 지능을 토대로 합법적인 기업형 마약조직 두목의 신임을 얻어 마약 거래 자금을 관리하고 돈세탁에 관여함. 2004년 상하이 경찰청의 '마약조직과의 전쟁' 과정에서 조직이 궤멸되고 두목이 피살된 후 1년간 상하이 형무소에서 복역. 석방 이후 행적은 묘연하나 극도로 위험한 인물.

러셀은 더 이상 나를 패거나 망가뜨리지 않는다. 그렇게 해도 내 입이 열리지 않을 것을 알기 때문이다. 대신 한 시간 동안 일방적인 질문을 쏟아대고는 방을 나간다. 나는 베개 밑에서 낡은 계산기를 꺼낸다. 자판의 숫자가 반쯤 지워진 낡은 전자계산기. 수학 선생님은 아직도 이 계산기를 내게 준 일을 후회할까? 나는 가만히 자판을 눌러 내가 사랑하는 숫자들을 띄워본다. 회색 창에 떠오른 까만 숫자들은 우주를 건너온 별빛처럼 깜빡인다. 나는 수학 선생님의 말을 떠올린다.

"길모야. 숫자가 있어 세상은 아름답단다."

안젤라의 발소리가 들린다. 4분의 4박자의 발소리로 다가온 그녀는 4분의 3박자의 리듬으로 방문을 노크한다. 나는 대답하지 않지만 그녀는 내게 말을 거는 방법을 안다. 수는 그녀와 나의 대화 방식이다. 우리는 문제를 통해 서로를 이해하고, 수식을 통해 생각을 간파한다. 그녀는 진료 파일의 맨 윗장을 찢어 내 앞에 내민다. 나는 빈 종이를 한참 바라본 후 무언가를 쓰거나 그리는 대신 그녀에게 묻는다.

"진실은 하나뿐일까요? 둘일 수는? 그 이상일 수는 없을까요?"

그녀는 고개를 갸웃거린다.

"수학엔 절대적인 진실이 필요하고 절대적인 진실은 하나여야 해. 하나의 수식에는 하나의 답이 있을 뿐이지. 절대적이고 완벽하고 다른 어떤 것으로도 대치할 수 없는 정답 말이야."

나는 그녀가 내민 종이 위에 무언가를 그린다.

"2, 3, 5에 이어지는 또 다른 수열이에요. 전 항에서 1, 2, 3, 4로 하나씩 더해지며 커지는 숫자들……."

그녀의 두 눈이 커진다. 그녀는 곧 그것이 문제가 아니라 답이라는 것을 알아차린다.

"하지만 너는 소수를 좋아했잖니?"

"나는 소수를 좋아하고 대칭도 좋아해요. 하지만 좋아하지 않는다고 답이 아닌 건 아니에요. 문제는 하나지만 답은 하나가 아니니까요."

나는 다시 펜으로 세 개의 도형 아래에 그린다.

8, 12, 17로 이어지는 수열과 8, 13, 21로 이어지는 수열. 거의 같은 두 개의 수열은 전혀 다른 규칙을 품고 있다. 그녀는 뒤통수를 맞은 사람처럼 멍해졌다.

"피보나치 수열……."

"전 항과 그 이전 항을 더한 숫자로 연결되는 무한수열이에요.

2/3=0.66666, 3/5=0.6, 5/8=0.625, 8/13=0.615384, 13/21=0.619047…… 전 항과 그 이전 항의 비율은 점점 황금비에 수렴해요."

1:1.618. 세상의 아름다운 것들에는 황금률이 숨어 있다. 솔방울의 나선 비늘 조각과 수많은 꽃잎의 배열, 앵무조개의 껍질과 다빈치의 그림들, 고전파 음악의 소나타 형식에도, 영애의 얼굴과 몸에도 수많은 황금률이 감춰져 있다. 그리고 난 그것들을 하나하나 찾아낼 수 있다. 안젤라는 내가 그린 도형들을 뚫어질 듯 바라본다. 나는 묻는다.

"모든 답을 다 알지 못하면 알고 있는 하나의 답은 참이라고 할 수 있나요?"

"글쎄다. 모든 답을 알지 못한다 해도 하나만이라도 알고 있다면 그 답은 참이 아닐까?"

"하지만 우리가 정답이라고 생각하는 하나의 답은 완전한 답이 아닐 수도 있겠죠?"

"그렇겠지. 모든 것을 알지 못하는 건 아무것도 모르는 것과 같을 수도 있겠지. 일부만 안다는 것은 하나도 모르는 것보다 위험할지 모르고."

그녀가 자신에게 말하듯이 심사숙고해서 말한다. 그러더니 무슨 말인가 덧붙이려 하다가 입을 다물고 깊은 숨을 내쉰다. 그것은 아마도 이런 말이 아니었을까?

"내가 너에 대해 아는 것처럼……."

나는 그녀가 나에 대해 안다고 생각하기를 원하지 않는다. 나는 바보이자, 아스퍼거 증후군 환자지만 아무도 나를 제대로 알 수는 없기 때문이다. 어쩌면 나 자신조차도.

그녀가 계산기를 보며 말한다.

"10년도 더 된 계산기구나. 좀 더 크고 멋진 게 필요하지 않니?"

"10년도 더 됐지만 이 계산기는 마법을 부릴 수 있어요."

그녀는 진료 파일로 가슴을 가린 채 웃는다.

"명료하고 정확한 수학의 세계에 마법 같은 건 없어."

"아니에요. 수학은 마법이에요. 그리고 이 계산기는 마법을 부릴 수 있어요. 이 계산기는 당신이 지금 어떤 날짜를 생각하는지 알고 있거든요."

그녀는 설마 하는 표정이다. 다른 사람이 내 물건에 손을 대는 것이 싫지만 나는 그녀에게 계산기를 내민다.

"당신이 생각한 연도에 75를 곱해보세요."

그녀는 내 눈치를 보며 계산기의 버튼을 꾹꾹 누른다.

"그 답에 생각한 달의 숫자를 더하세요."

그녀는 신기한 표정으로 다시 버튼을 누른다.

"그 답에 200을 곱하세요."

"그 답에 생각한 날을 더하세요."

"그 답에 2를 곱하세요."

그녀는 부지런히 나의 말대로 한다.

"그 답의 맨 마지막 두 자리를 2로 나누세요."

그녀는 약간 놀란 표정으로 대답한다.

"11."

"그 답의 천 단위와 백 단위를 4로 나누세요."

그녀는 더욱 놀란 표정으로 대답한다.

"9."

"그리고 남은 단위 이상의 숫자를 3으로 나누세요."

그녀는 아주 놀란 표정으로 말한다.

"2001."

"당신이 생각한 날짜는 2001년 9월 11일이에요."

그녀는 놀라움과 슬픔이 뒤섞인 묘한 표정을 짓는다.

"두 개의 빌딩이 무너지던 날이었지. 내 남편의 사무실은 오른쪽 빌딩의 87층에 있었어."

"내가 있었으면 죽음을 배달해주었을 텐데……."

"그건 중요한 일이 아냐. 네가 상하이에서 마약자금을 세탁했다는 인터폴의 전문 내용에 비하면 말이야."

"미국인들은 돈을 세탁해서 쓰나요?"

그녀는 조용히 미소를 짓는다. 나는 더러운 돈도 깨끗하게 빨아서 쓰면 착한 돈이 될 거라고 믿어본다. 그녀가 말한다.

"넌 상하이에서 무슨 일이 있었는지를 먼저 얘기해야 해. 그래야 죄를 씻고 깨끗해질 수 있어."

　나는 이야기를 계속한다. 상하이에서 무슨 일이 있었는지. 나에게 씌워진 더러움을 씻기 위해, 뒤틀린 진실을 바로잡기 위해.

60481729, 헤어진 연인들의 수

상하이는 놀이공원 같았고 거리는 회전목마처럼 어지러웠다. 붉고 푸른 신호등은 일정한 패턴을 지닌 기호였다. 가시오! 멈추시오! 사람들의 발걸음은 슬로비디오 같은 공화국 사람들에 비해 눈에 띄게 빨랐다. 거리는 물 대신 사람들이 흐르는 강이었고 나는 사람들의 물결 속을 떠다녔다. 두만강의 검고 번들거리는 등에 올라탔을 때처럼. 이 울긋불긋하고, 시끌시끌한 강물은 나를 어디로 데려갈까?

강변에서 멀지 않은 고급 주택가의 3층 저택 앞에 도착한 날치와 나는 애써 숨을 고르고 하얀 저택을 올려보았다. 검은 양복에 선글라스를 낀 남자들이 창살문 안으로 우리를 데리고 들어갔다. 향나무와 진귀한 과일나무들이 잘 가꾸어진 잔디 정원에 스프링

클러가 칙칙 소리를 내며 물보라를 뿜었다. 우리는 빛나는 물방울들과 두 그루의 향나무 사이를 지나 대리석 현관으로 들어섰다.

응접실에는 청량한 계피향기가 났다. 두 명의 건장한 경호원들이 입구와 창가에 서 있었다. 가운데 놓인 테이블 앞에 사십대의 남자가 금테 안경 너머로 서류더미를 살피며 전자계산기를 두드리고 있었다. 나는 꽃에 끌리는 꿀벌처럼 테이블로 다가섰다. 머리에 반질거리는 기름을 바른 남자는 장부와 전자계산기를 번갈아 살피며 골똘히 장부 정리를 하느라 내가 다가가는 것도 알아차리지 못했다. 나는 그의 어깨 너머로 장부를 들여다보며 말했다.

"3만2천8백97이에요."

남자가 번쩍 고개를 들어 나를 힐끗 보더니 덩치 큰 경호원에게 눈짓을 했다. 경호원이 나의 팔뚝을 움켜쥐고 테이블에서 떼어놓았다. 남자는 다시 계산기와 장부의 숫자에 빠져들었다. 한참 후 계산을 끝낸 남자는 굳은 표정으로 나를 돌아보았다.

"너, 조금 전에 뭐라고 했지?"

"3만2천8백97이요. 장부의 오른쪽 페이지 끝의 숫자들을 모두 합한 수예요."

남자는 자신이 열심히 두드린 전자계산기를 들여다보았다. 계산기의 숫자 창에는 이런 숫자가 깜빡이고 있었다.

32,897.

"네가 그걸 어떻게 알았지?"

"계산기 숫자 창에 나타나는 숫자를 보면 장부의 어떤 숫자를 어떻게 더하고 빼는지 알 수 있어요."

"그래서 계산기보다 빨리 암산을 했다는 거냐?"

남자는 금테 안경 너머 나를 의심스런 눈으로 바라보았다. 그때 햇살이 비쳐드는 창가에서 굵고 낮은 음성이 들려왔다.

"황회계사! 계산은 아직인가?"

"아닙니다. 끝났습니다."

"아이들이 왔으면 이쪽으로 보내! 거기서 꾸물대지 말고."

"지금 가고 있습니다. 회장님!"

화들짝 놀란 남자는 바쁘게 장부를 챙겨 검은 가죽가방에 구겨 넣으며 말을 더듬었다. 우리는 그를 따라 응접실을 가로질러 창가로 갔다. 쉰 살을 넘긴 듯한 남자가 창가에 매달린 새장 속 앵무새에게 먹이를 주고 있었다. 숱 많은 머리카락은 희끗희끗했고 몸집은 커다란 곰처럼 우람했고 거무튀튀한 피부는 비어진 살 때문에 팽팽했다. 좁은 이마에는 굵은 주름이 자리 잡았고 살에 묻힌 코는 낮아 보였고 입술은 번들거렸다.

새들에게 빠져 있던 그는 한참 후에야 우리를 돌아보았다. 날치는 접힌 목살 사이에 고인 땀을 닦으며 가방을 내려놓았다. 대기하던 사내들이 가방을 열고 물건들을 꺼낸 후 가방 바닥을 뜯어내더니 하얀 비닐봉지를 집어냈다. 사내들 중 하나가 하얀 가루를 손가락으로 찍어 맛보더니 고개를 끄덕였다.

"이곳까지 오느라 수고들 했어. 심부름이 끝났으니 푹 쉬었다가 돌아가."

돌아서려는 남자 앞에 날치는 털썩 무릎을 꿇었다. 그리고 나의 소맷자락을 끌어 앉혔다. 날치의 등에 땀에 젖은 얇은 셔츠가 달라붙었다. 날치가 말했다.

"우리는 이곳에 쉬려고 온 게 아니고 돌아갈 데도 없습니다."

"왔던 곳으로 가면 될 것 아닌가?"

"연길에는 우리를 쫓는 공화국 보위부원들이 깔렸습니다."

"심부름꾼이 아니라 도망꾼들이었군."

"도망꾼이지만 시켜만 주시면 무엇이든 하겠습니다. 우리를 돌려보내지 마십시오."

새장 속에서 앵무새가 꼬르륵거리며 울어댔다. 남자는 새장으로 다가가 앵무새의 노란 깃털을 쓰다듬었다.

"내키지 않지만 품안에 날아온 새를 다시 날려 보낼 순 없겠지."

남자는 중얼거리더니 선글라스 낀 사내에게 눈짓을 했다. 날치가 대리석 바닥에 머리를 조아렸다. 나도 날치를 따라 머리를 숙였다. 얼음처럼 차가운 대리석 바닥의 느낌이 좋아 한참 머리를 떼지 않았다. 선글라스 낀 사내가 다가와 셔츠 자락을 잡아끌었다.

남자에겐 이름이 없거나 이름을 아는 사람이 없었다. 하지만 부르는 데는 불편이 없었다. 사람들은 그를 쿤룬이라 불렀다. 길이

2천5백 킬로미터의 거대한 산맥. 5천 미터가 넘는 봉우리들, 동물과 식물이 서식하기 힘든 극도로 건조한 기후와 혹한. 그러나 쿤룬에서 발원하는 황허와 양쯔강은 중국을 가로질러 흐른다.

쿤룬 어른은 산맥과 같았다. 드러누운 거대한 몸집은 산맥처럼 무거웠고 소리를 지르면 눈사태처럼 쩌렁쩌렁 울렸다. 산처럼 천천히 움직였지만 산정의 날씨처럼 종잡을 수 없었다. 맑은가 하면 비가 내리고 햇살이 비치나 싶으면 눈보라였다. 사람들은 그의 곁에 서식하지 못했고 그는 늘 혼자였다.

하지만 나와 날치는 그의 곁에 서식했다. 물과 공기만 있다면 우리가 서식하지 못할 환경이란 없다. 저택 뒤편의 허름한 숙소에 서식하는 우리는 집안의 잡역부였다. 새벽 장보기부터 담장 수리, 정원의 돌길을 까는 일, 나무를 심고 옮기는 일, 정화조를 청소하는 일...... 일은 끝이 없었고 상전은 셀 수도 없이 많았다. 두 명의 정원사와 네 명의 조리사, 네 명의 가정부, 세 명의 운전사, 일곱 명의 경호원이 명령과 지시를 계속 했지만 날치는 그 집에 머무는 것만으로도 감사했다. 그는 꿈꾸는 눈으로 말했다.

"이 도시엔 중국 각지의 수백, 수천만 농민공들이 있어. 그들은 도시의 가장 더럽고 낮고 어두운 구석에 벌레처럼 구멍을 파고 살지."

"우리처럼?"

"쿤룬 어른도 우리 나이 때는 짐승처럼 살았어. 그러니 우리도 쿤룬 어른의 나이가 되면 위대한 자본가가 될 수 있을 거야."

양쯔강과 황허강을 거느린 산맥처럼 거대한 자본가 쿤룬 어른의 고향은 티벳 고원 어디쯤이라고 했다. 맨손으로 고향을 떠난 그는 미얀마와 태국 국경지대를 떠돌며 칙칙한 삶을 황금빛으로 바꾸었다. 그는 붉은 꽃을 재배하고 하얀 알갱이들을 만들고 팔아넘겼다. 국경 깊은 오지에서 휘황한 도시의 밤거리로 그는 은밀한 환락을 흘려보냈다. C10H15N. 분자량 149.24. 암페타민의 아미노기 수소 한 개가 메틸기로 치환된 메타암페타민. 필로폰이었다.

서른이 되었을 때 오지를 떠난 그는 광야를 벗어나 예루살렘으로 입성하는 예수처럼 상하이로 왔다. 마약은 그에게 엄청난 자본을 가져다주었고 그는 자본의 성도에 부의 성채를 쌓아 올렸다. 변호사가 법으로 돈을 벌고, 의사들이 기술로 돈을 벌듯이, 그리고 교사들이 지식으로 돈을 벌듯이 그는 마약으로 건물을 사고, 사람을 사들였다. 경호원, 정원사, 가정부에서 변호사, 회계사, 공안, 정치가, 경제인, 검사……

마흔 살 되던 해에는 마약범으로 구속되었지만 대규모 변호인단을 앞세우고 법관을 매수해 보석으로 철창을 빠져나왔다. 그리고 자신을 구속시킨 공안 검사까지 구워삶아버렸다. 상하이는 그의 영지나 다름없었다. 그룹 회계사 황태민은 쿤룬 어른의 충성스런 기사였다. 그는 쿤룬 어른의 살림꾼이었고 아첨꾼이기도 했다. 그는 거머리처럼 쿤룬 어른의 목덜미에 붙어서 피를 빨아먹었다.

날치는 쿤룬 어른처럼 되고 싶어 했다. 더 이상 잡역부로 살 수는 없다고 했다. 잡역부가 아닌 무언가가 되려면 피나는 노력을 해야 했다. 날치는 부푼 살집을 단단한 근육으로 채워나갔다. 쿤룬 어른의 경호반장은 돼지의 몸집을 가진 살쾡이를 눈여겨보았다.

어느 날 날치가 정원에서 돌길을 깔고 있을 때 저택 앞에 급정거한 검은 승용차에서 두 명의 괴한이 뛰어내렸다. 정문 경비원 두 명이 다급하게 괴한들을 쫓았다. 날치는 반사적으로 몸을 움직여 현관으로 다가서는 괴한들에게 달려들었다. 하지만 쿤룬 어른을 노리고 저택을 침입한 대담한 사내들을 당할 수는 없었다. 날치는 두꺼운 살로 괴한이 내지른 주먹을 그대로 받아냈다. 열 대를 맞아도 한 대를 때릴 수 있다면 승산이 있었다. 마침내 날치의 묵직한 주먹이 괴한들의 턱에 꽂혔다. 날치는 땀과 코피와 침이 범벅이 된 채 헐떡거렸다. 경호원들이 달려와 뻗어버린 괴한들을 제압했다. 등 뒤에서 박수 소리가 들렸다. 날치는 활짝 웃으며 박수를 치는 경호반장을 바라보았다.

"내 눈이 틀리지 않았군. 코끼리 같은 맷집에다 표범 같은 스피드와 악어의 힘을 동시에 가졌어. 잡역부로 썩기엔 아까운 재주야."

날치는 곧 경호반에 배치되었다. 그는 더 이상 잡역부가 아니었다. 상하이로 올 때 메고 온 배낭을 챙겨 2층 직원 합숙실로 떠나는 날치는 기쁘다기보다는 걱정스런 표정이었다. 경호원이 된 날치는 흙투성이 작업복 대신 검은 양복을 입고 검은 선글라스를 썼다. 선글라스를 쓴 날치는 낯설었다. 날치는 경호반장에게 나를 직원 합숙실에서 지내게 해달라고 부탁했다. 하지만 경호원들과 정원사, 요리사 같은 기능직 직원들의 숙소에 나와 같은 허드렛일꾼의 자리는 없었다. 날치는 두툼한 입술에 쥐가 나도록 나에 대해 설명했다.

"길모는 허드레 잡부가 아니라 수학 천재예요. 걸어다니는 전자계산기죠."

"계산기가 걸어다닌다고?"

"길모는 제가 주먹을 쓰는 것보다 빠르고 정확하게 숫자를 다뤄요. 그 아이는 숫자로 사람을 움직일 수도 있어요."

반장의 두 눈이 반짝였다. 쿤룬 어른에게 보고할 흥미로운 사항이 생겼기 때문이다.

다음 날 나는 쿤룬 어른의 응접실로 불려갔다. 두 번째 들어온 어른의 방은 낯설지 않았다. 가구는 꼭 필요한 것만 있었고 탁자는 방 한가운데 있어 사방이 균형을 이루었다. 양쪽으로 커튼이 젖혀진 창밖으로 두 그루의 향나무가 대칭형으로 마주보고 서 있었다. 균형잡힌 대칭을 마주한 나는 기분이 좋아졌다.

쿤룬 어른은 커다란 괘종시계의 유리를 열어 태엽을 먹였다. 검은 구멍에 태엽감개를 꽂고 힘을 주자 금속성의 경쾌한 소리가 났다. 문자판에는 1에서 12까지의 숫자가 원탁처럼 사이좋게 둘러앉아 있고 두 개의 바늘이 그 위를 돌아갔다. 긴바늘은 한 시간에 한 바퀴씩, 짧은바늘은 열두 시간에 한 바퀴씩. 나의 언어에 의하면 6시 30분은 공손한 하인이다. 두 개의 시곗바늘이 양손을 공손히 모으고 있기 때문이다. 10시 10분은 금요일 오후다. 시침과 분침이 나란히 양팔을 벌리고 즐겁게 만세를 부르기 때문이다. 힘겨운 일과가 시작되는 오전 9시 15분은 십자가 위의 예수 그리스도다.

나는 문자판 뒤의 복잡한 세계를 생각했다. 소용돌이를 이룬 태엽과 맞물리며 돌아가는 톱니바퀴들. 팽팽하게 감긴 태엽들…… 단진자의 진동주기는 태엽의 탄성에너지를 통제한다. 한 번 왔다가는 데 1초. 끊임없는 단진자운동이 시침과 분침을 움직이는 탈진기를 구동시킨다. 단진자 주기 T는 $2\pi\sqrt{\frac{l}{g}}$(g: 중력가속도/l: 높이)다.

태엽을 다 감은 쿤룬 어른은 황금빛 시계추를 부드럽게 흔들고 유리 덮개를 닫았다. 똑딱똑딱. 규칙적인 소리를 내며 시계추가 흔들렸다. 쿤룬 어른의 커다란 몸집이 산맥처럼 햇살을 가렸다. 희끗희끗한 머리카락은 설산 정상의 얼어붙은 만년설 같았다.

"네가 걸어다니는 계산기라고?"

나는 걸어다니는 계산기가 아니라 수를 좋아하고 계산을 즐긴다고 대답하고 싶었지만 반장이 냉큼 그렇다고 대답해버렸다. 쿤룬 어른은 흥미로운 눈빛으로 나를 뜯어보더니 혼잣말처럼 말했다.

"나이가 들면 젊었을 때보다 시간이 빨리 가지. 쉰을 넘기면 눈앞에 시간이 휙휙 지나가는 것이 보일 정도야."

어른의 말은 나의 머릿속을 쐐기처럼 쪼갰다. 시간의 상대성은 내가 가장 좋아하는 주제였기 때문이다.

"그건 시간지연 현상이에요. 달리는 기차 안에서 공을 던지면 공의 속도는 기차 속도＋공의 속도예요. 그럼 공의 속도가 일정할 때 정지한 기차 안의 공의 속도는 어떻게 될까요?"

나는 탁자 위의 종이에 그림을 그렸다. 어른과 황회계사와 반장과 날치는 두 눈을 끔뻑였다.

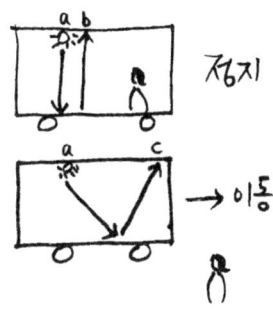

"아인슈타인은 상대성 이론으로 시간지연 현상을 설명했어요. a에서 b로 이동하는 빛은 기차 안에서 보면 수직이지만 기차 밖에서 보면 기차의 진행 방향으로 비스듬히 움직여요. 상대성이론의 전제는 빛의 속도가 언제나 일정하다는 광속 불변의 원리와 빛이 1초에 30만 킬로미터를 가는 것이 아니라 빛이 30만 킬로미터를 가면 1초라는 상대성원리예요. 시간＝거리/속도인데 속도가 일정하면 시간은 거리와 비례해서 작아지죠. 거리 ab를 100으로 생각하고 거리 ac를 110이라 한다면 기차 안에서는 100의 시간, 밖에서는 110의 시간이 흘러요. 움직이는 공간과 정지한 공간의 시간 흐름이 달라지고 어긋나는 거예요. 그러니까 우리가 사는 3차원의 시간과 공간은 하나로 엉긴 4차원의 시공간이에요."

네 남자는 내 말을 이해하기는커녕 더욱 혼란스러워했다. 방 안을 잔뜩 어질러놓은 아들을 내려다보는 엄마의 표정이었다. 황회계사는 벌레를 씹은 표정으로 물었다.

"그것이 나이를 먹으면 시간이 빨리 간다는 어른의 말씀과 무슨 상관이지?"

나의 머리가 생각하기도 전에 나의 입이 말을 시작했다.

"나이와 시간의 관계도 수학적으로 설명할 수 있어요. 우리의 하루는 우리가 경험한 날들 분의 1이죠. 태어난 지 열흘이 지난 아이의 하루는 1/10이고 한 살짜리 아이의 하루는 1/365예요. 열 살짜리 소년의 하루는 1/3,650이고 스무 살 된 청년의 하루는 1/7,300이에요. 쉰 살 된 어른의 하루는 1/18,250이죠. 하루의 값이 나이와 반비례해서 줄어드는 게 나이에 따른 시간의 상대성이죠." 쿤룬 어른이 껄껄대며 웃었다.

"걸어다니는 계산기가 맞군. 곁에 두고 쓰기에 적당하겠어." 나는 신이 났다.

"걸어다니는 계산기는 아니지만 곁에 두고 쓰기엔 적당할 거예요. 그리고 쿤룬 어른은 마음씨가 좋아요."

"그런 말은 처음 듣는구나. 다들 나를 무서워하고 내 곁에 오기

를 싫어하는데…….″

"어른은 누구에게나 먹을 것을 주시니까 마음씨가 좋은 거죠. 전 어른을 두 번 만났는데 첫날에는 앵무새에게 먹이를 주셨고 오늘은 시계에 밥을 주셨거든요."

"그래. 그럼 집안 살림 장부 일을 돕도록 해. 그러면 황회계사는 회사 일에 전념할 수 있을 테니까."

어른은 호탕하게 웃었다. 뜰에서 가지치기를 하던 정원사가 웃음소리에 놀라 이쪽을 바라보았다. 황회계사는 썩은 생선을 씹은 것처럼 입맛을 다셨다.

직원 숙실은 지하의 잡역부 숙소보다 밝고, 넓고, 깨끗했다. 곰팡이 냄새와 녹 냄새는 나지 않았다. 두 개의 침대와 두 개의 작은 책상, 두 개의 탁자와 두 개의 등, 두 개의 액자. 날치와 함께 쓸 2인실은 가운데에 보이지 않는 거울이 있는 것처럼 완전히 대칭이었다.

내 일은 집안의 여러 잡일과 장부 정리, 쿤룬 어른의 바둑 상대가 되어드리는 세 가지였지만 곧 사정이 달라졌다. 새벽시장에서 어른이 좋아하는 과일을 사는 일, 조리사를 한 명 줄이는 대신 정원 면적과 나무에 비해 적은 정원사를 구해야 한다고 말씀드리는 일, 거실에 컴퓨터를 설치하고 가르쳐드리는 일, 불이 나간 전구를 가는 일, 새는 수도꼭지를 고치는 일…… 나는 조리사이자 청소부이자 잡역부이자 배관공이자, 전기기술자이자 어른의 말벗이었다.

매일 새벽 6시면 배달된 네 가지 신문과 두 가지 경제지를 정리했다. 어른이 아침식사를 하는 동안 상하이, 북경 신문은 물론 홍콩 영자 신문과 〈월스트리트 저널〉의 헤드라인을 읽어나갔다. 어른은 필요한 기사가 있으면 읽으라고 했다. 주로 정치 기사와 대형 범죄기사, 그리고 마카오와 홍콩 현지 경제 기사였다. 한 달 후부터는 남한 신문도 배달되어 중국어, 영어, 한국어 등 세 언어의 신문을 읽었다. 신문 읽기가 끝나면 앵무새 새장을 청소하고 물을 갈고 집안 청소를 했다. 점심시간에는 욕실 청소를 하고 오후 4시부터는 어른의 바둑 상대가 되어드렸다. 어른은 바둑에서 이기는 것보다 내게 바둑 가르치는 일이 더 재미있는 것 같았다.

"가르친다는 건 누군가의 인생을 변화시키는 거지. 단순히 변화시키는 것이 아니라 더 나은 쪽으로 말이다."

바둑을 배운 지 보름이 지나자 나는 열세 살 때부터 바둑을 두어왔다는 어른을 어렵지 않게 이겼다. 어른은 껄껄 웃었다.

"난 평생 바둑을 두었지만 가르친 지 보름밖에 되지 않은 너에게 졌어. 그건 지금의 내가 과거의 나를 이긴 것과 같지."

나는 알 수 없었다. 사람들이 왜 끊임없이 자기 자신과 싸우는지. 왜 어제보다 오늘이, 과거보다 현재가 나아야 한다고 생각하는지. 사람들은 더 빠르고, 더 강하고, 더 많아지기 위해 달린다. 하지만 더 빠르고 강하고 많은 값이 마이너스 값이라면? -1은 -10보다 크고 -10은 -100보다 크다. 더 커지고 많아지려 할수록 우리는 더 작아지고 약해지는지도 모른다. 나는 더 나아지고 싶지도 더 강해지고 싶지도 않다. 나는 나 자신이고 싶을 뿐이다. 어제의 나, 바보였던 나, 영애를 잊지 못하는 나.

 직원들은 매주 일요일 교대로 일을 쉬었다. 날치와 나는 늦은 잠에서 깨어 상하이 역으로 가 짐 보통이를 들고 열차에서 내리는 지친 여인들을 지켜보았다. 저녁이 되면 황금빛 노을로 물든 황푸 강을 따라 걸었다. 거리의 여인들과, 하얀 이를 드러내고 웃는 광고판 속 여자 모델들. 우리는 어둠이 내린 좁은 골목을 지났다. 빨간 전구가 켜진 유리문, 짧은 치파오를 입은 여인들, 짙은 화장을 한 여인들이 웃는 골목.
 날치는 건들대는 걸음으로 싱글싱글 웃었다. 어둠 속에서 여인들이 팔을 잡아끌었다. 나는 여자들의 손길을 뿌리치고 돌아서서 걸었다. 등 뒤에서 여자들이 욕을 했다. 그곳에 영애가 없다는 사실이 좋았다. 어둑한 골목에서 영애를 찾아 헤매면서도 그곳에서는 그녀를 만나지 않기를 바랐던 걸까? 날치는 언성을 높였다.
 "이 넓은 세상 어디에서 그 애를 찾을 거야?"
 다음 주 일요일 아침, 날치는 더 이상 나에게 휴일을 반납하려 하지 않았다. 나는 상하이 시내 구석구석의 도서관들을 찾아갔다. 높다란 서가 사이를 거닐며 듀이십진법으로 분류된 그녀의 흔적을 찾아 헤맸다. 내가 찾는 책은 호메로스의 『오디세이아』였다.

영애는 중국어를 잘 읽지 못하겠지만 『오디세이아』를 읽겠다고 약속했으니까. 나는 석 달 동안 34군데의 도서관을 헤맸다. 황푸 강가의 작은 도서관은 일련번호 35번이었다. 나는 뽀얀 먼지를 덮어쓴 『오디세이아』를 서가에서 꺼내 뒤표지를 펼치고 가장자리가 노랗게 절은 도서 대출카드를 뽑았다.

대출 명단은 '1998년 11월 21일, 강신주'로 시작되어 '2003년 6월 2일, 유명린'이라는 이름으로 끝났다. 만 5년 동안 열네 명이 대출했다 반납한 기록이었다. 2002년 이후 책을 빌린 사람은 다섯 명이었다. 이린, 장명, 유가위, 홍선성, 조가령.

귀퉁이가 노랗게 바랜 책갈피 속에 사랑하는 아내에게 돌아가기 위해 온갖 모험을 겪는 사나이의 이야기가 펼쳐졌다. 오디세우스가 드디어 이타카로 돌아와 아내를 만나는 페이지에 그녀의 흔적이 있었다. 정확히 말하면 그녀가 쓴 글씨의 흔적이.

7777^2.

네 개의 7자는 그녀가 언젠가 그 도서관을 찾았으며 그 책을 펼쳐보았다고 말하고 있었다. 1949년 카프리카라는 인도 수학자가 발견했다는 카프리카 수. 2년 전 교화소의 토끼장 앞에서 내가 그녀에게 말해주었던 신기한 수.

"인도 어느 지방의 철도 선로 옆에 3,025킬로미터라 쓰인 이정표가 있었어. 어느 날 그곳을 지나던 수학자 카프리카가 폭풍우에 넘어져 30과 25로 두 동강이 난 이정표를 보았어. '30+25=55······ 55^2=3025······' 절반으로 나누어 앞자리와 뒷자리를 더한 후 제곱하면 다시 원래의 수가 되는 카프리카 수였지. 나누고 쪼개어도 다시 더하고 제곱하면 원래대로 돌아오는 카프리카 수는 길모어로 '헤어진 것들은 다시 만난다'는 뜻이야. 벼락이 갈라놓은 숫자들도 다시 더해서 제곱하면 원래대로 돌아가니까."

그 이야기를 듣던 영애가 어떤 표정을 지었던가? 나는 곰곰이 카프리카 수들을 떠올려 하나하나 나누었다가 다시 원래대로 만들었다. 헤어진 그녀와 내가 다시 만나기나 할 것처럼.

81 ········ 8+1=9, 9^2=81

9801 ······ 98+01=99, 99^2=9801

2025 ······ 20+25=45, 45^2=2025

3025 ······ 30+25=55, 55^2=3025

998001 ··· 998+001=999, 999^2=998001

나는 그녀가 써놓은 7777의 오른쪽에다 6048과 1729라는 숫자를 써나갔다. 등식은 성립되었고 나는 행복했다.

60481729 ··· 6048+1729=7777, 7777^2=60481729

어느샌가 책상 맞은편에서 영애가 나를 빤히 바라보았다. 나는 영애에게 설명했다.

"7777은 여덟 자리 카프리카 수 60481729를 감추고 있어. 6048과 1729가 서로 헤어져 오래 못 만나도 다시 원래대로 돌아가게 해주지. 20년의 방황을 끝내고 돌아온 오디세우스가 페넬로페를 다시 만나듯이……."

영애는 우리의 언어를 기억했고 그 언어로 메시지를 남겼다. 7777은 주술의 힘을 가진 숫자였다. '헤어진 사람들은 다시 만나게 된다'는 믿음, '끊어진 것은 이어지고 상처 입은 자는 다시 회복된다'는 위안.

나는 대출대로 달려가 사서에게 대출카드를 내보이며 유가위와 조가령의 연락처를 물었다. 사서는 규정에 어긋나는 일이라 가르쳐 줄 수 없다고 말했다. 규정에 어긋나는 일을 참지 못하는 나는 서가에 책을 도로 꽂고 도서관을 나왔다. 그녀가 이 도시에서 『오디세이아』를 읽었으며 여전히 우리 둘만의 언어를 간직하고 있다고 생각하자 아릿한 그녀의 머리카락 냄새와 그녀의 입에서 나던 시든 꽃 냄새가 났다. 바로 내 옆에 그녀가 서 있기나 한 것처럼. 나는 해가 지는 황푸강의 강변을 걸어 저택으로 돌아왔다. 어른이 물었다.

"뭐 좋은 일 있냐?"

나는 대답하지 않고 나의 방으로 향했다.

그녀의 이마는 낮달처럼 희다

어른의 반지하 차고에는 배기량 3,000cc급 자동차가 세 대나 있다. 독일산 메르세데스 벤츠와 일본산 도요타 렉서스와 한국산 현대 에쿠스였다. 세 명의 기사들은 언제나 차고 옆에서 마작놀음을 하며 대기했지만 어른은 걸어서 외출하기를 좋아했다.

나는 쿤룬 어른의 꽁무니를 따라 7월의 빛 속을 걸었다. 햇살은 보도블록을 지글지글 녹일 듯했고 뜨거운 공기가 바지 자락으로 들어왔다. 거리엔 메르세데스 벤츠와 롤스로이스, 버스들, 택시들, 자전거가 나란히 달렸다. 나의 시선은 낚싯바늘에 꽂힌 숭어처럼 거리를 질주하는 자동차들의 번호판에 끌렸다.

중국에서는 숫자들에도 몸값이 있다. 한 달에 한 번 있는 번호판 경매에서 좋은 번호는 수만 위안을 줘야 한다. 88888 번호판은 상상할 수 없을 만큼 비싸다. 중국어로 8(八, ba)은 '재물을 번다'라는 "파차이(發財, facai)"의 'fa'와 비슷하기 때문이다. 많음을 뜻하는 9, 기쁠 희喜 자와 발음이 비슷한 7도 웃돈이 붙는다. 반면 죽을 사死 자와 발음이 비슷한 4는 싸다. 어른의 번호판 숫자는 98889, 89798, 77977이다. 완벽한 대칭을 이룬 어른의 번호판을 볼 때마다 나는 행복했다.

"어른은 차가 세 대씩이나 있으니 부자×3이겠네요."

"난 내가 얼마나 엄청난 부자인지 몰라. 내 자동차 번호판들이 내가 얼마나 부자인지 말해주지. 자본주의는 편리한 거야. 돈이면 무엇이든 해결되거든."

상하이에서 모든 존재는 숫자로 표시되고 숫자는 그 존재가 누구인지, 어디에서 왔는지를 말해주는 암호다. 거리의 표지판과 자동차 번호판, 건물의 층수와 주소, 간판의 숫자들…… 나는 숫자들을 더하고 빼고 곱하고 나누고 루트를 씌우며 레고블록처럼 가지고 놀았다. 간판 숫자와 거리번호와 건물 층수를 세어 거리의 이름을 붙였다. 3층짜리 건물 옆에 공터가 있고 1층짜리 건물과 4층짜리 건물이 이어진 거리의 이름은 π의 거리다. 11층, 13층, 11층, 17층, 17층, 19층 빌딩이 이어진 번화가는 소수의 거리다.

어른은 시내 백화점의 최고급 양복과 구두부터 허름한 시장통의 바퀴벌레 잡는 끈끈이까지 사들였다. 나는 계산대에다 돈을 치르고 어른은 바지 주머니에 영수증을 챙겼다. 시간이 지날수록 늘어난 쇼핑백과 비닐봉지 때문에 나는 등짐을 가득 실은 나귀처럼 늘어졌다.

"시원한 것 한잔 마실 테냐?"

성큼성큼 나아가던 쿤룬 어른이 말했다.

"코카콜라요."

어른이 굵은 손가락으로 이슬이 맺힌 콜라 캔 뚜껑을 젖혔다. 치익 가스 빠지는 소리가 나고 혀뿌리가 찌르르했다. 코카콜라를 마시면 완벽한 자본주의자가 된 것 같다. 나는 재하를 생각했다. 코카콜라의 맛을 얘기해줄 재하는 없었다.

집으로 돌아오면 물건들을 정리했다. 식재료들은 냉장고에 넣고, 새로 산 전지가위는 창고에 두고, 종묘상에서 산 꽃씨를 심고 물을 주고 새 고무패킹으로 고장난 수도꼭지를 갈았다. 그사이에 어른은 영수증을 펼치고 커다란 전자계산기 버튼을 꾹꾹 눌러 장부를 작성했다.

"계산이 틀린 곳이 없는지, 빠뜨린 건 없는지 살펴보아라."

나는 꼬물거리는 숫자들을 눈으로 집어먹었다. 5는 고소하고 8은 따끈따끈하고 3은 말린 버섯의 향기가 났다. 9는 오래 삭힌 발효 음식의 고릿한 냄새가 났고 7은 바삭바삭한 소리를 내며 부서졌다. 나는 장부를 어른 앞으로 돌려놓으며 말했다.

"계산이 틀린 곳은 없지만 액수가 틀려요."

어른은 다시 목록과 숫자들을 꼼꼼히 살폈다. 나는 말을 이었다.

"영수증에는 판매가대로 찍혀 있지만 중절모는 20% 세일 중이었어요. 모자가 2,300위안이니까 20%를 할인하면 1,840위안이에요. 그리고 노점에서 드신 냉녹차 한 잔과 코카콜라 한 잔 영수증을 받지 않으셨어요. 냉녹차는 한 잔에 2위안이고 코카콜라는 한 병에 4위안이에요. 총액 4,850위안 중에서 460위안을 빼고 6위안을 더하면 총 4,396위안이에요."

나는 어른의 지갑에서 동전을 쏟고 지폐를 꺼내 세었다.

"지금 지갑에 1,787위안이 남았으니까 6,183위안을 갖고 나가셨어요."

다음 날부터 나는 시장에서 돌아오면 물건들과 함께 장부를 정리했다. 장부는 물건들의 목록과 가격이 아니라 내 노동의 이력이었고 숫자로 환산된 행복의 값이었다.

날치와 나는 매주 수요일과 금요일 어른의 특별 외출을 수행했다. 어른의 측근 경호를 맡은 날치는 운전사 옆자리에 앉았고 나는 뒷좌석의 어른 옆에 앉았다. 메르세데스 벤츠는 구베이 지역의 고급 주택가로 접어들었다. 깨끗한 거리의 하얀 차선을 바라보고 있자니 현기증이 났다. 파란 잔디밭에 매달린 그네를 타는 아이들의 웃음소리, 넓은 테니스장에서 테니스공이 튀는 경쾌한 소리, 베란다 아래에서 컹컹 짖는 털이 반짝이는 커다란 개들, 노란 스쿨버스에서 줄지어 내리는 아이들이 차창 밖으로 지나갔다.

메르세데스는 고색창연한 주택가의 맨션 진입로로 들어섰다. 대리석 정문 기둥에 '동방 맨해튼'이라는 글자가 선명했다. 감시 카메라가 번호판을 읽느라 깜빡이더니 곧 덜컹하는 소리를 내며 하얀 쇠창살문이 열렸다. 메르세데스 벤츠는 햇살에 반짝이는 관엽식물 화단이 이어진 진입로를 따라 들어가 화려한 빅토리아식 4층 건물 앞에 멈추어 섰다. 세 개의 현관 양쪽에 넓은 테라스가 보였다. $6 \times 4 = 24$. 스물네 가구가 사는 고급 맨션이었다.

차에서 내린 날치가 뒷문을 열었다. 어른은 구겨진 옷자락을 매만지며 날치를 따라 오른쪽 현관으로 들어갔다. 운전사가 나비넥타이를 풀며 등받이를 젖히고 벌렁 누웠다.

"이제 어른이 나오실 때까지는 잠을 자든, 뭘 하든 자유야. 넌 아무 짓도 말고 기다려."

 나는 아무 짓도 하지 않는 일을 하며 메르세데스 뒷자리에 앉아 있었다. 요란한 매미 소리에 귀를 기울이지도, 부서지는 햇살에 눈을 찡그리지도 않았다. 4층 발코니의 붉은 장미를 바라보지도 않았다. 운전사는 차창 밖으로 고개를 내밀어 4층을 올려다보았다.

"저 집이 얼마짜린지 알아? 어른 심부름으로 들어가본 적이 있는데 얼핏 봐도 황제의 별궁 같더군. 바닥엔 번들거리는 검은 대리석이 깔려 있고 벽은 갈색 대리석이었어. 우리 같은 인간들은 평생 벌어도 저런 집에 살지 못할 거야."

 나는 테라스 난간에 빨간 찔레꽃 덤불이 늘어진 503호를 올려다보았다.

"저 집엔 엄청난 부자가 살겠네요?"

"꼭 부자들만 좋은 집에 사는 건 아냐. 무지하게 예뻐도 저런 집에 살 수 있지. 돈 많고 나이 든 남자와 돈 없는 젊은 여자는 주고받을 것이 많으니까."

"무엇을 주고받는데요?"

 운전사는 고개를 가로저으며 입을 삐죽거렸다.

"돈과 세월이지. 늙은 남자는 돈으로 세월을 사고 젊은 여자는 젊음으로 돈을 버는 거야. 인류 역사상 가장 오래된 거래지."

나는 어떻게 돈으로 시간을 살 수 있는지 어떻게 젊음으로 돈을 벌 수 있는지 알 수 없었다. 운전사는 말했다.

"어른이 포동신구에서 가장 호화로운 이 맨션을 산 건 반년쯤 전이었어. 엄청난 가격에 놀랐지만 더 비싼 건 이 별궁을 차지할 새 마님이었지. 어른은 그녀를 위해 쇼핑을 했고, 집을 사고, 차를 사고, 사람을 붙였어. 세상 모든 것을 가진 쉰이 넘은 남자를 스물이 채 못 된 어린 계집애가 무너뜨려버린 거야. 그 계집애가 어떻게 했는지는 아무도 몰라. 그걸 안다면 모두 부자가 될 수 있을 텐데 말이야."

운전사가 말을 더 하려는 순간 날치가 어둑한 현관을 나왔다. 운전사는 자신이 너무 많은 말을 한 것을 깨닫고 단추를 잠그고 넥타이를 조였다. 날치가 주위를 살피며 앞장서고 어른이 뒤를 따랐다. 단단한 살집과 곱슬머리, 그리고 뒤뚱거리는 걸음걸이…… 두 사람은 커다란 어미 바다코끼리와 새끼 같았다.

"가지."

차는 엔진 소리도 없이 붉은 꽃이 핀 화단을 따라 완만한 내리막길을 미끄러져 내려갔다. 챙 넓은 밀짚모자를 쓴 정원사들이 허수아비처럼 지나갔다. 노을에 물든 저택 지붕 위에 나란히 앉은 새들은 척추뼈처럼 올록볼록했다. 그때 유리문을 열고 여자가 테라스로 달려 나왔다. 무릎까지 오는 흰 물방울무늬 원피스를 입고 구불구불한 머리카락을 어깨까지 늘어뜨린 그녀는 테라스 난간을 잡고 섰다. 바람에 머리카락이 날리며 낮달처럼 희고 동그란 이마가 드러났고 하늘색 원피스 자락이 돛처럼 부풀어 올랐다. 그녀는 하얀 이를 드러내며 길고 마른 팔을 흔들었다. 나는 나도 모르게 손을 흔들었다. 차가 맨션 정문으로 향하는 향나무 정원 모퉁이를 돈 후에도.

보름 후 새장의 물을 가는 내게 어른은 거무튀튀한 주철 열쇠를 내밀었다.

"장부들이 들어 있는 금고 열쇠다. 외출 경비 장부처럼 네가 장부를 맡아 써야겠다. 넌 걸어다니는 전자계산기 아니냐?"

나는 묵직한 열쇠를 만지작거리며 말했다.

"전 걸어다니는 전자계산기가 아니고 계산을 좋아하는 아이예요."

"넌 눈도 제대로 안 보이는 내가 매일 장부 쓰느라 전자계산기를 두들기는 게 딱하지도 않으냐? 난 널 먹여주고 입혀주니까 내가 시키는 대로 해!"

금고에는 일곱 권의 장부가 있었다. 내가 맡은 어른의 외출 경비 장부에다 식대, 잡비 장부, 고용인 월급 장부, 정원과 저택 보수 경비 장부, 차량 정비 관련 장부…… 어른은 집무실 입구에다 책상 하나를 놓아주었다. 태어나서 처음으로 가져본 내 책상. 어른은 위대한 수령 동지보다 위대했고 나는 경애하는 지도자 동지보다 더 어른을 경애하기로 했다. 그들이 나에게 주지 못한 것을 주었기 때문이다.

나는 책상 위에 쌓인 영수증과 계산서를 분류해 지출 경비와 수입금을 기록해 어른의 결재를 받았다. 보름이 지나자 매일 들고나는 돈의 액수를 예상할 수 있었다. 열두 명의 세입자들에게서 임대료가 들어오는 날, 전기요금과 수도요금 등 공과금을 내는 날, 조리사와 정원사와 경호원들의 월급날짜…… 한 달 후에는 지난 3년치 장부의 월별, 연별 수입 지출 추이와 증감률을 계산해 그래프로 그려 보고했다. 어른은 무거운 몸을 의자에 던지듯 앉으며 책상 위에 두툼한 장부 몇 권을 내려놓았다.

"목록은 보지 않아도 돼. 맨 끝에 있는 숫자 계산이 정확한지만 꼼꼼하게 살펴봐!"

그건 내가 원하는 바였다. 숫자를 돈의 액수나 어떤 가치의 단위가 아닌 숫자 그대로 보는 것. 두 시간 동안 다섯 권의 장부를 꼼꼼히 뒤졌다. 나의 머릿속과 입술과 펜을 든 손이 동시에 바쁘게 움직였다. 계산이 끝났을 땐 세 시간이 지났다. 나는 말했다.

"숫자를 잘못 쓰거나 계산이 틀린 곳은 없어요."

어른은 만족스럽게 고개를 끄덕였다.

"장부에 이상이 없다는 말이지?" 나는 대답했다.

"장부에 이상이 없단 말은 아니에요."

회색 송충이 같은 어른의 눈썹이 씰룩거렸다.

"계산이 틀리지 않았다면서 장부에 무슨 이상이 있다는 말이야?"

"너무 적은 1과 너무 많은 1 이외의 수들. 벤퍼드 법칙에 어긋나요."

어른이 숨을 쉬는 소리가 씩씩 났다. 뜨거운 바람이 얼굴에 닿았다. 나는 어른이 알아들을 수 있는 말로 벤퍼드 수의 비밀을 설명했다.

"도둑놈들은 흔적을 남겨요."

"지문이나 혈흔이나 족적 같은 것 말이지?"

"숫자는 지문보다 확실한 증거죠."

"숫자만 보고도 도둑놈을 잡는단 말이냐?"

어른은 장난스런 표정으로 내 말을 기다렸다. 나는 테이블 위에 놓인 〈환구시보〉와 〈월스트리트 저널〉과 한국판 〈조선일보〉를 집어 펼치고 말했다.

"이건 오늘 아침 신문들이에요. 세 신문에 실려 있는 숫자들 각각의 개수를 세어보세요."

나는 〈환구시보〉의 날짜를 가리켰다. 2003년 9월 25일. 〈월스트리트 저널〉 경제면 헤드라인은 '지난 1월 미 고용률 0.8% 증가'였고 〈조선일보〉 일기예보는 '서울 지역 강수량 25mm'였다.

"세어보지 않아도 뻔해. 신문에는 날짜, 인구수, 아파트 층수,

성장률이나 고용률 같은 숫자들이 무작위로 실려 있으니 1~9까지 각각의 숫자가 나올 확률은 대략 1/9 정도겠지."

못마땅한 어조로 대답한 어른은 한참 후에야 마지못해 신문들을 펼치고 숫자를 헤아렸다. 40분이 지나서야 어른은 피로해진 두 눈을 비비며 숫자들의 개수가 적힌 종이를 내밀었다.

1-30%, 2-18%, 3-12%, 4-10%, 5-8%, 6-7%, 7-6%, 8-5%, 9-4%

"1은 너무 많고 9는 너무 적군. 각각 다른 나라의 다른 신문에 실린 기사에서 어떻게 한결같은 결과가 나오지?"

"벤퍼드 법칙이에요. 1로 시작하는 숫자가 다른 숫자로 시작하는 수보다 압도적으로 많고 1과 2로 시작되는 숫자가 전체의 절반 정도예요. 숫자가 커질수록 나타나는 빈도는 낮아지고 9는 5% 미만이에요."

어른은 이해할 수 없다는 표정이었다. 나는 말을 이었다.

"벤퍼드는 제너럴일렉트릭사의 공학자였는데 1939년 인구 통계를 검토하다 1이 다른 숫자에 비해 훨씬 많다는 사실을 발견했어요. 뿐만 아니라 주가, 강의 길이, 타율, 방어율과 같은 스포츠 통계, 어떤 마을의 인구, 신문에 나오는 각종 숫자 등 일상생활의 거의 모든 통계에서 비슷한 현상을 발견했죠."

어른은 여전히 의구심을 떨치지 못했다. 당연했다. 어떤 현상이 법칙이 되려면 어떤 조건에서든 일정한 규칙을 가지고 반복적으로 발생해야 한다. 무작위 샘플에서 어떤 수가 나올 확률은 1/모든 경우의 수다. 그런데 벤퍼드 수는 수천 년 수학 법칙에서 완전히 벗어나 있었다. 나는 어떻게 벤퍼드 법칙이 성립하는지 설명했다.

"만약 어른의 생일날 제비뽑기로 경호원들 중 한 명에게 보너스를 준다고 해요. 다섯 명의 경호원이 돌아가며 모자 속에서 1, 2, 3, 4, 5가 적힌 다섯 장의 제비를 뽑게 하는 거예요. 1로 시작하는 복권이 나올 확률은 1/5, 즉 20%죠. 경호원의 수에 따라 제비가 늘면 1이 나올 확률은 점점 줄고 아홉 명일 때 확률은 1/9, 즉 11%가 되죠. 이번에는 집사부의 정원사와 조리사, 운전사까지 부르면 어떻게 될까요? 열 장이 되면 1로 시작될 확률은 1과 10, 두 장이니까 2/10, 즉 20%예요. 11, 12, 13, 14명으로 늘면 확률은 점점 올라가 19까지 늘어날 경우 확률은 11/19, 즉 58%로 치솟아요. 20명, 30명으로 올라갈수록 확률은 다시 떨어져 99번에 이르면 11/99, 즉 11%로 떨어져요. 100번 이상이 되면 다시 폭발적으로 늘어나 199번까지 넣을 경우 111/199, 즉 다시 59%를 넘죠."

나는 테이블 위의 종이에 그래프를 그렸다.

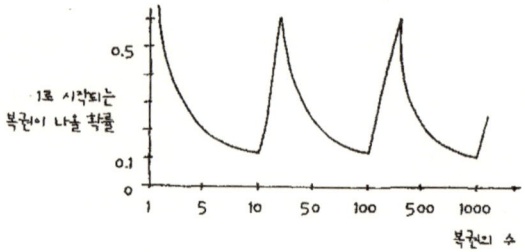

"Y축은 1로 시작하는 제비를 뽑을 확률이고 X축은 복권의 개수예요. 확률은 58%에서 11% 사이에서 왔다갔다하죠. 벤퍼드 법칙에 따르면 어떤 수의 첫 자리가 n이라는 숫자로 시작될 보편적 확률은 $\log(n+1)-\log n$이에요. n이 1이라면 $\log 2-\log 1=0.301$, 즉 30.1%가 나와요."

어른은 고개를 갸웃거리더니 골치 아프다는 듯 손사래를 쳤다.

"뭔 말인지 모르겠지만 그게 이 장부와 무슨 상관이 있지?"

"회계장부는 불특정 숫자의 무작위 샘플이에요. 1로 시작되는 수가 불균형적으로 많아야 하고 큰 숫자일수록 빈도수가 줄어야 해요. 그렇지 않다면 장부가 잘못되었다는 뜻이죠."

"잘못되다니 뭐가 잘못된다는 거지?"

"계산을 잘못했거나 장부를 인위적으로 조작했다는 증거예요."

나는 장부에서 센 숫자들의 개수를 기록한 분포표를 내밀었다. 어른은 고개를 가로저었다. 믿을 수 없다는 뜻일까? 명백한 현실을 애써 부정하려는 것일까?

"첫 번째, 두 번째, 세 번째 장부는 정도의 차이는 있지만 1의 빈도수가 줄고 5, 6의 빈도수가 늘었어요. 조작한 장부에선 첫 숫자로 '5'와 '6'이 빈번하게 나타나죠."

어른은 평온한 얼굴로 아무에게도 들키지 않게 이를 부드득 갈았다.

"쥐새끼 같은 회계사 놈이 3년 동안이나 날 감쪽같이 속였군."

어른은 문밖에서 대기하던 경호반장을 불러 낮은 귓속말을 주고받았다. 경호반장은 서둘러 방을 나갔다.

며칠 후, 매일 아침 출퇴근하던 황회계사가 보이지 않았다. 그의 얼굴을 다시 본 것은 일주일 후 〈환구시보〉의 사회면에서였다. 금테 안경을 끼고 커다란 이를 드러내고 웃는 황회계사의 증명사진과 함께 보닛 부분이 종잇조각처럼 구겨진 채 물에서 건져지는 벤츠 승용차의 사진이었다. 어른이 지그시 눈을 감은 채 물었다.

"뭐 특별한 기사 있나?"

나는 기사를 읽어내려 갔다.

회계법인 '골드만 코퍼레이션' 황태민 사장 교통사고로 급사

〈환구시보〉 2003년 10월 14일

상하이 지역의 중견 회계법인 골드만 코퍼레이션 황태민 사장이 지난 새벽 1시경 상하이 시내 인민대로에서 교통사고로 숨졌다. 목격자 증언에 의하면 직접 운전을 하고 있던 황사장은 중앙선을 넘어 마주오던 자동차를 피하려다 가드레일을 들이받고 황푸강에 추락한 것으로 밝혀졌다. 그동안 많은 기업의 회계자문을 맡아온 그의 갑작스런 죽음으로 상하이 기업계는 큰 손실을 입게 되었다. 골드만 코퍼레이션은 상하이 지역의 국내 기업뿐 아니라 해외 투자 기업 다수의 회계업무와 경영 자문을 해왔으며 몇 차례의 대형 인수합병을 성공시키면서 사세를 확장해왔다. 4년 전부터는 상하이 지역 신흥 부동산 회사인 쿤룬기업의 회계업무 일체를 대행하고 인도네시아 만다린 리조트 호텔 인수까지 성공시켰다. 고인의 장례식은 16일 아침 거행될 예정이다.

"재미있는 기사군."

어른은 단도처럼 쓴웃음을 던졌다. 사건이 일어나기 전부터 기사 한 줄 한 줄을 모두 알았던 것처럼. 〈월스트리트 저널〉을 펼치는 내게 어른이 말했다.

"집사부에 얘기해서 회계사 빈소에 화환 하나 보내! 그리고 회계사가 죽었으니 당장 밀린 장부나 정리해! 공짜 밥 먹을 생각은 말고!"

어른은 나라면 주인의 발목을 물지는 않을 거라고 생각했을까?

지구상의 한 점을 떠난 끈

2002년 3월, 쓰촨 지역에 본거지가 있던 천성기업이 상하이로 본사를 옮겨왔다. 겉으론 건설회사였지만 대형 주점과 마약 거래를 주사업으로 하는 천성기업은 쿤룬기업과의 대결을 피할 수 없었다. 천성기업은 쿤룬기업 간부들을 스카우트하고, 거래처를 빼앗기 위해 1년 동안 수단과 방법을 가리지 않았지만 어른은 꿋꿋했고 왕국은 흔들림이 없었다. 그들이 방법을 바꾼 것은 2003년 11월이 지나갈 무렵이었다.

어른의 메르세데스 앞으로 대형 덤프트럭이 달려들었다. 운전사는 반사적으로 브레이크를 잡고 핸들을 꺾었지만 메르세데스는 보닛이 완전히 종이처럼 구겨지고 유리창이 박살났다. 뒤따르던 경호차에 실려 병원으로 갔을 때 운전사는 왼쪽 어깨뼈가 부러졌고, 어른은 이마에 찰과상을 입었으며 날치와 나는 다친 곳이 없었다. 덤프트럭 운전사는 긁힌 자국조차 없이 멀쩡했다.

조사 결과 사고 원인은 브레이크 고장으로 밝혀졌다. 사고를 낸 덤프트럭 운전사가 쓰촨 지역의 건설현장 출신이란 사실을 캐낸 경호반에 비상이 걸렸다. 저택 외곽 경비원을 배로 늘렸고 24시간 어른을 근접 경호하는 한편 상황이 진정될 때까지 어른은 일체의 외출을 삼갔고 방문객은 몇 차례의 검문검색을 거쳤다. 어른은 완전히 집안에 갇힌 꼴이었다. 저택뿐 아니라 '동방 맨해튼'에도 24시간 경호원을 배치했고 일체의 외출이 금지되었다. 내가 동방 맨해튼으로 가게 된 것은 그런 이유 때문이었다.

"맨해튼에 이 봉투를 전하고 돌아오너라."

어른은 두툼한 봉투 하나를 건네주었다. 내가 할 일은 맨해튼에 생활비를 전달하는 것이었다. 맨션의 여인이 통장의 생활비를 찾으러 나섰다가 무슨 일을 당할지 알 수 없었기 때문이다. 차고에는 도요타 렉서스가 시동을 켜고 기다렸다. 대로를 벗어나 불편하지만 안전한 지름길을 달린 렉서스는 15분 후 동방 맨해튼의 하얀 창살문을 통과했다. 정원의 스프링클러가 물보라를 일으키자 윈도 브러시가 두어 번 까딱거리더니 현관 입구에 멈추었다. 나는 안주머니의 봉투를 확인한 후 현관을 들어섰다.

4층 계단과 엘리베이터 통로를 지키던 경호원들이 알은체를 했다. 그들은 나를 대신해 모르스 부호 같은 벨을 울렸다. 짧게 두 번, 길게 한 번, 짧게 한 번, 마지막으로 아주 길게 한 번. 안에서 슬리퍼 끌리는 소리가 났고 잠금쇠를 돌리는 딸깍 소리가 났다.

"돈 안 세어볼 거예요?" 내가 말했다.
"안 세어봐도 얼마인지 알아."
그녀의 중국어 억양은 매듭을 묶은 것처럼 단단했다. 나는 그녀의 눈을 피하며 허공을 바라보았다. 하얀 벽을, 아무 얼룩도 없는 천장을 한참 바라보자 마음이 편해졌다.
"어른께선 잘 계신지 안 물어봐요?"
"안 물어봐도 잘 계신 거 알아."
"참 많은 것을 아는군요."
도우미가 커다란 콜라 잔을 테이블에 놓고 돌아갔다. 표면의 작은 공기방울들이 터져 테이블에 튀었다. 나는 콜라를 사랑한다. 수백, 수천 개의 검은 거품이 입안에서 고요히 와글거리다가 일시에 폭발해 콧등을 찡하게 만든다. 그리고 한참 후에도 향긋한 트림이 되어 청량감을 되돌려준다. 유리컵 표면의 뽀얀 서리가 물방울이 되어 흘러내렸다.
"네가 코카콜라를 좋아한다는 것도 알아. 아주 오래전부터."
그 목소리. 내가 알던 여자의 목소리. 반들거리는 풍성한 머리카락과 말할 때마다 움찔거리는 짙은 눈썹, 웃을 때면 부챗살처럼 펼쳐졌다 오므라지는 찰진 거머리 같은 입술. 야위었던 뺨에는 살이 올랐고 뼈가 튀어나왔던 몸은 아름다운 곡선으로 변했다. 더 높아진 가슴 때문에 그녀는 조금 더 거만해 보였다.

그녀의 어느 곳에도 내가 기억하는 영애의 모습은 없었다. 며칠씩 감지 못해 푸석한 머리카락, 표정을 잃은 흐릿한 눈동자, 소금을 뿌린 듯이 마르고 갈라진 입술은 없었지만 나는 바라볼 수 있었다. 얼굴 곳곳에 간직한 아름다운 숫자들을. 붉은 립스틱을 칠해도, 진한 마스카라로 눈 화장을 해도, 구불구불한 파마를 하고 연한 갈색으로 염색해도 가릴 수 없는 아름다운 숫자들을. 나는 그녀의 얼굴에 숨어 있는 숫자들을 읽어내려 갔다. 눈동자에서 앞니 끝 거리와 앞니 끝에서 턱 끝, 코 중심선에서 눈 가장자리의 거리와 한쪽 눈의 가로 길이…… 이전보다 훨씬 많은 대칭과 1.618.

"넌 여전하구나. 숫자를 외고, 계산하고, 다른 건 아무것도 모르고……."

그녀가 웃자 양쪽 뺨에 파인 보조개의 거리와 양 볼 너비의 황금비율이 떠올랐다.

"그래. 난 여전히 널 생각해. 넌 여전히 아름다운 숫자들을 지녔어."

변하지 않은 것은 그뿐만이 아니었다. 상대를 배려하는지 조소하는지 모를 미소, 자신의 영토 한 뼘도 내주지 않겠다는 방어의식, 더 나은 삶, 더 많은 돈, 더 강한 권력을 향한 도발적 집념, 원하는 것을 얻기 위해 모든 것을 불사하는 대담함…….

"난 여전하지 않아. 난 더 이상 영애가 아니라 후난성 출신의 조가령이거든."

그녀의 입에서 차가운 입김이 새어나왔다. 나는 그녀의 눈을 마주본 적이 없다. 그래서 그녀의 눈동자가 까만 머루색인지 진한 호박색깔인지 알지 못했다. 내가 그녀에 대해 아는 것은 1.618의 황금비를 지녔다는 것뿐이다. 그것만으로도 그녀는 충분히 아름다웠다.

"네가 영애가 아니라 조가령인 것은 내가 길모가 아니라 장가계가 된 것이나 날치가 계육두가 된 것과 같아. 난 널 만나기 전부터 네 이름이 조가령이라는 것도 알고 있었는걸?"

"어떻게?"

"황푸강가의 도서관에서 빌려온 『오디세이아』에 카프리카 수를 적어둔 사람이 네가 아니면 누구겠니?"

그녀는 잠시 눈살을 찌푸리더니 내 앞에 있던 콜라 잔을 잡아채 꿀꺽꿀꺽 마셨다. 한참 후에야 콜라 잔을 내려놓은 그녀는 냉소적인 목소리로 물었다.

"지금까지 날 찾아다녔던 거니?" 그 질문은 나를 비난하는 것 같았다. 내가 그녀를 찾아다닌 것이 잘못된 일일까? 그녀는 말을 이었다. "그런 바보짓은 하지 마. 우린 한때 친구였지만 각자 가는 길이 달라. 난 더 자유롭고, 더 부유한 자본주의자의 삶을 꿈꾸고 그 꿈을 위해 가는 데까지 갈 거야."

"그럼 나도 자본주의자가 될 거고, 더 자유롭게 되고, 더 부자가 될 거야."

"그건 너에게 어울리지 않아. 넌 자본주의자가 되기엔 너무 착하거든. 하지만 난 달라. 매정하고, 간사하고, 영악하지. 그러니까 다신 날 찾아서 헛고생하지 마."

"헛고생이라고?"

"아무런 단서도 없이 상하이의 도서관을 무작정 찾아다니는 게 헛고생 아니면 뭐겠니?"

"그보다 빨리 네 흔적을 찾을 수 있었단 말이야?"

"물론이지. 넌 내가 상하이로 온 것과, 쿤룬 어른을 만난 것이 우연이라고 생각하니? 그리고 지금 우리가 만난 것도 특별한 인연이 만들어낸 우연이라고 생각하니?"

"수학적으로 우연이란 없어. 일어날 수 있는 가능성이 있는 모든 일은 필연적으로 일어나기 때문이지. 넌 지구상의 한 점을 떠난 끈의 끝이고 나는 다른 쪽 끝이므로 우리는 반드시 만나게 되어 있거든."

"그렇게 거창한 수학이 아니라도 우린 만나게 되어 있었지. 나 역시 너와 같은 방식으로 이곳에 왔으니까."

"너도 연길에서 영규 영감님의 물건을 들고 상하이로 왔구나."

"너와 나뿐만 아니지. 마약 배달은 너와 나처럼 기댈 곳 없는 아이들이 쉽게 빠져들 수 있는 범죄행위니까. 같은 루트를 통해 같은 목적지로 물건을 배달한 우리가 어른의 밑으로 들어온 건 우연도, 복잡한 수학이론도 아닌 자연스런 일이지. 네가 '관계'에 대한 인식을 할 수만 있었어도 이토록 넓은 도시를 정처 없이 돌아다니는 헛수고를 하지 않고 간단하게 날 만날 수 있었어."

화가 난 것처럼 빠른 말소리는 얼마 못 가 걱정스럽게 변했다. 그래. 범죄행위. 사기와 마약 배달과 위조와 거짓말이 아니면 우리 같은 아이들이 살 방도란 없다. 내가 상하이로 마약을 운반하는 대가로 중국 여권을 구했듯이 그녀도 대가를 치렀을 것이다. 나는 그녀가 어떻게 변덕스럽고 거친 두만강을 건넜는지, 얼마나 많은 남자들과 만나고 헤어졌는지, 왜 상하이로 왔는지, 어떻게 어른의 여자가 되었는지, 돈이 많아 행복한지, 가끔은 내 생각을 했는지 묻지 않았다. 알고 싶지 않았다. 아무것도 없는 여자아이가 두만강을 건너기 위해 어떻게 해야 하는지, 죽음을 무릅쓰고 건넌 두만강 너머에 어떤 위험이 도사리고 있는지, 버려진 국경지역에서 어떤 일을 해야 살아남을 수 있는지. 연길에서 나는 몇 푼의 위안화에 포주에게 딸을 팔아넘기는 어머니를 보았고, 벌목장에서 일하다 보위부원에게 잡혀 송환되는 청년을 보았으며, 두 눈을 부릅뜨고 탈북자들을 찾아다니는 체포조를 숨어서 지켜보았다. 그리고 쉰 살이 넘은 중국인 사내에게 팔려가는 열여덟 살 소녀와 자신이 키운 마약을 숨겨와 파는 소년이 그 마약에 중독되는 것을 보았다.

붉은 노을이 넓은 창으로 다가왔다. 그녀는 쿤룬 어른이 너그러운 사람이며 어린아이 같다며 키득거렸다. 그녀는 행복한 것일까? 행복한 척하는 것일까?

"쿤룬 어른은 날 진창에서 꺼내주었어. 내가 이렇게 말하면 그는 그 반대라고, 내가 자신을 진창에서 꺼내주었다고 말하지. 어찌되었건 우리는 서로를 구원했어."

그녀는 입술을 깨물며 웃었다. 그 우리에 나는 없었다. 그녀를 구원한 사람은 내가 아닌 쿤룬 어른이었다. 나는 말했다.

"어른은 널 구원해서는 새장 속 앵무새처럼 기르고 있어. 넌 도망쳐야 해. 넌 새가 아니니까."

"도망가도 우리가 숨을 곳은 없어. 숨을 곳이 있어도 지금은 어른을 떠날 수 없어."

"왜?"

"어른에겐 내가 필요해. 내가 취한 채 밤거리를 헤맬 때 어른이 내게 있어준 것처럼."

노을이 테라스 너머로 밀려와 창 너머로 우리를 두리번거렸다. 주차장에 도요타 렉서스가 보였다. 운전사는 넥타이를 풀고 잠들었을 것이다.

그날 밤 숙소로 돌아왔을 때 날치는 TV에 나오는 홍콩영화를 보고 있었다. 배우 주윤발이 12대0.7로 악당들과 총싸움을 하는 영화였다. 왜 0.7인가 하면 주윤발이 다리에 총을 맞아 피를 많이 흘리며 죽어가고 있었기 때문이다. 날치는 반쯤 벌린 입으로 스낵을 던져 넣으며 TV에 빠져들어 있었다. 내가 영애를 만났다고 말해도 그는 TV 속에서 빠져나오지 못했다. 다시 한 번 맨해튼에서 영애를 만났다고 말했을 때에야 걸터앉았던 침대에서 펄쩍 뛰어 올랐다.

"네가 찾던 그 계집애가 맨해튼 여주인이었다고?" 날치는 턱을 바들바들 떨며 겨우 말을 이었다. "길모야. 절대 어른께 말씀드리면 안 돼!"

"왜? 어른은 내가 영애를 빨리 찾게 되기를 누구보다 바라신다고 했어."

"그건 어른이 영애가 맨해튼 여자인 걸 모르니까 그렇지."

"알면 어떻게 되는데?"

"어떻게 되긴 뭐가 어떻게 돼. 어른은 널 아무도 모르게 죽여버릴 거야."

"하지만 난 거짓말을 못 해."

"거짓말을 하는 게 아니라 말씀을 드리지 않는 거야. 그건 나와 너만 아는 비밀이라고. 그러니까 넌 거짓말을 할 필요가 없어. 단지 나와의 비밀을 지키면 되는 거야."

나는 그렇게 하겠다고 했다. 날치는 안도의 한숨을 내쉬었다. 그러고는 반짝이는 혀로 입술을 핥더니 남아 있던 스낵을 봉투째 입안에 털어 넣고 우물거리며 말했다.
"나도 주윤발처럼 멋지게 살고 싶어. 죽을 때도 주윤발처럼 멋있게 죽고 싶고……."
"총을 맞아 죽는 건 멋있는 거야?"
"나쁜 놈들과 싸우다 죽는 게 멋있는 거야."
날치는 남아 있던 콜라 캔을 들어 벌컥벌컥 들이켰다.

시간의 은빛 등에 실려 그녀는 떠나고……

중국 국세청, 상하이 부동산 기업 세무조사
검찰, 쿤룬기업 대주주 범죄연루 혐의 포착, 내사 돌입
〈상하이 신화통신〉 2004년 2월 25일

상하이 세무서는 지난해 10월 중순부터 부동산 그룹 쿤룬기업의 세무조사를 실시하고 16억 위안 규모의 탈세 혐의를 포착했다. 또한 쿤룬기업이 합법적 사업 외에 자행한 범죄 혐의를 포착한 상하이 공안 당국은 쿤룬 호텔을 급습, 성매매 알선을 해온 종업원 23명을 긴급 체포했으며 기업 총수 청샤오강(일명 쿤룬 어른)이 횡령, 주가조작을 통해 불법이익을 얻은 증거도 확보한 것으로 알려졌다.

무일푼으로 시작해 대기업 그룹을 일군 청씨는 일체의 매스컴을 기피해 과거와 사생활이 베일에 싸여 있었다.

1980년 마약류 유통 혐의로 조사를 받은 적이 있는 청씨는 80년대 말 가짜 양주 제조로 2천만 위안의 거액을 벌어들인 후 합법을 가장한 부동산 개발 업체를 설립하는 등 사업 영역을 넓히는 한편, 폭력조직을 동원한 강제 철거로 부동산을 개발해 막대한 차익을 챙겨 상하이 최대의 부호로 성장했다. 6년 전부터는 M&A를 통한 기업 사냥에 나서 상하이와 홍콩 지역 호텔, 리조트를 인수하고 이른바 '황색 산업'이라 불리는 성매매, 도박, 고리대금으로 부를 축적했다.

청씨는 이 과정에서 펑젠허우 전 상하이시 공안부 국장에게 30만 위안의 뇌물을 건네는 등 고위 공무원들을 매수하는 한편, 전인대로 인맥을 넓히기도 했다. 작년 10월 장젠시 상하이 당서기의 주도로 상하이에서 범죄와의 전쟁이 시작되면서 쿤룬기업의 불법 행위가 잇따라 공안 당국 감시망에 포착되었지만 그는 배경을 믿고 이를 무시하다 철퇴를 맞았다. 펑 전 상하이시 공안국장이 구속된 데 이어 범죄와의 전쟁에서 수훈을 세워 고속 승진한 공안지대장이 최근 체포되는 등 뇌물을 받고 청샤오강의 보호막이 되었던 고위층도 잇따라 낙마했다. 상하이 쿤룬 호텔은 영업 정지 조치에 이어 호텔 등급 평정위원회에 의해 5성급 호텔 자격을 박탈당했다.

어른은 두 눈을 지그시 감고 내가 신문을 읽는 소리를 들었다. 자신의 이름이 나올 때마다 그는 송충이 같은 눈썹을 움찔움찔 떨었다. 상하이라는 영지를 두고 지난 2년 동안 벌여온 천성기업과의 전쟁은 그를 지칠 대로 지치게 했다. 어른은 많은 것을 소진했고, 많은 재산을 잃었으며, 큰 대가를 치러야 했다. 몇 달 사이에 어른은 노인이 된 것 같았다.

천성기업의 공격은 전방위적이었고 집요했다. 폭력과 밀고, 음모와 배신 등 할 수 있는 모든 것을 동원해 어른의 목을 조였다. 경호원들이 총을 맞거나 칼에 찔렸고 교통사고가 빈발했다. 천성기업 회장 홍초홍은 어른의 뒤를 봐주던 관리들에게 두 배나 많은 뇌물을 뿌렸다. 홍초홍의 유혹을 뿌리친 관리들은 뇌물수수와 배임 혐의로 공안에 체포당했다. 호텔에는 매일 시청의 위생 점검이 나왔고 건축 현장에는 안전청의 검사원이 상주했다. 상하이의 모든 관리들이 어른을 감시했다. 세무서는 쿤룬기업과 자회사의 세무 장부를 털어댔다. 분식회계에다 죽은 황회계사가 빼돌린 돈까지 드러났다. 어른의 사업은 발가벗겨졌고, 그의 기업은 범죄 집단이 되었다. 그의 사람들은 배신하거나 체포되고 저택의 고용인들도 눈에 띄게 줄었다. 사람들은 어른을 떠났고 남아 있는 사람들은 어른이 떠나보냈다. 정원사가 떠난 정원에는 잔디가 수북하게 자랐고 조리장이 떠나자 음식은 형편없어졌다. 메르세데스 벤츠와 도요타 렉서스와 현대차는 나란히 차고에서 먼지를 뒤집어 썼다. 저택에 남은 사람은 어른과 나, 그리고 날치를 비롯한 경호원 서너 명이 전부였다. 어른은 창가의 앵무새에게 먹이를 주며 무겁게 입을 열었다.

"공안당국에서 타협안을 제시해왔다. 상하이를 떠나면 체포되어 재판을 받는 일은 없을 거라고 말이야. 천성기업이 노리는 건 재산과 사업 영역이지 늙은이의 목숨이 아니거든. 남은 한평생 지낼 정도의 현금은 챙길 수 있을 거야."

상하이에 남아서 범죄자로 죽느냐, 상하이를 떠나 빈털터리로 살아남느냐? 대답은 자명했다. 어른의 사업은 이미 천성기업과 그 공모자들에게 넘어간 후였다. 어른이 지킬 수 있는 유일한 것은 자신의 목숨뿐이었다.

"그럼 어디로 가는 겁니까?"

날치가 물었다. 어른의 재산과 사업이 무너져가는 것과 비례해서 날치의 살도 조금씩 몸에서 빠져나갔다. 날치의 체중은 풍요의 도시 상하이에서 그가 얻은 가장 명확한 성취였다. 하지만 바람이 빠지는 풍선처럼 빠르게 쪼그라드는 자신의 몸을 불안하게 살피며 그는 자기 몸에서 자유가, 풍요가, 자본이 빠져나간다고 믿었다.

"공안 당국은 3개월 안에 마카오 행정특별자치구로 가라더군. 단지 안의 쥐처럼 날 가두기에 적당한 좁은 섬이지."

전쟁은 끝난 듯 보였다. 어른은 공안과 세무서를 찾아다니며 명예로운 퇴각을 호소했고 그들은 미심쩍어 하면서도 어른의 청을 무시하지 않았다. 어차피 발톱도 이빨도 모두 빠진 호랑이에 불과했으니까. 어른은 날치와 나에게 저택을 나가 살길을 찾으라고 했다. 하지만 우리가 살길은 저택에 남는 것이었다. 우리는 쇠락해가는 저택의 조리사이자 정원사였고 어른의 경호원이자 잡역부이자 운전사가 되었다. 어른은 마카오 자치구의 여권을 준비했다. 그래서 우리는 또 하나의 가짜 여권을 가지게 되었다. 어른은 은행을 오가며 얼마 되지 않는 돈을 마카오 계좌로 송금했다.

"놈들이 압류를 하고 재산동결을 시켜도 쌈짓돈은 건질 수 있어. 마카오도 사람 사는 곳이고 돈만 있으면 지구 어디에서도 살 수 있거든."

14일 후 날치는 푸둥 역으로 가 주하이행 기차표 네 장을 끊어 돌아왔다. 어른과 날치는 9호차였고 나와 영애는 8호차였다. 무슨 일이 생겨도 다른 차에 탄 사람들은 빠져나갈 수 있게 하기 위해서였다. 날치가 저택으로 돌아오자 앵무새에게 밥을 챙겨 먹이던 어른은 누런 봉투를 건넸다.

"맨해튼에다 이 봉투를 전해. 그 아이의 열차 좌석표다. 내일 오후 12시 12분 기차니까 12시까지 푸둥 역으로 나와 지정석에 앉으라고 전해. 짐은 될 수 있는 한 간단히 챙기고……."

그날 밤 합숙소로 돌아온 나는 상하이로 올 때 메었던 검은 배낭에 옷가지 몇 장과 속옷을 넣었다. 그리고 세계를 잴 삼각자와 줄자. 올브라이트 여사의 브로치와 나이트 미처 씨의 일기장과 수학 선생님의 전자계산기, 그리고 이 도시에서 스크랩한 신문 기사 몇 장과 새로 만든 마카오 여권.

나는 누에가 고치 속으로 들어가듯 침대로 기어 올라갔다. 날치가 육중한 몸을 뒤척이자 그의 침대에서 삐걱거리는 소리가 들렸다. 긴 하루였다. 어둠 속에서 날치가 말했다.

"마카오로 가면 우리가 꿈도 꾸지 못할 세상이 기다리고 있을 거야. 연길에서 상하이를 꿈도 꾸지 못했듯이 말이야."

그 목소리는 너무나도 희망차고 밝아서 반짝반짝 빛이 났다.

어른은 땀이 맺힌 팔뚝을 손수건으로 닦으며 빨간 시계탑을 올려다보았다. 11시 57분. 광장에는 모든 것을 증발시켜버릴 듯한 하얀 빛이 쏟아졌다. 광장에 들어서기 전 나는 두 손으로 귀를 막고 눈을 가느다랗게 감았다. 날치는 성큼성큼 앞서 사람들을 밀치며 어른과 내게 길을 내주었다. 가마솥처럼 끓는 광장을 가로질러 역사 안으로 들어서자 동굴 속에 들어온 것처럼 와글거리는 소리가 울렸다. 이마에서 식은땀이 났다. 날치는 저만치 앞장서 걸었고 어른은 내 소매를 잡아끌었다. 스피커에서 승차 안내방송 소리가 왕왕댔다.

'12시 12분 상하이 역을 출발하는 352호 열차를 이용하실 손님은 8번 개찰구로 승차해주십시오.'

플랫폼 계단 아래의 은빛 열차는 시간을 거슬러 올라갈 것처럼 강인하게 보였다. 계단을 내려선 우리는 각자의 자리가 있는 열차 칸으로 향했다. 날치는 바짝 긴장했고 어른도 연신 사방을 살폈다. 3호차, 4호차, 5호차…… 손에 든 좌석표가 땀에 젖어 누글누글해졌다. 웅웅대는 안내방송에 귀가 어지러웠고 열차가 뿜는 뜨거운 공기에 머리가 지끈거렸다.

8호차의 검은 차창 너머 초조한 표정의 그녀가 보였다. 날치와 어른은 그녀를 못 알아본 것인지 모르는 척하는 것인지 다음 칸을 향해 성큼성큼 걸었다. 내가 알은척하려 하자 그녀가 먼저 손을 흔들었다. 순간 그녀의 두 눈이 무언가에 놀란 듯 커지고 나를 향해 흔들던 손이 석고처럼 굳었다. 나는 혼이 빠져나간 듯한 그녀의 시선을 좇아 고개를 돌렸다. 9호차 쪽에서 다가온 사내들 중 네 명이 앞서가던 날치를 순식간에 덮치더니 양팔을 비틀고 바닥에 넘어뜨린 후 발길질을 퍼부었다. 날치는 몸을 웅크린 채 피와 고함을 함께 뱉어냈다.

"길모야, 어른을 모시고 뛰어!"

어른은 두어 걸음 뒷걸음질을 하더니 나를 돌아보며 웃었다. 다른 두 명의 사내가 어른에게 다가왔다. 그중 한 사내가 품에서 반짝거리는 것을 꺼내더니 반가운 친구를 만난 듯 어른을 끌어안았다. 잠시 끌어안고 있던 팔을 놓은 그들은 빠른 걸음으로 우리가 지나온 개찰구 쪽으로 사라졌다. 어른은 웅크렸던 몸을 젖히며 차창 안을 바라보았다.

그녀는 차창을 두드리고 쥐어뜯었다. 눈물이 그녀의 얼굴에 보기 싫은 비대칭의 검은 자국을 만들었다. 코와 입가에 피를 흘리며 다가온 날치는 절룩거리던 다리를 플랫폼 바닥에 꺾고 어른을 무릎에 안았다. 오른쪽 배를 움켜잡은 어른의 손가락 사이로 흐른 피가 플랫폼 바닥에 붉게 번졌다. 사람들이 모여들고 여기저기에서 고함 소리가 들렸다. 개찰구 쪽에서 세 명의 공안이 달려왔다. 어른은 차창 너머에서 두 주먹으로 입을 막고 우는 그녀를 외면했다. 어른이 바람 소리와 말을 한꺼번에 내뱉었다.

"일행은 우리 세 명뿐이야."

어른은 웅크렸던 몸을 펴고 플랫폼 위에 드러누워 물끄러미 나를 머리끝부터 쓰다듬듯 훑어보았다. 공안들이 다급한 발소리를 내며 플랫폼을 달려왔다. 어른은 천천히 눈을 감았다. 우악스러운 공안 두 명이 날치와 나의 양팔을 뒤로 꺾고 수갑을 채웠다. 공안 하나가 어른의 목에 세 손가락을 갖다 대더니 고개를 가로저었다. 그들은 흰 들것에 어른을 실었다. 날치가 조선어로 속삭였다.

"그녀를 쳐다보지 마. 우리는 그녀를 몰라."

나는 그녀가 있는 쪽을 바라보지 않으려고 노력했다. 개찰구 쪽으로 스물네 발걸음을 옮길 때 열차가 움직이기 시작했다. 느릿느릿 움직이는 시간이 우리의 곁을 지나갔다. 7호차가 지나가고 8호차가 다가왔다. 검은 차창 속의 그녀는 그림처럼 조용히 우리 곁을 스쳐 갔다. 멍한 눈, 검은 눈물자국, 텅 빈 동굴처럼 공허한 얼굴……

8호차가 지나가고 9호차가 다가왔다. 어른과 날치의 창가 자리는 비어 있었다. 우리는 시간의 등에 올라타지 못했다. 한 사람은 죽고 두 사람은 체포당했다. 그리고 한 사람은 떠났다. 수갑의 날카로운 금속성 통증이 손목을 조여왔다.

영애에게

나는 체포당했어. 네가 은빛으로 빛나는 시간의 등에 실려 상하이를 떠나가던 그 순간에. 상하이 공안은 우릴 재판에 넘겼고 검은 모자를 쓴 판사는 날치와 나에게 1년형을 때렸어. 이끼 낀 벽돌담은 너무 높아서 계절이 넘어 들어올 수 없어. 그래서 우리의 시간은 1년 동안 흐르지 못한 채 얼어붙었어. 우리는 통이 넓고 무릎이 나온 파란 바지를 입고 무거운 철문이 달린 좁은 방에서 여덟 명의 남자들과 함께 살고 있어. 방 안에는 여덟 개의 숟가락과 한 개의 똥통이 있어. 하루에 세끼의 밥을 먹고, 시간에 맞춰 마당을 돌고, TV를 보고, 잠을 자.

TV에서는 동물 다큐멘터리와 뉴스가 나와. 세렝게티의 초원과 콩고의 밀림과 아마존의 우림에서 동물들은 잡아먹고 잡아먹혀. 사자는 얼룩말을 먹고, 악어는 강을 건너는 누를 먹고, 아마존 인디언은 원숭이를 먹어. 사막 다람쥐는 사막 여우에게 먹히고 임팔라 영양은 재규어에게 먹히고 가시나무 잎은 기린에게 먹히지. 죽은 사자는 하이에나와 독수리에게 먹히고 하이에나는 구더기에게 먹혀. 날치와 나는 이 감옥 먹이사슬의 맨 아래쪽이고 그 위에 5년 이상 장기수와 무기수들이 있고, 그 위에 사형수들이 있고, 또 그 위에 교도관들이 있어. 맨 위에는 늘 화가 난 교도소장이 있는데 그는 기꺼이 웃으며 돈에 먹혀. 돈은 구더기처럼 먹이사슬의 모든 것을 먹어치우지.

날치는 이곳에 온 후로 살이 빠졌어. 한 달에 5킬로그램씩. 날치의 몸무게는 자유의 정도와 비례하고 행복의 크기와도 비례해. 행복해질수록 몸무게가 늘고 몸무게가 늘면 더 많이 행복해지지. 다시 야위어진 날치는 우울증에 걸린 것 같아. 살이 빠진 날치는 더 이상 코를 골지 않아. 살이 빠진 목에는 접힌 주름이 사라지고 턱은 도끼날처럼 뾰족해지고 등에는 하얀 뼈들이 울퉁불퉁하게 드러났어. 배고픔과 죽음과 분노가 새겨져 있는 하얀 뼈들. 나는 날치의 뼈들에 새겨진 글들을 읽어. 날치는 잠을 자면서 나를 보는 듯 웃어. '길모야, 걱정하지 마. 금방 1년이 지나가고 이곳을 나가면 다시 살을 찌울 수 있을 테니까. 그러면 우린 다시 행복해질 거야.'

나는 어른의 죽음을 배달하고 싶었지만 그렇게 할 수 없었어. 나는 뒤로 수갑을 찬 두 손을 모으고 어른의 죽음에 기도의 우표를 붙였지. 아마도 어른은 하늘나라로 갔을 거라고 생각해.

나는 네가 마카오에 무사히 도착했는지 궁금해. 네가 어디에 있든 한쪽 손에 쥔 끈을 놓지 않는다면 난 널 다시 찾을 거야. 지구상의 한 점을 떠난 긴 끈의 한쪽 끝 말이야.

영애야! 나는 마카오로 갈 거야. 네가 있는 마카오. 어른과 날치와 너와 내가 모두 함께 가고 싶었던 마카오. 거기에 가면 얼어붙은 우리의 시간은 조금씩 녹을까? 꽁꽁 언 얼음 밑으로 시간의 작은 방울들이 똑똑 떨어지고, 방울들은 모여서 졸졸 흐르게 될까? 시간은 다시 은빛으로 빛나고 쿠렁쿠렁 쇠바퀴를 굴리며 달려갈까?
 그때는 다시 너를 혼자 보내지 않을 거야. 영애야.

길모

【2권에 계속】

천국의 소년 1

초판 1쇄 인쇄 2013년 5월 27일
초판 3쇄 발행 2013년 8월 12일

지은이 이정명
펴낸이 정중모
펴낸곳 도서출판 열림원

편집부장 강희진 | 책임편집 조혜정 고윤희 | 디자인 주수현 서연미
홍보 김정일 | 제작 윤준수 | 마케팅 남기성 이수현 | 관리 박지희 김은성 조아라

등록 1980년 5월 19일(제406-2003-026호)
주소 서울시 마포구 잔다리로 2길 7-0
전화 02-3144-3700 | 팩스 02-3144-0775
홈페이지 www.yolimwon.com | 이메일 editor@yolimwon.com
트위터 twitter.com/Yolimwon

ISBN 978-89-7063-772-3 (세트)
       978-89-7063-773-0 04810

● 책값은 뒤표지에 있습니다.